THALIE

ou

L'ARIANISME & LE CONCILE DE NICÉE

THALIE

ou

L'ARIANISME & LE CONCILE

DE NICÉE

PAR

L'ABBÉ A. BAYLE,

Professeur d'Éloquence sacrée à la faculté de Théologie d'Aix,
Membre de l'Académie de Marseille,
Auteur de LA PERLE D'ANTIOCHE.

PARIS

P. LETHIELLEUX, ÉDITEUR.

23, rue Cassette, et rue de Mézières, 11.

1870.

PRÉFACE

Le public a bien voulu accueillir favorablement
la Perle d'Antioche ; puisse-t-il se montrer, aussi
indulgent pour le nouveau récit que nous lui
offrons. Nous avons essayé d'esquisser un épi-
sode de l'histoire de l'Eglise au moment où Constantin, devenu chrétien, convoqua le premier
concile œcuménique pour pacifier l'Eglise d'Orient,
agitée par l'hérésie d'Arius. Notre livre n'a du
roman que la forme et l'apparence. Il est trop
sérieux et trop vrai pour être rangé au nombre
des ouvrages simplement amusants. La fiction n'y
occupe qu'une place secondaire ; elle sert de
cadre et de lien à quelques tableaux du monde
romain et de l'Eglise, au commencement du
IVe siècle, tracés avec une fidélité de lignes qui fera
peut-être pardonner le peu d'éclat du coloris.
Notre but principal n'est pas d'émouvoir le lecteur
en le faisant assister aux diverses scènes d'un

drame pathétique. Nous voudrions l'intéresser en lui rappelant les épreuves de l'Eglise, ses glorieux triomphes, ses apôtres, ses martyrs, ses docteurs les plus illustres. En écrivant *Thalie*, nous nous sommes imposé une rude tâche. Pour donner un aperçu de l'hérésie d'Arius, il fallait se résigner à d'inévitables discussions théologiques sur les points les plus abstraits du dogme chrétien. Comment être à la fois assez clair et assez bref ? Comment retenir sur des pages arides le lecteur qui espérait y trouver une rapide narration ? Plus d'une fois nous avons été tenté d'abandonner une œuvre trop ardue, mais nous avons repris courage et nous espérons que la critique nous tiendra compte des difficultés que nous avions à surmonter.

THALIE

L'ARIANISME ET LE CONCILE DE NICÉE

I.

ARLES EN 314.

Arles était une des villes les plus importantes
de la Gaule méridionale, au moment où Auguste,
plus heureux que César, fut proclamé empereur,
commanda seul aux royaumes de l'ancien monde transformé en provinces romaines par les armées de la République, et voulut savoir combien de sujets se
courbaient sous son sceptre, que ses premiers successeurs devaient ensanglanter. Maîtresse de la navigation du Rhône, la ville d'Arles était depuis longtemps le centre d'un commerce considérable, lorsque
Jules César fit construire sur ses chantiers douze vaisseaux de guerre qui devaient aller attaquer, par mer,
pendant que trois de ses légions l'assiégeaient par
terre, la fière Marseille, dont les habitants, amou-

reux de leur liberté et craignant de se donner un
maître, refusaient de reconnaître son autorité. Entourée de fortifications, embellie par de nombreux
monuments, Arles reçut une colonie établie par
« Jules le père », *Colonia Julia paterna Arelaten-
sis*. Jules le fils, c'est-à-dire Octave, devenu l'empereur Auguste, fit achever les édifices publics dont César avait posé les fondements. Bientôt Arles mérita
le surnom de Rome gauloise, que le poète Ausone
lui donnait au IVᵉ siècle, *Gallula Roma Arelas*.

Le premier empereur chrétien donna une nouvelle splendeur à l'antique cité qui devait son principal éclat au premier empereur païen. Constantin se
plaisait à Arles. Il y fixa la résidence du préfet du
prétoire des Gaules et lui-même y résida souvent. Ce
fut dans cette ville que naquit un de ses fils, qui
porta son nom et sa couronne, mais n'hérita ni de
son génie, ni de sa fortune. Lorsque les soldats
chrétiens furent tellement nombreux qu'on put prévoir que le jour où ils auraient un chef digne de
les commander, le paganisme serait vaincu, Constantin recruta dans la Gaule méridionale la meilleure partie de la vaillante armée qui lui assura
l'empire du monde. Pouvait-il ne pas résider volontiers dans la plus florissante cité de l'heureuse contrée que les Romains appelaient la province par
excellence ?

Après la victoire décisive, remportée par l'armée
chrétienne de Constantin sur l'armée païenne de Maxence, non loin du pont Milvius, Arles célébra

avec autant de transports de joie que Rome elle-
même ce mémorable événement qui devait renouveler
la face de la terre. Le triomphe du jeune empereur
annonçait le triomphe de l'Eglise. Dès ce moment,
les chrétiens sentirent que l'ère des persécutions
était close et que l'avenir leur appartenait. Ils déployèrent les pompes de leur culte en plein jour, et
ne se cachèrent plus dans l'ombre souterraine des
catacombes. De tous côtés s'élevèrent des basiliques
plus vastes que les temples païens. L'Evangile fut
prêché librement à toute créature. Echappée à la fureur des césars, l'Eglise n'avait plus à craindre d'autre danger que leur protection.

Environ deux ans après la bataille du Pont-Milvius,
au mois de février de l'année 314, deux jeunes gens
revenaient d'une promenade dans les bois qui s'étendaient alors au-dessus d'Arles, et rentraient dans la
ville en longeant le Rhône. Ils étaient à peu près du
même âge et liés par une amitié dont les nœuds
avaient été resserrés pendant deux années d'études
faites en commun avec les mêmes goûts littéraires et
la même curiosité philosophique. L'un, Céréalis,
portait un pallium de couleur sévère, et pratiquait le
christianisme avec toute l'ardeur d'un néophyte.
L'autre, Albinus, était vêtu avec élégance. Né de parents païens, il s'efforçait de rester fidèle à leur
culte, mais il sentait l'absurdité du polythéisme gréco-
latin et subissait malgré lui l'influence des doctrines
chrétiennes.

Les deux amis s'assirent quelques instants sur le

bord du fleuve pour contempler avec l'enthousiasme
de la jeunesse le beau spectacle qui se déployait devant
eux. Les pâles rayons du soleil à son déclin doraient
les cîmes des monuments élevés par la munificence
des empereurs et par la reconnaissance de la colonie
depuis César jusqu'à Constantin. Une teinte rosée
donnait déjà la couleur des ruines aux arceaux deux
fois séculaires de l'amphithéâtre, aux colonnes à
peine posées sur leurs bases, aux arcs-de-triomphe
récemment élevés. Arles présentait alors l'aspect
d'une ville païenne. Ces murs grandioses qui s'élevaient au dessus des simples demeures des habitants,
n'abritaient ni la prière, ni la charité. La croix ne
les sanctifiait pas de son ombre. Ils n'annonçaient ni
la vaste enceinte des temples consacrés au vrai Dieu,
ni les asiles hospitaliers où les malades et les pauvres
étaient recueillis. Tous ces immenses édifices, déco-
rés si richement, n'avaient été élevés que pour distraire le peuple et le consoler de sa liberté perdue par
des spectacles sans cesse renouvelés. C'étaient des
lieux de plaisir et non de sacrifice, des lieux de
distraction et non de recueillement. C'étaient les
arènes où trente mille spectateurs applaudissaient
les gladiateurs mourant avec grâce, le théâtre où des
mimes hardis jusqu'à l'obscénité provoquaient les
rires grossiers de la populace, le cirque, où se pressaient les plus riches citoyens passionnés pour les
courses de chars, les thermes publics où se rencontraient toutes les classes de la société. Mais déjà sur
les ruines d'un temple de la bonne déesse, s'élevait

la première église métropolitaine d'Arles, la basilique de Sainte-Marie-Majeure, et bientôt, à l'extrémité des Champs-Elysées, la chapelle fondée par saint Trophime, et dédiée à la vierge Marie, encore vivante, allait être agrandie en attendant d'élancer vers le ciel sa tour octogone et de porter le nom de Saint-Honorat-des-Aliscamps.

— Que Rome est puissante ! dit Albinus en se levant, après un long silence d'admiration. Il n'y a que le génie romain qui puisse bâtir sur les bords du Rhône, comme sur les bords du Tibre, ces monuments impérissables qui défient les ravages du temps. Qui pourrait dire combien de blocs de pierre ont été taillés par le ciseau pour former cet amphithéâtre gigantesque dont les gradins de marbre permettent à trente mille personnes de jouir du même spectacle !

— Et qui pourrait dire, ajouta Céréalis, combien d'esclaves ont été employés à extraire ces blocs des carrières, à les transporter ici, à les tailler, à les mettre en place ? Que d'esclaves ont été déchirés par la lanière des conducteurs chargés d'activer leur travail ? Si beaux que soient les monuments romains, ils m'attristent. Il me semble voir sur ces pierres, unis par un indescriptible ciment, le sang et la sueur d'un troupeau d'esclaves condamnés à d'homicides travaux pour procurer à leurs maîtres quelques moments de plaisir. Enfin le moment approche où l'esclavage cessera d'être une institution sociale, où tous les hommes seront libres, parce qu'ils ont tous la même origine et la même destinée, où celui qui ne possède ni terre, ni argent, possédera du moins ses bras, sera le maître de sa force et de son adresse, et offrira librement son travail à qui en aura besoin et voudra le rétribuer.

—Il faut adoucir l'esclavage, au lieu d'essayer de l'abolir ; quand nous n'aurons plus d'esclaves, qui nous bâtira tous ces édifices publics dont s'honore une grande cité ?

— L'homme perd-il sa vigueur et son habileté quand il n'est plus menacé par le bâton d'un maître impitoyable ? En voyant ce qu'a produit le travail servile, comprends ce que produirait le travail libre. Nous admirons ces monuments élevés par des esclaves sous l'empire de la force. Combien seront plus magnifiques les monuments qu'élèveront un jour les hommes libres sous l'empire de l'amour ! Comme leur ciseau fouillera la pierre et lui donnera la vie ! Comme ils reproduiront avec une variété inépuisable toutes les beautés de la nature qu'ils aimeront comme une mère, parce qu'ils y vivront en liberté ! Leurs temples s'élèveront vers le ciel comme des flèches ailées et porteront jusqu'au sein des nues la croix du Rédempteur.

— Fais de beaux rêves, mon cher Céréalis, ils charment la vie. Pour moi, je plains les esclaves que j'oblige à me servir, comme je plains le bœuf et le mouton que je tue pour me nourrir, mais je ne puis me passer ni des uns ni des autres. Il faut que la moitié de l'humanité souffre pour que l'autre moitié

puisse jouir de la vie. C'est une fatalité inévitable ;
tant pis pour ceux qu'elle écrase, tant mieux pour
ceux qu'elle épargne. Crois-tu qu'il soit agréable de
travailler, de tailler la pierre, d'extraire les métaux
des mines profondes ? L'homme ne peut se décider
au travail que par force ou par intérêt. Que d'argent
ne faudrait-il pas pour obtenir d'hommes libres, tra-
vaillant par intérêt, ce que nous obtenons de nos
esclaves qui travaillent par force ? Abolir l'esclavage
ce serait abolir les grandes fortunes, ce serait rendre
impossible, non-seulement ces festins célèbres qui
coûtaient deux millions de sesterces, mais encore
ces magnifiques spectacles donnés au peuple, nau-
machies, combats d'éléphants, luttes de gladiateurs,
ces grandes constructions telles que les théâtres de
Scaurus, de Métellus, de Pompée.

— C'est précisément ce qui me réjouit : alors sera moins choquante, entre des hommes égaux par
nature, cette inégalité des conditions sociales qui ne
peut pas disparaître entièrement.

Tout en discutant la grave question de l'esclavage,
les deux amis arrivèrent au pont que Constantin venait de jeter sur le Rhône et qui permettait à la ville
de s'étendre désormais sur les deux rives du fleuve (1).

1) Le pont de Constantin a disparu. Il ne reste que les premières pierres retombées de la voûte, encore apparentes,
lors des basses eaux, dans le voisinage de la rue Chiavary.
Un corps de bâtisse en blocs énormes, abrité sous le rempart,
s'avance dans le Rhône sous la forme d'une culée octogone.
On distingue les arrachements d'une voûte qui surplombent
et dont les faces latérales sont ornées de bossages et garnies
d'anneaux de bronze. — V. Estrangin. *Description de la ville
d'Arles.*

Ils allèrent jusqu'au milieu du pont, écoutèrent le bruit des flots grondants qui bouillonnaient entre les arches et contemplèrent un moment la ville sous un autre aspect. Ils rentrèrent par la porte la plus rapprochée du pont. Leurs yeux rencontrèrent çà et là des signes évidents du triomphe du christianisme. Sur les murailles de plusieurs maisons habitées par des chrétiens, étaient gravées, sans art, l'image du labarum de Constantin et les paroles prophétiques qui lui annonçaient qu'il vaincrait par le signe de la croix. En passant devant le portique qui entourait le grand marché, ils purent lire sur les deux pilastres de la porte principale l'édit récemment publié à Milan, par Constantin et Licinius, pour assurer au culte chrétien une entière liberté. Cet édit était écrit sur deux grandes plaques de métal, d'un côté en grec, et de l'autre en latin.

« La liberté religieuse ne saurait être restreinte; chacun a le droit de suivre le culte qui lui convient. Dans cette pensée, nous avons récemment promulgué un édit qui permet à tous les chrétiens, chacun dans la secte de son choix, le libre exercice de sa religion. Cependant, comme notre rescrit antérieur donnait explicitement les noms des diverses sectes chrétiennes autorisées, on en a pris occasion d'apporter soit des réserves, soit des interprétations arbitraires qui dénaturent le sens de notre loi. En conséquence, nous, Constantin et Licinius, empereurs augustes, réunis à Milan sous d'heureux auspices, dans notre sollicitude pour les grands intérêts du bien public, nous nous

sommes préoccupés avant tout de fixer les règles rela-
tives à la religion et au culte de la divinité, en accordant aux chrétiens et à tous les autres la faculté de
suivre librement la religion de leur choix, afin d'attirer sur l'empire et sur nous la protection de Dieu
qui réside au ciel. Nous déclarons donc ici que notre
volonté formelle, inspirée par ce sage et salutaire
conseil, est qu'à l'avenir on ne refuse à personne le
droit d'embrasser et de suivre la religion chrétienne
et son culte. Il sera permis à chacun de professer
cette foi si elle lui convient... Votre sagesse comprendra facilement que cette concession faite aux
chrétiens absolument et simplement, s'étend aux
autres cultes ou rites particuliers ou publics. Car il
convient évidemment à la gloire et à la tranquillité
de notre règne, que chacun de nos sujets jouisse de
la liberté religieuse et qu'on ne puisse nous soupçon-
ner de mettre des entraves au culte de la divinité...
Vous ferez promulguer partout ce texte de notre loi
et lui donnerez une publicité universelle, afin que
nul ne puisse ignorer ces dispositions de notre bonté
souveraine. »

Céréalis montra l'édit de Constantin à Albinus et
lui demanda :

— Qu'auraient dit Néron, Domitien, Trajan et tous
les empereurs qui ont signé contre nous des édits de
persécution, si on leur avait annoncé qu'un jour un de
leurs successeurs protégerait notre culte ? Dioclétien
se vantait d'avoir exterminé ce qu'il appelait la superstition chrétienne, et avant sa mort il a pu apprendre,

au fond de sa retraite, quel était le signe que les soldats de Constantin portaient sur leurs étendards victorieux.

— Réjouis-toi du présent, mais crains l'avenir,
répondit Albinus. Celui qui triomphe aujourd'hui,
peut être vaincu demain. Qu'un chef d'armée devenu
empereur attribue à Jupiter sa soudaine élévation, il
s'empressera de rétablir le culte des dieux protecteurs
de Rome, il détestera votre religion nouvelle et la
proscrira.

— Nous sommes trop nombreux. C'est nous plutôt
qui pourrions proscrire et exterminer si nous n'ado-
rions un Dieu qui nous ordonne d'aimer nos ennemis
et de faire du bien à ceux qui nous persécutent. Désormais il n'y aura pas d'autre armée régulière, vaillante,
bien disciplinée, que celles dont les légions sont for-
mées par des soldats chrétiens. Nous pouvons nous
passer de la protection des Césars ; mais ils ont besoin de notre appui. Le génie politique de Constantin ne s'y est pas trompé. Il ne serait jamais parvenu à l'empire s'il s'était prononcé contre les chrétiens. S'il s'était prononcé pour nous contre les
païens, il se serait fait trop d'ennemis. Il a proclamé la liberté religieuse. C'est le plus grand bienfait
qu'il pouvait nous accorder, et nous ne lui en demandons pas d'autre. Il nous suffit d'être libres. Si nous
avons pu nous étendre d'un bout de l'empire à l'autre
et devenir si nombreux pendant trois siècles de persécutions, quelle conquête spirituelle ne ferons-nous

pas, maintenant que notre parole peut librement éclairer les esprits et toucher les cœurs ?

— Vous regretterez, peut-être, le temps où vous étiez persécutés : quand le glaive ne sera plus suspendu sur vos têtes, votre ferveur s'attiédira. Vous n'aurez plus la même force d'âme, et cependant il faut de l'énergie pour pratiquer les austères devoirs que vos croyances vous imposent. Si l'empereur favorise votre culte, les courtisans se hâteront de l'embrasser. Beaucoup prendront le nom de chrétiens et resteront païens au fond de l'âme. Aux luttes extérieures succéderont les luttes intestines. Le danger vous unissait, la prospérité vous divisera. Il se formera parmi vous des sectes qui se combattront avec acharnement. Chacun essaiera d'obtenir la protection de César pour triompher des sectes rivales. On dit que les chrétiens d'Afrique sont armés les uns contre les autres. Ces guerres fratricides vous seront plus funestes que les persécutions des païens.

Céréalis baissa tristement la tête et répondit en poussant un profond soupir.

— Tu ne dis que trop vrai ! Les ennemis du dedans sont plus à craindre que ceux du dehors. Nous aurons toujours à subir de nouvelles épreuves, mais Jésus-Christ a promis d'être avec nous jusqu'à la consommation des temps. Nous surmonterons tous les obstacles. Nous vivrons malgré toutes les causes apparentes de mort, et notre perpétuité sera la preuve irrécusable de la divinité de notre institution. Le schisme désole en ce moment l'Église d'Afrique. Les fauteurs de troubles, condamnés à Rome, ont demandé un autre jugement. Un concile va se réunir à Arles pour juger leur cause. Ce sera le premier concile tenu dans les Gaules. Puisse-t-il mettre un terme à de trop longues divisions!

Leur conversation fut interrompue par la foule qui sortait du théâtre à flots bruyants et se répandait dans les rues voisines. Des cercles d'hommes et des groupes de femmes se formaient çà et là, échangeant leurs impressions et prolongeant leur plaisir. Les décurions et les augustales étaient mêlés à la plèbe, et prouvaient par leurs éclats de rire qu'ils étaient encore sous le charme du spectacle bouffon que les mimes venaient de donner. Le fils du préfet du prétoire marchait confondu dans la foule. Dès qu'il aperçut Albinus, il vint à lui d'un pas rapide et lui tendit cordialement la main.

— Pourquoi n'étais-tu pas au théâtre aujourd'hui? Jamais je n'ai tant ri. Davus s'est surpassé. Il a été fort bien secondé cette fois par Aper et Priscus. Il n'est pas possible de représenter plus drôlement l'histoire de Dédale et d'Icare.

— Quel rôle remplissait Davus?

— Celui d'Icare, par Pollux! Il fallait le voir couvert de plumes, agitant des ailes de cire, essayant de voler, tombant lourdement, et se plaignant de ne pas avoir heurté la terre par un autre endroit de son corps.

— Y a-t-il eu du sang de versé?

— Pas une seule goutte. Nous ne sommes plus au

temps où Néron exigeait que le pauvre Icare en tombant se tuât et que Dédale fût déchiré sur la scène par un ours (1).

Lorsque la foule se fut dispersée, les deux amis, continuant leur marche, arrivèrent devant l'entrée principale du théâtre. Elle était ornée de statues représentant les muses de la tragédie, de la comédie et de la danse. Au dessous des statues, étaient sculptés de grands bas-reliefs dont le plus remarquable reproduisait la légende mythologique de la victoire d'Apollon sur Marsyas (2).

— Aujourd'hui c'est Marsyas qui est le vainqueur d'Apollon, dit Céréalis. Les triviales bouffonneries des mimes ont plus d'attraits pour le peuple que les graves enseignements de la muse tragique.

— Et tu t'es bien promis de ne venir au théâtre que lorsqu'on y entendra de beaux vers.

— Depuis le jour où, encore enfant, j'ai vu à Rome Genès monter sur la scène comédien et en descendre martyr, je n'ai plus assisté à aucune représentation dramatique.

— Entrons un moment. Il n'y a plus personne sur les gradins. Les acteurs se reposent de leurs gambades et de leurs grimaces dans l'arrière-scène.

---

(1) Icarus primo statim conatu juxta cubiculum ejus decidit ipsumque cruore respersit, (Suéton : Néron, 12).

Dædale lucano quum sic lacereris ob urso,
Quam cuperes pennas nunc habuisse tuas!
(Martial, *de spectaculis*, 10).

(2) Ce bas-relief est conservé au musée d'Arles.

La solitude et le silence ont fait place à la foule et au bruit.

Ils entrèrent. De belles colonnes en marbre décoraient le mur de scène. Les ravages du temps et des hommes n'ont épargné que deux de ces colonnes encore debout au-dessus des ruines du théâtre d'Arles. A droite, s'élevait une statue colossale d'Auguste, à gauche une statue de Vénus, copie d'un chef-d'œuvre de Praxitèle. Trois autels votifs en marbre blanc étaient placés entre les murs du proscenium et la large galerie qui allait de l'une à l'autre des deux entrées principales et séparait la scène de l'orchestre. L'autel du milieu était dédié à Auguste, qui fut pendant plus d'un siècle une des divinités protectrices d'Arles. On l'honorait d'un culte particulier. Les Augustales, qui formaient la plus florissante des corporations arlésiennes, étaient chargés à la fois de veiller à ce que les dieux lares ne fussent pas oubliés à l'angle des rues et des carrefours, et de rendre aux statues d'Auguste les honneurs dus aux images des grandes divinités. Les deux autres autels étaient dédiés l'un à Cérès, la bonne déesse, l'autre à Vénus, protectrice de la famille Julia, qui, au dire des poètes, descendait d'elle par Enée ; sur le devant de ces autels était sculptée une couronne de chêne, et sur les côtés une patère et un vase pour les libations.

— Avec quelle force, dit Céréalis, la vue de ce théâtre me rappelle la scène émouvante qui a fait sur mon enfance une si vive impression et m'a révélé la la mystérieuse puissance du christianisme. Dix ans déjà se sont écoulés depuis cet événement, mais aucun détail ne s'est effacé de ma mémoire.

— Asseyons-nous sur le premier gradin du second coin, et tu me raconteras cette histoire.

— J'avais douze ans lorsque mon père me conduisit à Rome à un théâtre qu'on nommait *Thenulé*. Une foule immense s'y était rendue pour admirer le comédien Genès qui contrefaisait avec un rare talent, le langage, l'allure, le geste des Romains les plus connus. Il devait ce jour-là représenter les mystères des chrétiens. L'empereur Dioclétien assistait à la représentation. Quand il se montra sur la scène, il fut accueilli par des applaudissements frénétiques. Le peuple s'écria : c'est Marcellinus ! c'est le pontife des chrétiens.

— Je suis malade, dit Genès, mes amis, secourez-moi.

— Que veux-tu pour te soulager ?

— Je me sens bien pesant, je voudrais devenir plus léger.

— Veux-tu que nous appellions des charpentiers ? Ils te passeront au rabot.

— Non, appelez un prêtre chrétien ; il me donnera le baptême : c'est le remède à tous les maux.

A ces mots, le peuple battit des mains et fit entendre de longs éclats de rire. Un prêtre et un acolyte parurent sur la scène. Ils s'approchèrent du grabat sur lequel Genès était couché.

— Cher fils, lui dirent-ils, pourquoi nous as-tu fait venir ?

Genès demeura quelques instants sans répondre. Une soudaine illumination éclairait le comédien et lui révélait la valeur du sacrement du baptême. Il se leva et, versant des larmes de repentir, il s'écria : « Je désire recevoir la grâce du Christ pour que mon âme soit délivrée de la souillure de ses péchés. » Le peuple riait toujours et trouvait la parodie très-fidèle. L'acteur qui remplissait le rôle du prêtre s'approcha de Genès avec une urne pleine d'eau.

— Donne-moi le baptême, lui dit Genès, comme le donne l'Eglise chrétienne.

L'acteur répandit sur le front de Genès agenouillé l'eau contenue dans l'urne et prononça les paroles employées par l'Eglise pour l'administration du baptême. Genès se releva. Son visage était empreint d'un tel enthousiasme que le peuple cessa de rire. Il s'avança sur le bord de la scène et se tournant vers Dioclétien :

« Empereur, soldats, philosophes et vous tous habitants de cette cité, écoutez-moi. Jusqu'à ce jour les chrétiens étaient pour moi l'objet d'un tel mépris que je m'étais mis à étudier avec soin leur religion pour vous amuser en parodiant leurs rites sacrés. Mais au moment où l'eau du baptême a touché mon front, j'ai vu une main qui du ciel s'abaissait vers moi. Des anges revêtus de lumière se sont arrêtés au dessus de ma tête. Ils lisaient dans un livre tous les péchés que j'ai commis depuis mon enfance. Ils ont lavé ce livre avec l'eau qui servait pour mon baptême et ils m'ont montré ses feuillets devenus plus blancs que la neige. Maintenant donc, très-illustre empereur, et vous tous, citoyens, qui avez ri avec moi de ces mystères, croyez aussi avec moi que le Christ est le vrai Dieu, qu'il est la lumière, la vérité, la bonté, et que c'est par lui que vous pouvez obtenir votre pardon. »

Dioclétien irrité condamna Genès a être battu de verges, et il ordonna au préfet Plautius de le contraindre à offrir des sacrifices aux faux dieux. Le préfet le fit étendre sur le chevalet et le fit déchirer avec des ongles de fer : rien ne put abattre le martyr. Il expira dans les supplices en murmurant : « Il n'est pas d'autre Dieu que celui que j'ai vu!.. le Christ est sur mes lèvres, le Christ est dans mon cœur ! »

Albinus n'avait pas entendu sans émotion ce merveilleux récit.

— A la même époque, dit-il en se levant, un autre martyr du nom de Genès mourait à Arles. Il était très-habile dans l'art d'écrire avec la rapidité de la parole et remplissait auprès du tribunal la charge de greffier. Lorsque le juge lui ordonna de transcrire un édit de persécution, il se révolta à la pensée qu'il allait contribuer à faire périr des innocents. Il jeta ses tablettes au pied du juge en s'écriant qu'il ne serait jamais le complice de l'iniquité. Pour se soustraire à la fureur des ennemis du nom chrétien, il essaya de traverser le Rhône à la nage et de mettre le fleuve entre lui et les persécuteurs. Mais des soldats se jetèrent aussitôt dans une barque et parvinrent avant lui sur l'autre rive. Ils le saisirent au moment où il touchait terre et lui tranchèrent la tête. — Et le sang de ce martyr, dit Céralis avec exclamation, a été pour Arles une semence de chrétiens :

En s'abandonnant aux graves pensées que faisaient naître de tels souvenirs, les deux jeunes gens se dirigèrent vers le Forum, où se trouvaient leurs habitations. Un des plus récents ornements de ce Forum, d'une étendue considérable, etait une colonne en marbre blanc érigée depuis quelques jours en l'honneur des vainqueurs de Maxence. On y lisait cette courte épigraphe :

IMP. CAES.

FL. VAL.

CONSTAN

TINO

P. F. AVG.

DIVI

CONSTAN

TI AVG.

PII

FILIO

« A l'empereur César Flavius Valerius Constantinus, pieux, heureux, Auguste, fils du divin Constance. Auguste, pieux. » (1).

(1) Cette colonne se trouve au musée d'Arles.

— Voilà une inscription laconique, dit Albinus

— Il y a pourtant un mot de trop.

— Lequel ?

— Celui-là, dit Céréalis, en indiquant du doigt le mot *Divi*. N'est-ce pas s'avilir et se vouer à la servitude que de donner à un empereur le titre de Dieu? N'est-ce pas légitimer toutes les tyrannies dont ils se rendraient coupables? Comment les Romains pourraient-ils se souvenir de leur antique liberté en adorant comme des dieux les maîtres du monde? Certes, les chrétiens savent rendre à César ce qui appartient à César. Ils l'ont bien prouvé en se laissant égorger pendant trois siècles plutôt que de se révolter. Mais ils ne voient dans l'empereur qu'un homme à qui Dieu a confié, pour le bien public, une part de son autorité.

— Lorsque notre âge nous permettra d'être décurions et de siéger dans le conseil de la cité, nous engagerons nos concitoyens à être moins prodigues de colonnes, de statues, d'arcs de triomphe, et à ne pas s'abaisser devant les empereurs jusqu'à les appeler du nom de dieux.

En ce moment un homme qui courait d'un air effaré vint à eux et leur remit à chacun un billet ainsi conçu :

« Le rhéteur Métrodore donnera au théâtre une déclamation sur un sujet très-piquant le huitième jour des calendes de mars. On entendra le même jour un autre orateur très-éloquent. Le prix de la tes-

sère d'entrée sera, comme toujours, de six oboles. Je
vous exhorte à venir nous écouter. »

— Quel est cet homme? demanda Céréalis.

— C'est Hygias, le chef de la petite troupe payée
par Métrodore pour l'applaudir aux bons endroits,
quand il déclame. Les rhéteurs trouvent que leurs
discours seraient trop froids s'ils n'étaient jamais
interrompus par des applaudissements. Pour se procurer la chaleur dont ils ont besoin et pour exciter
leur auditoire, ils recrutent des applaudisseurs qu'ils
appellent leur chœur, leur famille, et qui gagnent con-
sciencieusement leur argent. Afin qu'ils battent des
mains à propos et avec ensemble, ils ont un chef qui
leur donne le signal. C'est Hygias qui est le chef
du chœur de Métrodore, c'est lui qui est chargé de
distribuer, quelques jours avant la déclamation, ces
petits billets qui nous l'annoncent et nous y invitent.

Leurs regards furent attirés par une affiche écrite
en gros caractères sur une tablette de bois suspendue
près de la porte de la basilique où se rendait la justice. Ils s'approchèrent et lurent :

« Tous les lettrés de la Rome gauloise sont avertis
que deux déclamations seront données au théâtre le
huitième des calendes de mars. Il y aura joie et tristesse en même temps; on entendra celui qui vient et
celui qui s'en va. Venez nous prêter une oreille
favorable. Le prix de la tessère d'entrée sera de six
oboles. »

Cette affiche contient une énigme que je voudrais
bien éclaircir, dit Albinus. Il n'y a que Valérien qui

puisse m'expliquer ce que signifie « celui qui vient et celui qui s'en va. »

— Je ne savais pas que Valérien fût si habile à interpréter les annonces des sophistes.

— Il connaît beaucoup Métrodore et assiste à toutes ses déclamations.

— Vraiment !

— Je crois pourtant qu'il admire beaucoup moins l'éloquence de ce rhéteur que les beaux yeux de sa fille Thalie ! Personne n'est mieux instruit que lui du jour et de l'heure de chaque discours et du sujet qui sera traité. Il n'y a que lui qui puisse me dire comment le huit des calendes de mars « il y aura en même temps de la joie et de la tristesse. »

— Allons à l'amphithéâtre. Il est probable que nous y rencontrerons Valérien. Le soleil vient à peine de se coucher, il n'est pas encore assez nuit pour que les exercices militaires soient terminés.

Depuis qu'un édit de Constantin avait interdit les combats de gladiateurs, si chers aux païens, mais si choquants pour les chrétiens, les arènes d'Arles ne servaient plus qu'aux exercices militaires. Ce maniement d'armes, ces combats simulés, ces siéges, ces assauts, ces défenses amusaient vivement le peuple sans lui faire subir les poignantes émotions que donne la vue du sang versé. Arles, que Jules César avait fortifié, pouvait recevoir en garnison une légion complète, formée de dix cohortes et comprenant six mille soldats. Mais, à cette époque, la ville n'était occupée que par une seule cohorte divisée en trois *manipules* ou

bataillons, l'un de soldats armés de lances, *hastati*,
l'autre de soldats qui avaient l'honneur d'engager les
premiers l'action, *principes*, l'autre de soldats qui
combattaient au troisième rang et formaient l'élite de
l'armée, *triarii*. Chaque manipule etait divisée en
deux centuries ou brigades de cent hommes, comman-
dées par un centurion. La cohorte avait pour chef
Valérien. Chaque jour, plusieurs brigades allaient
s'exercer dans les arènes à manier adroitement la
lance et le glaive, à se ranger en ordre de bataille,
à se resserrer en carré, à marcher au pas de course
sur l'ennemi.

— Je ne comprends pas, dit Céréalis en se dirigeant vers l'amphithéâtre, comment Valérien et toi,
qui avez tant d'esprit, tant de savoir et de goût
littéraire, vous pouvez entendre avec plaisir les déclamations de Métrodore.

— Tu es vraiment trop sévère. Si tous les chrétiens étaient aussi rigides que toi, on pourrait avec
raison les accuser de détester le genre humain.
Valérien est très-attaché à ses croyances ; pourtant il
ne condamne pas toutes les distractions.

— Plus d'un sage du paganisme partage mon
opinion sur les rhéteurs. Epictète défendait à ses
disciples d'aller les entendre ; il croyait que leur
emphase et leur soif d'applaudissements étaient d'un
très-mauvais exemple sur les jeunes gens.

— C'est une des exagérations d'Epictète, qui se
piquait d'enseigner une morale aussi austère que
celle des chrétiens. Il est naturel que vous n'ap-

prouviez pas les jeux grossiers du théâtre qui offensent trop souvent la pudeur, les combats sanglants des mirmillions et des bestiaires, les courses de chars qui se terminent rarement sans que deux ou trois cochers soient écrasés. Mais quoi de plus innocent que les déclamations des rhéteurs et quoi de plus beau que l'éloquence !

— Réserve ce grand mot d'éloquence pour d'autres discours que ceux de Métrodore et de ses pareils. Quelle grande cause défendent-ils ? Inspirent-ils à leurs auditeurs l'amour de la patrie, l'amour de Dieu, l'amour des hommes ? Ils traitent des sujets insignifiants. Ils sont contents d'eux-mêmes lorsqu'ils ont arrondi leurs périodes, lorsqu'ils ont forgé quelques mots nouveaux ou ressuscité des mots vieillis, lorsqu'ils ont trouvé des épithètes ingénieuses et d'énigmatiques périphrases. Ce ne sont pas des orateurs, ce sont des amuseurs publics.

— Puisque tu ne blâmes pas ceux qui prêtent l'oreille à une musique agréable, pourquoi blâmes-tu ceux qui écoutent volontiers une déclamation préparée avec art ?

— La musique atteint pleinement son but, lorsqu'elle nous distrait, nous émeut, calme nos douleurs, double l'énergie de nos sentiments ; mais la parole n'a pas été donnée à l'homme pour flatter l'oreille par des phrases cadencées, par des sons mélodieux qui n'expriment aucune grande pensée.

— Les rhéteurs nous rappellent quelquefois avec

2

forcé nos devoirs ; il nous excitent à la patience, au
mépris des richesses, au pardon des injures.

— Mais le plus souvent ils ne songent qu'à faire
parade de leur habileté à parler pendant une heure
sur un rien. L'un discourra sur la calvitie, l'autre
prouvera que toutes les belles choses sont rares.
Celui-ci fera l'éloge du paon, comme Antiphon, celui-là du perroquet comme Dion Chrysostôme. Ici
Clitarque dira de fort jolies choses sur la teigne et
là Polycrate ne tarira pas sur la souris. On accourra
pour entendre de la bouche du plus célèbre des rhéteurs les plaintes d'un homme qui veut se tuer parce
que sa femme est trop bavarde ou celles d'un para-
site qui n'a pas pu jouir du festin auquel l'invitait
son ami, parce que son cheval s'est emporté (1).
Ces jeux d'esprit sont ridicules, et c'est avilir l'art
d'écrire que de le faire servir à de telles puérilités.
Mon cher Albinus, si tu veux entendre une parole
éloquente, entre dans nos églises, mêle-toi au peuple
chrétien, prête l'oreille à la voix auguste de nos pontifes. Tu seras tellement saisi par la grandeur des
pensées, que tu ne feras pas attention aux mots. Tu
seras forcé de rentrer en toi même, d'interroger ta
conscience, de déplorer ta faiblesse, et de prendre la

(I) Ces deux déclamations sont de Libanius qu'on pourrait
appeler le dernier des rhéteurs. Toute la ville voulut l'entendre, dit S. Basile lui-même, qui écrivit à son ancien maître
pour le féliciter et lui dire qu'il n'y avait qu'un Libanius au
monde et que lui seul savait donner une âme à l'éloquence.

résolution d'accomplir tous les sacrifices qu'exige la vertu. Tu ne diras pas de l'orateur : Comme il parle bien! mais tu t'écrieras : Comme il a bien raison !

Un bruit de pas lents et cadencés se fit entendre. C'étaient les soldats qui revenaient de l'amphithéâtre. Albinus s'approcha du centurion qui les commandait.

— Valérien a-t-il aujourd'hui excité par sa présence l'ardeur des soldats? lui demanda-t-il.

— Il est venu à la fin des exercices. Nous l'avons laissé dans l'arène où vous le trouverez encore. Il est plus pensif que de coutume et je suppose qu'il est tourmenté par quelque peine secrète.

La supposition du centurion n'était pas hasardée. Albinus et Céréalis purent s'en convaincre en entrant dans l'amphithéâtre. Ils aperçurent Valérien au milieu de l'arène, appuyé sur le large pieu contre lequel les soldats venaient d'exercer leur force et leur adresse. Ses regards étaient tristement baissés vers la terre. Absorbé dans ses pensées, il n'entendit le bruit des pas de ses amis que lorsqu'ils furent tout près de lui. Il leva la tête, les reconnut et s'efforça de sourire.

— Comme te voilà sérieux ! lui dit Albinus. Cherches-tu le mot d'une énigme?

— Peut-être.

— Je t'aiderai à le trouver, lorsque tu m'auras expliqué l'annonce mystérieuse que le rhéteur Métrodore vient de faire afficher au Forum.

— Tu veux savoir sans doute ce que signifient

la joie et la tristesse promises pour la prochaine déclamation.

— Justement.

— Métrodore nous quitte, voilà la tristesse. Mais
comme notre ville ne peut pas se passer de ses amusements littéraires, il sera remplacé par Hermégiste,
voilà la joie.

— Les deux rhéteurs parleront sans doute l'un
après l'autre, et c'est ainsi qu'on entendra celui qui
vient et celui qui s'en va ?

— Bien deviné.

— Puisque tu es si bien informé de ce qui regarde
Métrodore, dis-nous pourquoi il abandonne notre
ville, où ne lui manquaient ni les sesterces, ni les applaudissements.

— Voilà l'énigme dont je cherche le mot.

— Je me consolerais du départ de Métrodore si
Thalie nous restait ; mais elle suivra son père, et
Arles sera privée de son étoile la plus brillante.

— Il y a longtemps, mon cher Albinus, que tu
laisses dormir ta muse. Voici un sujet bien digne de
l'inspirer : Thalie ou l'étoile filante, élégie.

— Ce n'est pas moi qui chanterai les vers les plus
plaintifs ; Valérien est plus affligé que moi.

— Il est rare que des hommes de guerre se laissent
charmer par les bavardages de la rhétorique.

— Mais de tout temps Mars a mêlé le myrte à ses
lauriers.

Valérien ne mêla pas un mot à ces plaisanteries.
Son visage exprimait une telle contrariété que ses

amis changèrent de conversation. Le crépuscule faisait place à la nuit. Ils rentrèrent dans leurs demeures en échangeant quelques nouvelles de Rome et en se communiquant leurs craintes et leurs espérances touchant une guerre prochaine.

II.

LE RHÉTEUR MÉTRODORE.

Le rhéteur Métrodore avait adopté les usages des Romains. Il employait, comme eux, les douze heures de la journée, qui commençaient avec le lever du soleil et finissaient à son coucher, pour faire place aux heures de la nuit. Il consacrait la première heure à la prière. Il allait quelquefois dans l'église des chrétiens consacrer au Seigneur les prémices de la journée, mais il n'y apportait pas une piété fervente. Elle était méthodique et artificielle comme ses discours ; l'esprit y avait plus de part que le cœur. Pendant la seconde et la troisième heure, il faisait des visites et en recevait. Il écoutait les solliciteurs ou se rendait lui-même auprès des grands personnages dont il désirait obtenir quelque faveur. Il employait au travail la quatrième et la cinquième heure. Lorsqu'il était trop fatigué pour composer un discours, lorsque son imagination épuisée était trop ente à trouver des épithètes sonores, des périphrases,

des mots heureux , il allait entendre plaider ou re-
cueillait des nouvelles sur le Forum. La sixième
heure l'invitait au repos. C'était le moment du dîner.
Ce repas du milieu de la journée n'était plus aussi fru-
gal qu'autrefois. Il se ressentait du progrès du luxe et
il n'était plus possible de le prendre debout. Le dîner
était suivi de la méridienne , léger sommeil qui, d'ordinaire, ne se prolongeait pas au-delà d'une heure. En
sortant de ce sommeil, la plupart des Romains ne se
livraient plus à aucune affaire sérieuse. Les hommes
très-laborieux continuaient seuls le travail commencé
pendant la matinée. On jouait au ballon ou à la
paume, on se promenait , on se faisait porter en litière. C'était le moment des spectacles et des jeux
populaires, des courses de chars dans le cirque, des
représentations mimiques au théâtre. À la neuvième
heure, on se rendait aux bains publics. Ceux mêmes
qui avaient chez eux des salles de bain , préféraient
quelquefois se mêler à la foule qui remplissait un de
ces thermes construits avec tant de magnificence par
les Romains. Lorsque la dixième heure était venue,
on songeait au souper , c'était le repas le plus im-
portant de la journée. On le savourait lentement, on se
livrait au plaisir de la conversaiton. Lorsque des convives amis étaient venus se joindre au cercle ordinaire
de la famille . on prolongeait le souper jusqu'à la seconde et même la troisième heure de la nuit. Les lits
sur lesquels on s'était accoudé pour manger servaient
de lits de repos et permettaient de causer à l'aise.
Lorsqu'on ne recevait pas de convives étrangers , on

faisait une courte promenade après le souper , on
s'entretenait des affaires de la famille jusqu'au moment où les yeux appesantis indiquaient qu'il était
temps de goûter les douceurs du sommeil. Lorsqu'ils
veillaient plus longtemps que de coutume, les Romains
faisaient encore avant de se coucher un léger repas ,
qu'ils appelaient *comessatio.*

Le dixième jour , avant les calendes de mars , Métrodore n'avait invité à souper d'autre convive
qu'Hermégiste, qui devait, le surlendemain, faire ses
débuts à Arles comme rhéteur. En attendant l'heure,
il s'était retiré avec sa fille dans sa bibliothèque, où
les œuvres oratoires de Sénèque et de Dion de Pruses
occupaient une place d'honneur. Thalie était assise
près de la porte. Sa main droite pendante tenait un
volume déroulé. Son bras droit , accoudé sur une
table , soutenait sa tête inclinée. Son visage portait
les traces de larmes récentes. Ses longues tresses de
cheveux noirs tombaient en désordre sur ses épaules.
Immobile et silencieuse , on l'aurait prise pour une
statue de la mélancolie. Métrodore se promenait à
pas lents et achevait de graver dans sa mémoire le
discours qu'il devait déclamer le surlendemain. La
tristesse de sa fille l'affligeait. Pour l'arracher à ses
pensées, il essayait d'engager avec elle une conversation littéraire , mais elle ne lui répondait que par
des monosyllabes. Il vint s'asseoir auprès d'elle et
lui dit d'une voix altérée par l'émotion :

— Je te croyais plus philosophe, ma chère enfant.

— L'insensibilité des stoïciens n'est ni de mon
sexe, ni de mon âge.

— Tu devrais te réjouir à la pensée de revoir bientôt notre terre natale.

— Je n'étais qu'une enfant quand nous avons quitté
Alexandrie, et je n'ai conservé de cette ville qu'un
vague souvenir. C'est ici qu'est ma vraie patrie, c'est
ici que se sont écoulées les plus riantes années de
ma jeunesse.

— Les bords du Nil te feront promptement oublier
les bords du Rhône.

— Nous sommes ingrats en nous éloignant de cette
ville d'Arles où nous avons été accueillis avec tant de
bienveillance. Les jeunes gens se pressent autour de
votre chaire. Votre nom n'est prononcé qu'avec admiration. On accourt des villes voisines pour vous entendre. Vous serez comme perdu au milieu de la
foule des professeurs d'Alexandrie, tandis qu'ici vous
êtes le roi de l'éloquence.

— Je dois oublier ma gloire et mes intérêts lorsque ma patrie m'appelle. Une grande œuvre se prépare ; elle réclame le concours de tous les hommes
de génie. Arius, mon condisciple et mon ami, va
étonner le monde par la grandeur de ses conceptions.
Il a trouvé la véritable philosophie du christianisme.
Il a imaginé un système qui simplifie tous les dogmes
et les ramène tous à l'unité. Il a découvert ce qui
avait échappé à la sagacité d'Origène lui-même. Il a
résolu le problème des rapports du monde avec Dieu
avec plus de simplicité que les premiers docteurs

chrétiens, en empruntant au gnosticisme et aux platoniciens d'Alexandrie leur théorie fondamentale
dépouillée de toutes les hypothèses superflues.

— Que nous importe son système ? Il aura le sort
de ceux qui l'ont précédé. Après avoir passionné un
instant les esprits, il disparaîtra comme un rêve.

— La doctrine d'Arius n'est pas un système, c'est
la vérité ; l'avenir lui appartient. Mais il a besoin du
concours de ses amis pour dissiper les idées fausses
qui jusqu'ici ont prévalu.

— Et c'est pour vous mettre à la suite d'Arius,
que vous abandonnez la Gaule !

— Ici mon horizon est trop borné. Disciple d'Arius
à quoi ne puis-je pas aspirer ? Le rhéteur peut devenir évêque.

— Dans une bourgade perdue de l'Afrique.

— Non, dans une des plus grandes cités de l'Orient,
Alexandrie, Athènes, Césarée, Nicomédie.

— L'Orient ne me tente pas. A ses plus fameuses
cités, je préfère cette chère ville d'Arles.

— Tu n'as pas assez d'ambition.

— J'en ai peut-être plus que vous, mon père, dit
la jeune fille en relevant fièrement la tête.

Il y eut un moment de silence. Métrodore se leva
et fit quelques pas les yeux fixés sur son manuscrit,
puis il revint auprès de Thalie.

— Je t'ai révélé tous mes projets ; fais-moi connaître tes espérances avec la même franchise.

— Je n'espère rien, pas même vous déterminer

à rester ici. Votre résolution est prise et votre départ est annoncé.

— Penses-tu que j'ignore quelle est la chimère qui t'attache à Arles ?

— Quelle est-elle ? demanda la jeune fille en rougissant.

— Tu te crois aimée de Valérien.

— Et, c'est ce que vous appelez une chimère ! s'écria Thalie. Oui, je crois, je suis sûre d'avoir inspiré à Valérien les mêmes sentiments qu'il m'a inspirés lui-même. Oui, je crois et je suis sûre qu'il est aussi digne de moi que je suis digne de lui.

— J'apprécie les nobles qualités de Valérien. Il mérite assurément l'estime dont il jouit, souvent il honore de sa présence nos déclamations. Cependant je ne croyais pas que la fille d'un lettré serait sensible à ce point aux hommages d'un soldat.

— D'un soldat qui peut devenir empereur !

A ce mot, Métrodore tressaillit. Il se hâta d'ajouter en souriant :

— Maintenant, je suis obligé d'avouer que tu es plus ambitieuse que moi.

— Valérien est très-aimé de Constantin. Pourquoi ne serait-il pas quelque jour proclamé césar ! N'a-t-on pas vu la couronne impériale sur le front d'un bouvier tel que Galérius, d'un fils d'affranchi tel que Dioclétien !

— A l'avenir, ces jeux de la fortune seront plus rares. Ce ne sera plus le caprice des légions ou des gardes prétoriennes qui donnera le sceptre et le reprendra. Les Augustes se choisiront eux-mêmes leurs successeurs et désormais l'empire sera héréditaire.

La conversation fut interrompue par l'arrivée d'Hermégiste. Lorsqu'il eut échangé avec son hôte les compliments d'usage, Métrodore l'introduisit dans le triclinium. Après un souper délicat qui se distinguait tant par la qualité des mets que par leur abondance, on s'entretint des prochains débuts oratoires d'Hermégiste qui ne voyait pas arriver le jour de l'épreuve sans une vive émotion.

— Si j'allais être sifflé, disait-il, au lieu d'être applaudi ! j'en mourrais de douleur.

— Ne crains rien. Je te laisse une famille dévouée qui battra des mains pour toi avec autant d'ardeur que pour moi. Hygias son chef est très-intelligent et très-docile. Tu lui signaleras les beaux endroits de ton discours et il saura donner à propos le signal des applaudissements.

— Comment plaire à des auditeurs habitués à ta parole si élégante et si harmonieuse ?

— Le compliment est bien tourné et je te le rendrai à l'occasion. Quel sujet traiteras-tu ?

— Je ferai l'éloge de l'agriculture.

— J'aurais préféré l'éloge de la navigation fluviale, de la pêche, du commerce. Il faut flatter les habitants d'Arles qui ne peuvent pas être d'habiles cultivateurs. Le Rhône leur rapporte plus que la Crau.

— Je ne puis pas composer en deux jours une autre déclamation.

— Après tout, qu'importe le sujet, pourvu que tu

intercales dans ton discours une prosopopée à la ville d'Arles.

— Voilà justement ce que j'ai fait, j'ai travaillé à ce morceau avec un soin tout particulier.

— Si nous étions à Athènes, je t'exhorterais à parler à tort et à travers de Marathon. Mais ici, pour être écouté avec faveur, il faut proclamer Arles la seconde Rome et rappeler de quels bienfaits l'ont comblé Auguste et Jules César.

— Je me souviens des conseils que Lucien, ce railleur impitoyable, donnait à un jeune rhéteur : que dans tous tes discours figurent Marathon et Cynégire. Tu ne diras rien qui vaille si tu ne parles pas du mont Athos et de l'Hellespont, du soleil voilé par les flèches des Perses comme par un sombre nuage, de Xerxès fugitif, de Léonidas aux Thermopyles, d'Artémise, de Salamine et de Platée.

— Lucien a beau se moquer, ces conseils sont excellents. Tous les peuples se ressemblent. Si on veut leur plaire, il faut les flatter en leur rappelant sans cesse les plus glorieux souvenirs de leur histoire.

— J'ai réservé pour la péroraison un panégyrique de Constantin qui sera peut-être le plus beau passage de mon discours.

— J'allais te demander si tu avais songé à l'empereur. Il est toujours prudent de louer ceux qui nous gouvernent. Mais dans cette ville qui doit beaucoup à Constantin, tu feras bien de brûler de temps en temps quelques grains d'encens en son honneur.

Estimons-nous heureux de vivre sous un prince dont nous pouvons faire l'éloge sans trop mentir à notre conscience. En d'autres temps, il nous aurait fallu vanter les vertus de Néron, ou d'Héliogabale, ou de Galérius.

— Lorsque j'aurai chanté les louanges d'Arles et de l'empereur, fasse le ciel que les Arlésiens chantent les miennes.

— Sois persuadé que si tu contentes leur amour-propre, ils contenteront le tien.

— Quelle humiliation si, malgré toute la peine que je prendrai pour polir mes discours, je ne trouvais pas d'auditeurs!

— C'est impossible, que veux-tu que fassent les désœuvrés, maintenant qu'il n'y a plus de combats de gladiateurs, que les courses de char sont rares, que les mimes sont méprisés? Ils sont trop heureux que des rhéteurs les aident à passer le temps. Je te recommande seulement d'être exact lorsque tu auras indiqué le jour et l'heure d'une déclamation. Que nulle indisposition ne t'empêche de te rendre au théâtre lorsque les auditeurs sont rassemblés et comptent sur toi pour se distraire. Souviens-toi du sophiste Niger. Quelques heures avant de prononcer son discours, il mangea du poisson. Une arête se planta dans son gosier. Il ne fit pas renvoyer au lendemain sa déclamation. Il voulut parler, malgré sa souffrance, de peur que son silence ne fût pris pour un aveu de sa défaite, et il mourut peu de jours après. Il poussa jusqu'au mépris de la mort son attachement à ses devoirs de rhéteur.

— Je me sens incapable de pousser jusqu'à un tel héroïsme l'amour de la gloire.

— Tu n'as pas à craindre ici la fin tragique de Niger ; tu mangeras de meilleurs poissons et tu feras de meilleurs discours.

Enfin, arriva ce huitième jour avant les calendes de mars, si pompeusement annoncé. Dès le matin, les esclaves de Métrodore préparèrent le trône d'où les deux rhéteurs devaient parler. Il était adossé à la scène et dominait l'orchestre, ainsi que les premiers gradins. Au dessus du trône, les serviteurs tendirent un dais aux longs rideaux de soie. Ils placèrent sur le siège de l'orateur et sur le bord de la tribune des coussins qui permettaient d'être mollement assis et de ne pas blesser les bras en se livrant à des gestes véhéments. Ils disposèrent ensuite dans l'orchestre plusieurs rangs de siéges commodes où les auditeurs pouvaient demeurer pendant une heure sans trop de fatigue. (1)

Hermégiste aurait voulu choisir pour ses déclamations un autre lieu que le théâtre, mais on ne trouvait pas facilement de grandes cours à louer. Parmi ses citoyens, Arles ne comptait pas, comme Athènes, beaucoup de ces hommes aimables dont Théophraste a tracé le portrait, toujours prêts à céder aux orateurs célèbres une cour sablée pour faire parade de

_____

(1) Aélien fait dire à Epictète : « Mille poni subsellia oportebit et convocari quam plurimos auditores. »

leur richesse ou de leurs goûts littéraires, et pour
donner à leurs amis le plaisir d'une pompeuse déclamation. Métrodore vainquit facilement les scrupules
d'Hermégiste. Il lui dit que les rhéteurs devaient
s'accommoder aux circonstances, et il lui cita l'exemple
d'Apulée, qui ne faisait pas difficulté de déclamer au
théâtre, là où le mime débite ses folies, où le comédien
pérore, où le tragédien vocifère, où le funambule expose sa vie, où l'histrien gesticule, où le prestidigi-
tateur fait ses tours de passe-passe.

Dès la septième heure, quelques admirateurs de
Métrodore vinrent s'asseoir sur les siéges et les gradins. Albinus ne fut pas des derniers à se placer.

— Sais-tu pourquoi Métrodore nous quitte? demanda-t-il à son ami, le jeune Agathon, assis près de lui.

— On dit que les habitants d'Alexandrie lui ont
fait des propositions magnifiques. Si charmés que
soient les rhéteurs par l'éclat de l'éloquence, ils ne
dédaignent pas l'éclat de l'or.

— Il devrait bien nous laisser sa fille Thalie. Les
orateurs ne sont pas rares et nous en aurons toujours.
Uno avulso non deficit alter: dès que l'un part, un
autre arrive. Mais nous n'aurons pas toujours des
beautés aussi splendides que Thalie.

— Je ne suis pas aussi enthousiasmé que toi de
cette fière Eygptienne. Il lui manque la grâce, le
plus exquis de tous les attraits. Elle parle le front haut,
elle a le regard dominateur, elle n'a sur les lèvres
qu'un sourire dédaigneux. Un statuaire peut la désirer

pour modèle, mais ce n'est pas moi qui la voudrais
pour femme,

— Valérien n'est pas de ton avis, et cependant il a
le goût délicat. Comme elle est fille d'un rhéteur, il
est possible que sa parole fascine encore plus que sa
beauté. Mais puisque Valérien est si épris de cette
étrangère, pourquoi la laisse-t-il partir ?

— Je crois qu'il attendait, pour la demander en mariage, d'être élevé au rang de chef de légion ou de
recevoir le titre de comte militaire.

— L'hommage d'un simple chef de cohorte ne la
flatterait pas assez. Il faut au moins un triumvir à
cette Cléopâtre.

Les auditeurs, plus nombreux que de coutume, rem-
plissaient déjà la plupart des siéges et la moitié des
gradins. Tout-à-coup ils se levèrent et firent retentir
le théâtre d'applaudissements prolongés. Métrodore
entrait en souriant et en saluant le public. Il tenait par
la main Hermégiste dont la paleur trahissait l'émotion. Derrière lui marchait Thalie, entourée de jeunes
filles de son âge. Toutes avaient adopté sa coiffure.
Un large bandeau de pourpre, fixé par une agrafe
d'or ceignait leur chevelure et formait sur leur tête
une couronne. Métrodore s'avança vers le trône de
l'orateur, en promenant sur l'auditoire un regard satisfait. Hermégiste s'assit sur le siége le plus rapproché
du trône, faisant face au public. Thalie et ses compagnes avaient des places réservées près du dernier angle
de gradins. La famille des applaudisseurs, entrée à la
suite des jeunes filles, se divisa en deux groupes. Leur

chef Hygias les plaça de telle manière que chacun d'eux pouvait suivre ses mouvements et saisir le moindre signal.

Métrodore s'était rendu au théâtre sur un char traîné par quatre chevaux de Phrygie au frein d'argent. Il était aussi magnifiquement vêtu que les rhéteurs les plus renommés. Comme Adrien, chef de l'école sophistique d'Athènes, il portait une tunique de soie où brillaient des pierres précieuses ; comme Athénion, il avait orné sa main droite d'anneaux d'or ; comme Dion Chrysostôme, il avait jeté sur ses épaules une peau de lion. Il s'approcha d'un des plus fanatiques admirateurs qu'on voyait assis au premier rang, à chaque déclamation, pour ne pas perdre une syllabe.

— Eh bien ! Florus, il me semble qu'aujourd'hui l'auditoire est magnifique.

— Jamais il n'y eut tant de monde.

— Il y a bien cinq cents personnes ?

— Que dites-vous, cinq cents ? nous sommes bien plus de mille.

— Dion lui-même n'a jamais eu tant d'auditeurs.

— Proérésius serait jaloux de votre succès.

— Je m'étonne d'un tel concours.

— A moins d'être plus illettré que les bateliers du Rhône, comment ne pas venir écouter votre parole si élégante ?

— Ordinairement les rangs sont plus éclaircis.

— On sait que vous allez nous quitter et on veut entendre le dernier chant du cygne.

Métrodore alla s'asseoir sur les coussins de son trône avec le visage serein d'un homme qui est sûr de son talent. Il distribua des regards et des sourires à droite et à gauche aux auditeurs qui suivaient ses leçons avec le plus d'assiduité. Il allait étendre la main pour réclamer le silence, lorsqu'il s'aperçut que Valérien n'était pas encore arrivé. Il ne voulait pas commencer avant la venue d'un tel auditeur. Il gagna du temps en faisant fondre dans sa bouche des boules de gomme, afin de donner à sa voix plus de douceur et de souplesse. Mais il ne pouvait pas abuser de ce moyen, et le silence de l'auditoire l'avertissait qu'il ne pouvait tarder davantage. Au moment où il s'inclinait, pour annoncer, par le salut d'usage, qu'il allait parler, Valérien entra, suivi de Céréalis. Il se plaça sur un des premiers sièges de l'orchestre vis-à-vis les places réservées aux jeunes filles.

— As-tu remarqué les regards échangés entre Thalie et le chef de notre cohorte ? demanda Agathon à son voisin.

— La sévère beauté a légèrement rougi, répondit Albinus.

— Tu vois que ce marbre s'anime à l'occasion.

— Ils ne prêteront ni l'un ni l'autre une grande attention aux paroles qu'on va nous débiter.

— Pour nous, soyons tout oreilles, puisque c'est pour la dernière fois que nous entendons Métrodore.

— Par Apollon ! voici Céréalis. Enfin, jeune sage,

tu as compris qu'on peut sans crime écouter notre rhéteur.

— Valérien m'a vanté si chaleureusement son éloquence que j'ai résolu d'en juger par moi-même.

— Si tu viens ici pour critiquer, je plains l'orateur.

— Chut ! il commence.

La dernière déclamation de Métrodore ne pouvait être qu'un discours d'adieu. Son exorde fut élégiaque. D'une voix lente et plaintive, il dit qu'il était douloureux pour lui de quitter une ville où il avait rencontré tant de sympathies. Il déclara qu'il ne perdrait jamais le souvenir de la ville d'Arles et de la bienveillance de ses habitants. Il exprima la tristesse des séparations avec d'ingénieuses antithèses, de gracieux bouquets de pensées subtiles, des alliances de mots d'une nouveauté piquante ; il avait soigné surtout, dans l'exorde, ce que les rhéteurs appelaient les *clausales*, c'est-à-dire les fins de phrase, qui devaient se terminer pour ainsi dire en pointe acérée, afin d'aiguillonner les auditeurs et de provoquer leurs cris et leurs applaudissements (1). Plus d'une fois, il fut interrompu par des acclamations qu'Hygias poussait le premier et qu'une foule d'auditeurs répétaient après lui. *Très-beau ! Très-bien ! Très-juste ! C'est divin ! Des couronnes !*

Métrodore expliqua pourquoi il se résignait à un

---

(1) « Ne a me queras pueriles decalmationes, sententiarum flosculos, verborum lenocinia et per fines capitulorum singularum acua quædam, breviterque conclusa, quæ plausus et clamores excitent audientium. » [S. Jerom. Ep. 2.]

départ qui déchirait son cœur. Il dit qu'il était rappelé par sa patrie. Ce mot de patrie fut pour lui l'occasion d'une longue amplification oratoire. « Quel est l'homme assez barbare pour oublier sa patrie? Pour elle, nous devons vivre, pour elle nous devons mourir. Elle a protégé notre berceau, elle doit abriter notre tombe. Soyons sa force pendant la guerre et sa gloire pendant la paix! Là se sont illustrés nos ancêtres, là s'étendra notre postérité. Là, le jour brille pour nous avec plus d'éclat, et la nuit nous endort avec plus de calme. Nous nous rappelons avec plus de douceur les jours passés, et nous attendons avec plus d'espérance les jours à venir. O patrie, ô ciel natal, ô rivage qui m'a vu naître ! ton nom seul fait battre mon cœur et mouille mes yeux de larmes. Comme un bon fils préfère sa mère à toutes les autres femmes, ainsi, ô terre maternelle, ô ma patrie, je dois te préférer aux contrées les plus souriantes, même à celle où j'ai passé mes jours les plus heureux ! »

Métrodore était resté assis en prononçant son exorde; mais, arrivé à son amplification sur la patrie, qui était le principal morceau à effet de son discours, il se leva, enfla sa voix, et passa des gestes gracieux aux gestes véhéments : il battait sa poitrine, il frappait sur sa cuisse, il joignait les mains ou les heurtait avec bruit l'une contre l'autre, il se donnait un air inspiré en perdant la voix à force d'enthousiasme. Lorsqu'il eut achevé, haletant et le visage mouillé de larmes, sa tirade sur la patrie, il retomba comme épuisé sur ses coussins. Hygias n'attendait que ce moment pour donner le signal des plus sonores battements de mains. Tous ceux qu'on appellerait aujourd'hui des claqueurs crièrent plus fort que jamais : *Des couronnes ! des couronnes !* En se prolongeant plus que de coutume, ces clameurs et ces applaudissements permirent au rhéteur fatigué de reprendre haleine.

Il revint au genre tempéré. Il dit comment tout ce qu'il allait faire à Alexandrie l'obligerait à se souvenir d'Arles. Sur les bords du Nil, pourra-t-il ne pas songer aux flots du Rhône ? Les déserts de l'Egypte et leur célèbre mirage lui rappelleront le désert et le mirage de la Crau. Il débita sur ce sujet une interminable série d'antithèses, puis il prédit qu'un magnifique avenir était réservé à la ville d'Arles. Il montra comment toutes les cités destinées à devenir célèbres ont été bâties au bord d'un fleuve. Il parla de Babylone, traversée par l'Euphrate, de Ninive, baignée par le Tigre, d'Athènes, dont le Céphise et l'Ilissus fertilisent les campagnes, de Rome dont les sept collines voient passer à leurs pieds les eaux du Tibre. Les nymphes du Rhône doivent se rencontrer avec les nymphes du Nil sous les flots bleus de la Méditerranée. Mais les dryades, habitantes des forêts qui avoisinent la plaine d'Arles du côté du septentrion, préfèrent ce séjour à tous les autres bois sacrés. C'est en vain que Pan les appelle sous les chênes de Dodone ou sous les cyprès de Némée : elles ne veulent pas quitter les pins harmonieux de la forêt d'Arles.

Cette tirade à effet fut suivie de bruyants applaudissements et de cris enthousiastes.

— Quelle voix harmonieuse ! disait l'un.

— Quelle prononciation claire et agréable ! disait l'autre.

— Quelle déclamation rhytmée et cadencée !

Métrodore se dressait sur la pointe des pieds et promenait autour de lui des regards satisfaits. Quand le silence fut rétabli, il prit la pose d'un homme accablé par le chagrin et débita sa péroraison sur le ton de l'élégie.

« Adieu ! ville hospitalière, dernier asile de l'éloquence, adieu, ville chère au plus illustre des princes, au divin Constantin ; adieu, ville incomparable où se sont écoulés mes jours les plus fortunés. O nouvelle Rome, que les destins te soient propices ! Heureux qui t'a connue, heureux qui revient sur les bords de ton beau fleuve après une triste absence, plus heureux qui ne s'éloigne jamais de tes vertes campagnes et de ton ciel azuré, qui peut vivre à l'ombre de ton amphithéâtre et dormir son dernier sommeil dans tes champs élysées !...»

En achevant ces paroles, Métrodore porta la main à ses yeux comme pour essuyer ses larmes, et descendit lentement de sa chaire. Il semblait ne la quitter qu'à regret. On ne pouvait pas faire ses adieux avec plus d'art. Son émotion feinte provoqua dans le public une émotion véritable. Quelques auditeurs versèrent des larmes et ce fut avec des trépignements qu'on applaudit une si touchante péroraison.

Dès que Métrodore eut quitté la chaire, Florus courut à lui, saisit le bord de son manteau, le baisa avec transport et s'écria :

— Maître, maître, ce n'est pas un homme que nous avons entendu : c'est Mercure, c'est Apollon, c'est le Dieu de la persuasion.

— Vraiment, vous m'avez trouvé bien aujourd'hui ?

— Admirable ! prodigieux ! vous n'avez jamais été si éloquent.

— Que dites-vous de la manière dont j'ai fait venir Pan, les nymphes et les dryades ?

— On ne peut rien imaginer de plus ingénieux. Qu'on ne nous parle plus d'Isocrate et de Démosthène !

— Je crois qu'en effet ce morceau était parfaitement réussi.

— Après vous nous ne pourrons plus écouter personne avec plaisir.

— Pourquoi ? Hermégiste, sans doute, n'est pas de ma force, mais il parle assez bien.

Pendant que Métrodore savourait avec bonheur l'encens de la flatterie, Albinus disait à son voisin :

— Par Pollux, mon cher Agathon, je crois que ce rhéteur se moque de nous. Il ne pense pas un mot de ce qu'il dit, sans quoi il ne songerait pas à quitter Arles.

— Que nous importe les pensées des rhéteurs, pourvu que leur langage soit agréable. Ils ne se piquent pas de parler d'après leurs convictions, mais

de débiter dès phrases spirituelles et des mots assez
habilement arrangés pour que notre oreille trouve
plaisir à les entendre. Ils nous invitent à leurs discours comme à un spectacle dont ils font tous les
frais. Demande-t-on à un acteur s'il pense ce qu'il dit
quand il déclame un monologue tragique ?

— Métrodore est trop fier de ses effets oratoires.
Je lui pardonnais sa vanité tant qu'il se contentait de
nos applaudissements ; mais puisqu'il va chercher
ceux des Alexandrins, je ne serais pas fâché d'humi-
lier un peu son amour-propre.

— Il fallait le siffler au milieu de sa péroraison.

— Il l'aurait bien mérité. Mais on aurait crié de
tous côtés : A la porte le traitre ! et j'aurais été peut-
être obligé de quitter le théâtre.

— Je t'aurais suivi, mais nous ne serions pas
sortis sans apostropher le public avec quelque éloquence.

— Nous avons un excellent moyen pour donner
sans danger à Métrodore une leçon dont il se souviendra. Il a voulu aujourd'hui se ménager un
triomphe. Il a pensé que ses adieux nous attendriraient
tous et que les débuts d'Hermégiste seraient faible-
ment applaudis. Pourquoi ferions-nous moins d'accueil à celui qui vient à nous qu'à celui qui nous
quitte ? Hermégiste va parler. Battons des mains de
manière à prouver à Métrodore que nous préférons
à son éloquence celle de son successeur.

— L'idée est bonne et d'une exécution facile.

Hermégiste était monté à son tour sur le trône que

Métrodore venait de quitter. Les coussins moelleux
sur lesquels ses mains s'appuient, le dais aux plis
joyeux étendu au dessus de sa tête, l'auditoire, rangé
en demi-cercle autour de lui, attendant ses première^s
paroles dans un profond silence qui l'intimidait, tout
pour lui était nouveau. Il était pâle, ses mains trem-
blaient, ses yeux baissés n'osaient pas promener sur
l'auditoire un regard assuré. Il fit gracieusement les
saluts d'usage et commença d'une voix claire qui
aurait été sonore si l'émotion ne l'avait pas rendue
tremblante et chevrotante.

« J'avais cru longtemps qu'il fallait être d'Athènes
pour parler magnifiquement, et que les Athéniens savaient seuls apprécier les délicatesses du beau langage; mais en voyant avec quelle intelligence, avec
quel sentiment du mérite littéraire vous avez écouté
la parole d'un maître dans l'art de bien dire, je me
suis convaincu que la pureté du goût n'est pas le
privilége du peuple grec, et que votre terre bénie du
ciel tressaille aussi vivement que la patrie de Démosthène lorsqu'elle entend une voix éloquente. »

Quoique cette entrée en matière n'eut rien de
merveilleux, Albinus et Agathon battirent des mains
de toutes leurs forces en criant : Très-bien ! très-bien !
des couronnes ! qu'Hermégiste soit le bienvenu ! Céréalis et Valérien suivirent leur exemple, et en un moment l'auditoire entraîné répéta : Qu'Hermégiste soit
le bienvenu ! Surpris de l'effet qu'il avait produit et
encouragé par ces témoignages de bienveillance, l'o-
rateur continua son discours d'un ton plus assuré. Il

dit que s'il parlait dans une ville où l'on ne connaîtrait que la richesse produite par la culture de la terre, il exposerait les avantages du commerce ; mais que dans cette grande cité d'Arles, célèbre par l'étendue de son négoce, il devait lui être permis de faire l'éloge de l'agriculture. Il fut interrompu par les applaudissements d'Albinus et d'Agathon.

— C'est admirable !

—Vous ne pouviez pas choisir un plus beau sujet !

— L'agriculture est la véritable richesse des peuples !

Métrodore ne pouvait s'expliquer le succès d'Hermégiste. Il avait battu des mains comme les autres après les premières phrases, mais il commençait à craindre, maintenant, que son successeur le fît oublier. Pourtant, se disait-il, je fais les périodes carrées mieux que lui. Il emploie des mots vieillis et il ne connaît pas les tournures de phrase à la mode. Il n'a pas de ces périphrases ingénieuses qui ressemblent à des énigmes et qui procurent à l'auditeur le plaisir de deviner ce que veut dire l'orateur.

Le discours d'Hermégiste n'était ni meilleur ni plus mauvais que les déclamations ordinaires des rhéteurs. Son style était moins entortillé que celui des sophistes de cette époque, mais ses idées ne s'élevaient pas au dessus de la banalité de leurs jeux oratoires. Il raconta d'abord l'origine de l'agriculture. Il ne manqua pas de faire honneur de la culture du blé à Cérès et à Triptolème et de montrer Minerve dotant l'Attique de l'olivier. Ces réminiscences païennes ne se distinguaient pas par leur nouveauté, mais Albinus et Agathon, décidés à toujours applaudir, n'exigeaient pas des pensées originales.

— Honneur à Hermégiste ! il s'est nourri de la poésie d'Homère !

— Il est digne fils d'Athènes, la cité de Pallas !

Ces exclamations, suivies de longs applaudissements, étaient répétées par la foule. Métrodore se sentait mordu au cœur par la dent acérée de la jalousie. Un novice aura donc plus de succès que lui ! Il se pencha vers Florus, pendant qu'on battait des mains.

— C'en est fait de ma gloire. Ce jeune homme m'éclipse aujourd'hui ; qui aurait pu le prévoir ?

— Il ne serait pas digne d'écrire sous votre dictée. Je m'étonne qu'on l'admire tant ; il parle comme tout le monde : pas une seule phrase subtile et raffinée ! La sottise de cet auditoire me fait rougir.

— Ceux qui s'en vont ont toujours tort.

— Mais ceux qui viennent n'ont pas toujours raison ; vous allez voir...

Florus écrivit quelques mots sur ses tablettes et les fit passer de main en main jusqu'à Hygias, le chef des *Laudicènes* ou des claqueurs de Métrodore.

Hermégiste, après avoir présenté l'agriculture comme le plus grand bienfait des dieux, montra qu'elle était le plus grand bonheur de l'homme. Il traça d'abord une série de parallèles pour prouver que l'agriculteur est le plus heureux des mortels. Il compara sa vie paisible à la vie agitée du marin, du

soldat, du commerçant. Le sort du monarque lui-
même, ajouta-t-il, n'est pas aussi digne d'envie que
le sort du laboureur. Celui-ci dort tranquille après
les fatigues de la journée, celui-là n'a qu'un sommeil agité par l'inquiétude ; l'un ne voit partout que
des amis, l'autre tremble toujours de rencontrer des
ennemis ; le premier porte une âme joyeuse dans un
corps robuste, le second est sans cesse tourmenté par
de noirs soucis qui le consument. Ah ! trop fortunés
les laboureurs !...

— S'ils connaissaient leur bonheur ! interrompit
Albinus. Très-bien ! très-bien !

— Honneur à qui mêle si habilement la poésie de
Virgile à la poésie d'Homère !

La voix des deux amis fut couverte par celle d'Hygias et du chœur qu'il dirigeait.

— Mauvais! pitoyable! absurde! des pommes cuites!

Ces récriminations inattendues produisirent un
long tumulte. L'auditoire fut divisé en deux partis.
Celui d'Hygias était le moins nombreux, mais il
n'était pas le moins bruyant.

— Nous ne voulons pas qu'on cite les poètes à
tout propos.

— La poésie est sœur de l'éloquence.

— Hermégiste ne peut pas succéder à Métrodore.

— Hermégiste parle mieux que Métrodore.

— Hors d'ici les flatteurs !

— A la porte les envieux !

Les esprits s'échauffaient et les répliques devenaient de plus en plus vives. Valérien se leva, éten-

dit la main pour réclamer le silence et, d'un ton habitué au commandement, invita l'auditoire à ne plus interrompre l'orateur. Hygias qui professait un grand respect pour la force armée, n'ajouta plus un mot. Albinus se réserva pour une dernière manifestation à la fin du discours.

Hermégiste conclut son éloge de l'agriculture en disant qu'elle ne pouvait rendre les hommes heureux que lorsque la paix régnait sur la terre. Il ajouta que le règne de Constantin devait apporter au monde le bienfait de la paix, désiré depuis si longtemps. Il éloignera de toutes les provinces de l'empire le terrible fléau de la guerre. Il ramènera les beaux jours de Saturne et de Rhée. Il opposera une barrière infranchissable aux barbares qui menacent les frontières. Grâce à lui, les chrétiens, persécutés depuis trois siècles, connaîtront enfin les douceurs de la paix. Ils pourront exercer leur culte au grand jour, sans crainte d'être punis de mort pour avoir adoré le vrai Dieu...

En entendant les louanges de Constantin, Valérien fut le premier à donner le signal des applaudissements. Hygias se fit un devoir de montrer son zèle pour le prince régnant. Florus lui-même se crut obligé de mêler ses cris à ceux de la foule.

— Longue vie au divin Constantin, le protecteur d'Arles.

— Longue vie à Hermégiste, qui a loué si dignement notre jeune Auguste !

— Escortons la litière d'Hermégiste, dit Albinus, et accompagnons-le jusqu'à sa demeure.

— Oui, rendons à l'éloquence les honneurs qui lui sont dus ! s'écria la foule.

Ce fut en vain qu'Hermégiste essaya de faire décerner ce triomphe à Métrodore, en protestant qu'il n'était que l'humble disciple de cet illustre maître. Albinus et Agathon, à la tête d'un nombreux cortège, entourèrent sa litière qui fut portée à pas lents à travers le Forum et les principales rues d'Arles. Ils ne le quittèrent que lorsqu'il fut rentré dans sa maison et porté par ses esclaves sur un lit de repos, où il s'étendit, accablé par les émotions de la journée. Avant de s'éloigner ils poussèrent un dernier cri :

— A Hermégiste la palme de l'éloquence !

Albinus avait atteint son but ; il avait profondément humilié Métrodore. A la vue du triomphe inespéré de son successeur, ce rhéteur infortuné ne pouvait pas dissimuler sa poignante douleur. Sa main crispée froissait le papyrus sur lequel il avait transcrit son discours et qu'il n'avait pas consulté une seule fois, tant sa mémoire était fidèle. De ses lèvres serrées ne s'échappait aucune parole. Ses yeux ne promenaient plus autour de lui des regards satisfaits ; ils étaient tristement baissés vers la terre. Il ne fut accompagné chez lui que par quelques admirateurs dévoués, tels que Florus, par Hygias et la troupe des applaudisseurs qui craignaient de ne pas être payés de leur peine. Arrivé devant sa porte, il congédia d'un geste dédaigneux ce modeste cortège qui avait à peine poussé quelques cris avec un enthousiasme forcé.

— Honneur au prince de l'éloquence !

— Arles va perdre sa gloire la plus éclatante !

— Son départ sera un deuil public !

Ces acclamations sans écho, loin de guérir la blessure faite à l'amour-propre du rhéteur, l'avaient rendue plus cuisante. Il entendait les clameurs lointaines de la foule qui se pressait à la suite de son rival triomphant.

Dès qu'il fut seul, Métrodore laissa éclater sa jalousie. Sa fille vint se suspendre à son cou, les yeux mouillés de larmes de colère. La fière Thalie était aussi irritée que son père du succès d'Hermégiste.

— Quittons au plus tôt cette ville ingrate, ma fille, fuyons ces stupides Gaulois qui ne peuvent pas apprécier le talent.

— Alexandrie vous rendra mieux justice.

— C'est une ville savante qui sait honorer l'art de la parole.

— Pourtant nous laissons ici des amis dévoués qui admirent votre éloquence.

— Le lendemain de notre départ ils ne se souviendront plus de nous.

— Il en est qui ne nous oublieront jamais.

— Tu penses sans doute à Valérien, mais n'a-t-il pas imposé silence à Hygias au moment où il répondait à d'injustes applaudissements par des critiques méritées ?

— Pouvait-il agir autrement ? Ne devait-il pas faire cesser le tumulte et rétablir l'ordre ?

A l'entrée de la nuit, Valérien vint prouver lui-même à Thalie combien elle avait raison de compter sur la fidélité de son affection. Il apportait au rhéteur une couronne d'or.

— Permettez-moi de vous offrir, au nom de vos auditeurs habituels, ce témoignage d'admiration. Acceptez-le comme un souvenir de votre séjour parmi nous. Il vous suivra sur la terre d'Egypte et il vous rappellera les heureux moments que nous avons passés à vous entendre.

— Hélas ! ceux qui se pressaient autour de ma chaire écouteront Hermégiste avec tant de plaisir qu'ils ne me regretteront pas.

— Ne vous laissez pas tromper par l'accueil plus que bienveillant qu'on a fait aujourd'hui au premier discours de votre successeur ; on devait encourager ses débuts avec cette parfaite urbanité. Mais ceux mêmes qui ont poussé le plus loin la politesse envers ce nouveau venu, ont mesuré la distance qui sépare son talent du vôtre.

Les paroles de Valérien coulèrent comme un baume sur l'âme blessée du rhéteur. Sa vanité ne résista pas au plaisir de poser sur sa tête la couronne de feuilles d'or attachée par une bandelette de pourpre, sur laquelle étaient brodés en laine blanche ces mots flatteurs :

« A l'illustre Métrodore, les habitants d'Arles reconnaissants. »

Que de tendresse Thalie mit dans ses regards,
pour remercier Valérien de sa délicate attention !
Comme elle se sentit heureuse pendant les dernières
heures de cette journée, après les diverses émotions
qui avaient tour à tour fait battre son cœur d'orgueil
et de colère !

— Quand nous quittez-vous ? demanda Valérien.

— Nous partons après-demain, sur une barque
qui descendra le Rhône et nous conduira jusqu'à Marseille. Là, nous attendrons le premier navire qui fera voile pour Alexandrie.

— Permettez-moi de vous accompagner jusqu'à
Marseille ; je pourrai peut-être vous rendre moins
pénibles les derniers jours que vous passerez dans les
Gaules. Je connais assez bien tout ce que Marseille
offre de curieux aux voyageurs. J'ai passé dans cette
ville les premières années de ma vie. Mon père y ha-
bite depuis qu'il a fini son service militaire. Il sera
heureux de vous recevoir.

Thalie attendit avec anxiété la réponse de son père.
Elle fut conforme à ses désirs.

— Je serai très-heureux de recevoir les adieux d'un
ami tel que vous, en montant sur le navire qui me
ramènera dans ma patrie.

Lorsque Valérien fut sorti, Thalie laissa voir à son
père toute sa joie.

— Quel beau voyage nous allons faire !.....
Doutez-vous encore de l'affection de ce noble cœur ?
Vous étonnez-vous des sentiments qu'il m'inspire ?

— Valérien est sensible aux charmes de l'éloquence. Puisse-t-il devenir un jour empereur !

— Et vous, mon père, puissiez-vous devenir
évêque !

III

UN CENTURION EN RETRAITE

Le jour de son départ, Métrodore n'eut pas à se
plaindre des Arlésiens. Ils vinrent en foule se ranger
sur les bords du Rhône, près du pont de Constantin,
où était amarrée la barque qui devait conduire à Marseille le rhéteur et sa fille. On distinguait au premier rang Hermégiste, que son triomphe n'avait pas
enivré et qui voulait exprimer une dernière fois sa
gratitude à celui qui l'avait initié à l'art de la rhétorique et l'avait introduit dans cette chaire d'Arles où
il espérait obtenir de brillants succès. Hygias, qui
avait déjà offert ses services au nouveau rhéteur,
était entouré de toute sa troupe et se préparait à
faire retentir aux oreilles de Métrodore un dernier
tonnerre d'applaudissements. Florus était tout disposé
à joindre le bruit de ses mains vigoureuses à celui
des claqueurs de profession. Albinus et Agathon,
satisfaits du succès de leur complot, ne tenaient pas
à donner une autre leçon au rhéteur qu'ils avaient
suffisamment humilié. Ils étaient venus le saluer à

son départ. Métrodore et Thalie, en s'approchant du
Rhône, durent traverser une foule compacte qui remplit l'air de bruyantes clameurs. Lorsqu'ils descendirent dans la barque les cris redoublèrent.

— Salut, ô le plus éloquent des hommes !

— Que Neptune protége ton voyage.

— Puisses-tu être soutenu sur les flots comme
Simon-Pierre !

Thalie eut une aussi large part que son père dans
les acclamations flatteuses qui retentirent jusqu'au
moment où Valérien entra dans la barque.

— Salut, ô la plus belle et la plus docte des jeunes
filles !

— En te voyant, la mer te prendra pour la déesse
sortie de l'écume de ses flots !

— Les mariniers croiront que la blanche Galathée
est montée sur leur navire !

Valérien donna le signal du départ. La barque fut
détachée de l'anneau qui la retenait captive et s'a-
bandonna au courant du fleuve, guidée par un pilote
habile et par deux robustes rameurs. La surprise fut
extrême quand on vit Valérien s'éloigner avec le
rhéteur et sa fille.

— Va-t-il nous quitter, lui aussi, pour suivre la
belle Thalie jusqu'en Egypte? demandait-on dans la
foule.

Albinus savait que Valérien allait souvent voir
son père à Marseille. Il fut moins étonné de le voir
dans la barque qui descendait rapidement le Rhône.

— Il ne quittera le rhéteur, dit-il à Agathon,

qu'après l'avoir accompagné jusque sur le navire qui doit le ramener en Egypte.

— Si Métrodore était seul, Valérien ne prendrait pas la peine de l'escorter jusqu'à Marseille.

— Puisque le destin va le séparer de Thalie, n'est-il pas naturel qu'il profite des derniers moments qu'ils peuvent passer ensemble ?

— Ils se reverront. Ils s'aiment trop pour ne pas se réunir.

— Valérien est assez en faveur auprès de Constantin pour devenir un jour préfet d'Egypte ou au moins gouverneur militaire d'Alexandrie.

— J'aimerais mieux qu'il restât parmi nous.

— Tâche de trouver parmi les Arlésiennes, si renommées pour leur beauté, une jeune fille capable de lui faire oublier Thalie.

— Je crains bien que cette Egyptienne ne lui ait fait boire quelque philtre magique.

— Ne sais-tu pas que les incantations n'ont aucun pouvoir sur les chrétiens?

Déjà la foule se dispersait, la barque disparaissait au loin et les curieux qui s'obstinaient à la suivre du regard, du haut du pont de Constantin, la cherchaient en vain à l'horizon. Valérien s'inquiétait peu des réflexions que ses amis pouvaient faire en son absence. Il contemplait avec une douceur mêlée d'amertume cette jeune fille qui allait s'éloigner de la Gaule pour n'y plus revenir. Quand la reverra-t-il ? comment pourra-t-il se rapprocher d'elle? Il ne peut pénétrer les secrets de l'avenir, mais son cœur lui dit que cette séparation ne sera pas éternelle. Il voudrait prolonger le charme de l'heure présente. Il regrette que le Rhône entraîne avec tant de rapidité la barque qui porte son bonheur. Que ne peut-il jeter l'ancre ou ralentir le cours du fleuve ! Thalie est surexcitée par le voyage. Elle abandonne au souffle de la brise sa noire chevelure, elle respire avec délices un air déjà imprégné des fortes senteurs de la mer. Jamais ses yeux n'ont eu plus d'éclat. Elle aussi voudrait suspendre le cours du temps, rencontrer toujours les regards caressants de Valérien, entendre toujours sa voix aimée. Le Rhône traverse de vastes plaines marécageuses. Ses bords sont monotones. Aucune ondulation de collines ne réjouit les yeux. Toujours les mêmes aspects, la même verdure pâle, le même désert. Mais pour Thalie et Valérien, ces solitudes désolées sont aussi belles que les plus gracieux paysages. Ils ne voient qu'eux au milieu de ces landes stériles; ces sables, ces joncs, ces roseaux, ces rares touffes de gazon leur paraissent un site enchanteur. Métrodore a pris ses tablettes pour y écrire une jolie phrase qu'il vient de composer et qu'il ne veut pas perdre. C'est une comparaison entre la fuite précipitée de nos jours entraînés vers la mort et la rapidité des flots du Rhône poussés vers la mer. Il a trouvé une agréable suite d'antithèses qui feront un très-bon effet et qu'il se propose d'utiliser dans le premier discours qu'il prononcera. Pendant qu'il polit et repolit sa phrase, Thalie et Valérien s'abandonnent aux épanchements de l'amitié. Ils

4

s'entretiennent tantôt de leurs souvenirs et tantôt de leurs espérances. Ils promettent de ne jamais s'oublier. Ils prennent l'engagement de s'écrire jusqu'au jour où ils pourront se réunir pour ne plus se séparer.

Laissez parler vos cœurs, maintenant qu'ils sont aussi limpides que l'eau du fleuve. Bientôt peut-être la tempête fera monter à la surface un limon qui en troublera la pureté. Profitez des heures sereines où tout n'est qu'harmonie entre vous. Qui sait si une discordance fatale ne vous empêchera pas de célébrer les joyeuses fêtes de l'hymen que vous rêvez tous deux? Vous avez juré d'avoir toujours l'un pour l'autre le même amour, mais vous ignorez les épreuves que vous réserve l'avenir et vous ne songez pas à jurer d'avoir toujours la même foi.

Métrodore n'était pas épris de la rhétorique au point de ne porter aucun intérêt aux choses de ce monde. Sa fille lui avait donné à penser, en lui disant qu'elle ne désespérait pas de voir un jour Valérien monter sur le trône. Il rêvait pour elle la couronne impériale. La mère de Constantin n'était-elle pas la fille d'un hôtelier de Drépane? Quelle femme serait plus digne que Thalie de porter un sceptre? Dans ses conversations avec Valérien, le rhéteur trahissait malgré lui ses espérances.

— Le métier de rhéteur ne vaut pas celui de soldat, dit-il après avoir fermé ses tablettes. Nous ne sommes plus au temps où les armes devaient le céder à la toge. Ce n'est que par l'épée qu'on arrive aujourd'hui aux plus hautes dignités.

— Lorsque Constantin sera seul maître de l'Orient et de l'Occident, il remettra les belles lettres en honneur.

— L'empire est trop étendu; il ne peut plus obéir à un seul maître.

— Plus que jamais au contraire nous avons besoin de l'unité de gouvernement. Si nous divisons nos forces, nous ne pourrons pas résister aux barbares.

— L'habitude est prise maintenant. Désormais il y aura toujours plusieurs Augustes et ce seront les plus vaillants généraux qui porteront la pourpre impériale.

— La division du commandement est de date récente. Diocletien, en montant sur le trône, avait senti vivement la difficulté, pour un seul chef, de gouverner toutes les vastes provinces de l'empire et de défendre toutes les frontières menacées. Il savait de plus, par expérience, avec quelle facilité une légion de soldats ou une cohorte de prétoriens faisait et défaisait les empereurs. Porté à l'empire par le despotisme militaire, Dioclétien essaya d'accomplir ce que n'avait pas pu faire Auguste, porté à l'empire par la démocratie. Il voulut fixer une règle de succession et donner à l'empereur le pouvoir de choisir lui-même l'héritier de sa couronne, sans l'intervention des soldats. Il associa d'abord Maximien à sa toute-puissance et lui donna le titre d'*Auguste*; puis il créa deux *césars*, Constance-Chlore et Galérius. A la mort de l'un des deux augustes, un des deux césars devait hériter de son titre et de son pouvoir, et créer aussitôt, pour lui succéder, un nouveau césar. L'empire avait ainsi quatre têtes.

— N'est-il pas évident que ces quatre têtes pouvaient plus facilement défendre les provinces menacées par les barbares ?

— Dioclétien sacrifiait l'avenir aux besoins du moment. En faisant pour ainsi dire quatre royaumes d'un seul empire, il préparait le morcellement de cette puissance romaine qui a eu besoin de dix siècles pour s'établir, Au reste Dioclétien apprit à ses dépens quelles pouvaient être les conséquences de l'ordre de succession qu'il avait institué. Il a été obligé d'abdiquer, ainsi que son collègue Maximien, pour contenter Galérius, avide de pouvoir. Constance-Chlore et Galérius devinrent augustes, Sévère et Maximien Daïa furent proclamés césars.

— Il y eut toujours quatre têtes. Ce système de gouvernement était exigé par les circonstances. Un seul homme ne pouvait commander au monde entier. Nous devons désirer qu'il y ait toujours quatre empereurs, afin qu'on puisse donner une couronne à ceux qui sont dignes de la porter.

— Malheureusement une cinquième tête se leva tout-à-coup en Italie. Maxence, fils de Maximien, irrité de n'avoir pas été fait césar, se proclama empereur. Sévère marcha contre Maxence et fut tué. Galérius proclama césar Licinius et rassembla une armée nombreuse ; mais arrivé devant Rome, il fut effrayé par l'immensité de la ville éternelle. Il se hâta de regagner Nicomédie, où il mourut couvert de plaies

infectes et rongé de vers, ce qui n'empêcha pas les
païens de le mettre au rang des dieux.

— Ils se conformaient à la tradition. Depuis Auguste, tous les empereurs deviennent dieux en mourant. Leur apothéose est l'occasion d'un panégyrique
où les orateurs les plus fameux déploient toute leur
éloquence.

— Ni Maximien, ni Licinius n'étaient désireux
d'aller combattre Maxence. Ils l'auraient volontiers
reconnu empereur à la place de Galérius. Constantin
lui-même n'aurait pas attaqué le fils de Maximien,
l'ancien collègue de son père, s'il n'avait appris que
ce stupide tyran faisait abattre ses statues. Après un
pareil outrage, il ne pouvait plus hésiter.

— Faisiez-vous partie de l'armée qui alla combattre
Maxence ?

— J'ai eu cet honneur. Je n'étais alors que centurion ; Constantin daigna me remarquer entre mille
autres braves et me nomma chef de cohorte. Notre
jeune empereur se trouva à la tête d'une armée vaillante et bien disciplinée, composée en majorité de
soldats chrétiens. La piété de sa mère était connue.
On savait que si son père ne s'était pas déclaré ouvertement pour la religion nouvelle, il l'avait du moins
protégée en secret. Les soldats chrétiens, persécutés
dans le reste de l'empire, étaient venus se réfugier
dans l'armée des Gaules. En marchant sur Rome
avec ses légions qu'animait le souvenir de saint Mau-
rice, de saint Victor et de tant d'autres soldats martyrs, Constantin avait déjà le pressentiment de sa

destinée. Une vision miraculeuse lui permit de n'en
plus douter. A ses yeux et aux yeux de toute son armée apparut un jour, peu après midi, au-dessus du
soleil, une croix lumineuse avec ces mots : « Sois
vainqueur par ce signe. » Emu par cette vision qui
lui montrait le Christ comme le véritable vainqueur
du monde, il fit tracer en forme de monogramme les
deux premières lettres du nom grec du Sauveur sur
le labarum de ses soldats. Lorsque l'armée de Constantin rencontra l'armée de Maxence sur les rivages
du Tibre, non loin du Pont-Milvius, le christianisme
et le paganisme livrèrent leur bataille suprême. Nous
sentions tous que nous combattions pour nos autels,
aussi rien ne put résister au courage surhumain qui
nous transportait. La croix fut victorieuse. Maxence
se noya dans le Tibre. Sa tête, portée sur une pique,
fut promenée autour des remparts. Le peuple et le
sénat, délivrés d'une effroyable tyrannie, accueillirent
Constantin comme un sauveur. Rome, saccagée autrefois par les fils de la Gaule païenne, devait maintenant
sa liberté aux fils de la Gaule chrétienne. C'était là
première fois qu'une armée partie de nos rivages portait à Rome le salut : ce ne sera pas la dernière fois.

— J'admire comme vous le génie militaire de Constantin, mais il me semble qu'après sa victoire sur
Maxence il aurait dû se montrer plus généreux et
donner un successeur à Galérius. L'ordre établi par
Dioclétien aurait été maintenu et l'empire aurait
encore quatre chefs.

— La conduite de Maximin Daïa n'a-t-elle pas

prouvé que des trois chefs qui restaient il y en avait
au moins un de trop? Contraint de publier un édit
de liberté en faveur des chrétiens qu'il haïssait, ne
les a-t-il pas persécutés aussitôt après avec une férocité
inouïe? N'a-t-il pas joint la calomnie à la cruauté?
N'a-t-il pas répandu à profusion, dans les villes et
les villages, de honteux pamphlets contre les chrétiens?
Comme les empereurs trouvent toujours des flatteurs
et des ambitieux disposés à contenter tous leurs capri-
ces, les chrétiens soumis au joug de Maximin auraient
péri dans un massacre général, si Dieu n'avait pas
puni le tyran et ses complices en livrant les persécuteurs aux plus terribles des fléaux, à la peste et à la
famine? Les rues des grandes villes étaient emcombrées
de cadavres. Les campagnes n'étaient pas à l'abri de
la contagion, ceux que la peste épargnait erraient çà
et là, cherchant en vain un aliment, et tombaient
épuisés en criant : J'ai faim ! j'ai faim ! Les chrétiens
montrèrent alors ce que peut la charité. Ils rendirent
à leurs ennemis le bien pour le mal. Leurs jours se
passaient à porter de la nourriture aux affamés, à
secourir les malades, à ensevelir les morts. Maximin
s'est fait le champion du paganisme. Il croyait que
sur un champ de bataille ses faux dieux prendaient
leur revanche de la défaite du pont Milvius. Il espérait vaincre tour à tour Licinius et Constantin, et
replacer les chrétiens sous le joug oppresseur qui
pesait sur eux avant la promulgation de l'édit de
liberté. Vaincu deux fois par Licinius, il s'est empoisonné pour ne pas survivre à sa honte. Les horribles

tortures qui ont précédé sa mort ont été le juste châtiment de sa cruauté.

— Je me réjouis de la mort de ce tyran, mais
Licinius me paraît tout aussi ambitieux que Constantin, car il n'a donné à Maximin aucun successeur: au
lieu des quatre empereurs établis par Dioclétien, nous
n'en avons que deux, qui supporteront difficilement
le partage de la souveraineté. Chacun d'eux voudra
régner seul, et au premier jour ils se battront pour
l'empire du monde.

— Soyez sûr que Constantin ne commencera pas
les hostilités, Quant à Licinius, il est capable de se
laisser séduire par les païens et de croire qu'en s'appuyant sur les partisans de l'ancienne religion il pourra
vaincre le défenseur des chrétiens. Je désire qu'il soit
assez imprudent pour prendre les armes. Ce sera la
dernière bataille livrée par le paganisme expirant.
Licinius sera vaincu et l'empire aura le bonheur
d'être gouverné tout entier par Constantin.

— Si habile que soit ce prince, il aura besoin d'auxiliaires. Qui sait si un jour vous ne commanderez
pas dans les Gaules avec le titre de César ou d'Auguste !

— Puisse le désir de mon père être une prédiction,
s'écria Thalie qui palpitait de bonheur à la pensée de
ce glorieux avenir.

— Les Gaules, c'est trop grand pour moi, répondit
Valérien en souriant. Le gouvernement d'une ville
est tout ce que je puis ambitionner, et s'il m'est permis de choisir, je choisirai Alexandrie.

Pendant que le rhéteur et sa fille s'entretenaient avec Valérien, la barque qui les portait était arrivée à l'endroit où les flots jaunâtres du Rhône se mêlent aux flots bleus de la Méditérranée. La mer était calme. Aucun souffle ne ridait sa surface. Les rameurs se courbèrent sur leurs avirons et la barque glissa sur les flots avec rapidité. Bientôt les voyageurs purent distinguer au loin les plus hautes tours de la citadelle de Marseille et la montagne qui la domine, portant dans ses flancs pierreux quelques vieux chênes échappés à la hache des soldats de Jules César.

Marseille, que le temps et la main des hommes, plus destructive que le temps, ont ruinée si souvent, et qui s'est toujours relevée de ses ruines plus belle et plus florissante, n'était pas aussi peuplée au IVe siècle qu'à l'époque de Jules Cesar. Lorsqu'elle se rendit, après une glorieuse résistance, au vainqueur de Pompée, il laissa deux légions, c'est à-dire dix à douze mille soldats, en garnison dans la citadelle. Si sa population n'avait pas été considérable, elle n'aurait pas eu besoin de tant de soldats pour être maintenue dans la soumission. En 314, Marseille n'était plus une ville indépendante. Elle n'était plus gouvernés comme autrefois par un conseil de six cents pères de famille nommés à vie. Elle aurait dû garder plus longtemps son autonomie ou la perdre plus tôt. Au moment où les empereurs étendirent sur elle le niveau commun, ils ne songèrent pas à compenser la perte de sa liberté par de somptueux édifices. Ils n'y fixèrent pas leur résidence, ils avaient déjà choisi

d'autres villes dans les Gaules. Arles, aujourd'hui si
amoindrie, était alors la ville la plus importante de la
province et jouissait de toutes les faveurs impériales.

Cependant, au commencement du IVe siècle, Marseille passait encore pour une vaste cité, fière de
son admirable structure, de sa solidité, de sa beauté, ouverte, soit du côté de la terre, soit du côté de
la mer, au commerce de toutes les nations. Elle était
bâtie sur une presqu'île rattachée au continent par
une langue de terre d'environ quinze cents pas. Elle
était donc baignée de trois côtés par la mer. Sur
toute la longueur du quatrième côté qui l'unissait à
la terre, s'élevait une muraille flanquée de tours, protégée par un fossé et défendue par une citadelle. Des
rochers élevés entouraient son port qu'on appelait
Lacydon. Sa forme était à peu près circulaire, et son
entrée à peine assez large pour laisser passer les grands
navires. Une grande partie du sol qui portait l'antique Marseille a été envahie par la mer. Il est impossible aujourd'hui de retrouver la forme et d'indiquer l'emplacement de la presqu'île et du Lacydon
mentionnés par les anciens géographes.

Valérien, ordinairement si joyeux chaque fois qu'il
revoyait sa ville natale, sentit la tristesse envahir son
cœur, lorsque la barque entra dans le port de Marseille. Voici donc le moment où il devra se séparer
de Thalie ! Qu'il a été court et délicieux ce voyage où
il a pu jouir sans trouble de sa chère présence ! Elle
va traverser d'autres flots, mais il ne sera plus à ses
côtés. Comme Alexandrie va fêter son retour ! mais

gardera-t-elle la candeur de son âme dans cette riche cité où le luxe et la mollesse de l'Orient s'allient aux habitudes littéraires et à l'esprit disputeur des Grecs? Que ne peut-il la suivre en Egypte et la préserver de toute influence funeste ! Thalie est aussi attristée que Valérien. Elle frémit en songeant à l'heure des adieux. Oh ! si toute sa vie pouvait ressembler aux deux jours qui viennent de s'écouler ! Elle emportera dans son âme une image ineffaçable , mais sera-t-elle longtemps regrettée ? L'absence ne produit-elle pas l'oubli ? Si Valérien est appelé à une haute fortune , pensera-t-il encore à celle qui, la première, a fait connaître à son cœur les tendres affections?

Métrodore partageait malgré lui les inquiétudes de sa fille , mais il ne laissait pas paraître au dehors les émotions qui agitaient son âme. Dès qu'il eut touché le rivage, son premier soin fut de s'informer s'il n'y avait pas dans le port des navires prêts à se rendre en Egypte. On lui indiqua une galère phénicienne dont la carène venait d'être enduite de bitume par les matelots. Il se hâta d'aller prendre passage , mais le pilote lui dit qu'il ne mettrait à la voile que dans trois jours. Valérien aurait préféré un retard de trois mois. Cependant sa tristesse s'évanouit quand le pilote annonça qu'il ne partirait que dans trois jours. Il avait donc trois jours encore à passer avec Thalie ! Il lui semblait que ces trois jours n'auraient point de fin.

— Permettez-moi, dit-il à Métrodore, de vous of-

frir, au nom de mon père, l'hospitalité, pendant le peu
de temps que vous devez passer dans notre ville.

— J'accepte très-volontiers , si je ne dois vous gê-
ner aucunement : à la veille de quitter un ami , comment n'être pas heureux de recevoir ses derniers témoignages d'affection?

— La maison de mon père est assez grande pour
vous recevoir. La nourrice qui a pris soin de mon
enfance introduira votre fille dans le gynécée ,
qui n'est plus habité depuis la mort de ma mère.

Victorinus , père de Valérien , était un ancien soldat. La blancheur de sa longue barbe indiquait seule
son âge. Ses membres étaient vigoureux et sa haute
taille ne se courbait pas encore sous le poids des
années. Il était centurion dans l'armée que leva Maximien Hercule pour combattre les Bagaudes , partisans de l'indépendance gauloise , et pour exterminer
les chrétiens. Il fut témoin du massacre de la légion
thébaine. Cette légion , toute composée de chrétiens,
était venue de l'Orient et n'avait pu rejoindre le corps
d'armée qu'à Octodure , sur les frontières des Gaules.
Elle avait campé près d'Agaune , dans une vallée des
Alpes , à quelques lieues de Genève. Ce fut là que
Maximien , par un raffinement de cruauté , donna
ordre à cette légion chrétienne d'aller massacrer des
chrétiens. Ces magnanimes soldats lui répondirent :
« Nous ne sommes pas venus d'Orient pour être des
bourreaux , mais pour gagner des victoires. » Irrité
de leur résistance, Maximien les fit décimer par deux
fois. Ils aimèrent mieux se laisser égorger que de

tremper leurs mains dans le sang innocent. Loin de songer à se défendre, ils courbèrent doucement la tête sous le glaive des bourreaux, heureux de donner leur vie pour la gloire de Jésus-Christ. La légion tout entière fut passée au fil de l'épée.

Victorinus n'avait pu voir sans horreur l'injuste massacre de ses compagnons d'armes. Lorsque Maximien se rendit à Marseille pour y allumer le feu de la persécution, le temps de son service militaire était fini. Il demanda et obtint son congé. Il se retira dans une villa sur le bord de la mer et partagea son temps entre la pêche et la culture de son jardin. Il avait épousé une femme chrétienne, mais lui-même était encore païen. Les douces vertus de sa femme l'obligèrent à reconnaître la puissance morale de la religion nouvelle. L'héroïsme de la légion thébaine lui fit sentir la vanité de l'idolâtrie et la grandeur du christianisme. Le martyre de saint Victor, dont il suivit tous les détails, acheva de le convaincre. Il se fit inscrire au nombre des catéchumènes et reçut le baptême. Dans son zèle de néophyte, il mit tous ses soins à faire passer dans l'âme de son fils l'ardeur de sa foi. La piété de Valérien récompensa sa tendresse paternelle.

Plus d'une fois, dans ses lettres, Valérien avait parlé à son père de Métrodore et de Thalie. Il avait fait de la jeune fille un éloge qui trahissait les sentiments de son cœur. Victorinus était désireux de voir celle qui, selon toute probabilité, devait être un jour la compagne de son fils; aussi fut-il heureux d'apprendre, par un messager que Valérien s'était hâté de lui envoyer, qu'elle venait d'arriver à Marseille et

5

qu'elle passerait chez lui les trois jours qui devaient précéder son départ. Victorinus accueillit ses hôtes avec la plus franche cordialité lorsque son fils les lui présenta.

— Soyez les bienvenus dans la maison d'un vieux soldat, dit-il au rhéteur. Il est plus habitué au rude langage des camps qu'à une parole fleurie, mais ses amis ne l'ont jamais accusé de manquer de dévouement.

— Nous ne connaissons pas de plus généreux ami que Valérien, et vous nous prouvez la vérité de ce vieux proverbe : tel père, tel fils.

— Daphné, autrefois mon esclave et maintenant ma servante, sera heureuse de rendre à votre fille tous les bons offices qu'elle peut désirer.

— Je ne désire rien, répondit Thalie, si ce n'est de remplir un jour envers vous à Alexandrie, les devoirs de l'hospitalité.

— Je suis trop vieux pour voyager, mais Valérien peut encore traverser les mers. Un soldat va partout où son maître l'envoie; il est possible qu'un jour mon fils soit envoyé en Egypte.

— Il y trouvera un second père, dit Métrodore.

— Si Dieu veut qu'il y trouve aussi une épouse, je ne m'y opposerai pas.

Le lendemain Victorinus et son fils promenèrent leurs hôtes à travers Marseille. Ils ne purent leur faire admirer aucun monument comparable au théâtre et à l'amphithéâtre d'Arles. Mais la citadelle était digne d'être visitée. Les tours élevées pour défendre le mur qui séparait la ville de la terre ferme rappelaient les plus belles constructions romaines.

Valérien pria son père de montrer à Métrodore la prison où saint Victor avait été enfermé et le lieu où cet illustre soldat avait souffert le martyre. Victorinus les conduisit sur le Forum de la ville haute, dominé par la citadelle. De là ils descendirent vers les logements militaires,

— Voilà, leur dit-il, une véritable caserne romaine. Elle ressemble à toutes celles que j'ai vues en diverses villes. Ces salles à peu près carrées sont juxtaposées, mais indépendantes l'une de l'autre. Elles sont exposées au midi, et ce vaste corridor qui sert à divers usages les garantit des influences du vent du nord. A côté se trouve le principal magasin du collége des *dendrophores*, qui trafiquent du bois employé pour la construction des machines de guerre. Plus loin vous apercevez le magasin du collége des *centonaires* qui fournissent aux soldats des tentes et divers équipements. Mais ce qui doit surtout nous intéresser ici, ce sont les prisons.

En sa qualité de chef de cohorte, Valérien obtint sans peine des soldats chargés de garder les prisons la permission d'y introduire ses hôtes.

— Remarquez, leur dit Victorinus, ce petit caveau quadrilatère dans lequel on ne pénètre que par une très petite entrée qui permet de reconnaître la grande épaisseur du mur. C'est le plus obscur et le plus affreux de tous les cachots de cette prison, mais pour nous, chrétiens, c'est un lieu sacré ! C'est ici que saint Victor a été emprisonné.

— Je remarque, dit Métrodore, que les Romains avaient coutume de placer les prisons près des places publiques. La prison Mamertime à Rome est à l'entrée du Forum, près du Capitole.

— Comme le peuple romain passe sa vie, pour ainsi dire, sur le Forum, on l'oblige à voir chaque jour les prisons publiques, afin de le détourner des crimes qui sont punis dans ces prisons.

— N'est-ce pas tout près d'ici, demanda Valérien, que saint Victor fit baptiser les soldats qui étaient chargés de le garder et qui se convertirent à sa voix?

— Cette rue nous conduira au bord de la mer dans la petite anse où ces geôliers devinrent chrétiens. Une nuit, pendant que Victor était en prison, son cachot fut illuminé par une lumière céleste, les lourdes portes s'ouvrirent d'elles-mêmes et des anges vinrent consoler l'athlète du Christ. Eblouis par cette lumière inattendue, les gardiens de Victor sentirent qu'ils offensaient la divinité en se faisant les complices du persécuteur des chrétiens. Ils se prosternèrent aux pieds du martyr, le conjurèrent de leur pardonner et lui demandèrent le baptême. Il se hâta de les instruire, autant que les circonstances le permettaient, avertit des prêtres qui veillaient sans cesse autour de la prison, et la même nuit il les conduisit au bord de la mer, les accompagna dans l'eau et les en retira lorsqu'ils furent baptisés. Voyez-vous cette roche que la mer a creusée en demi-cercle? C'est là que les trois gardiens de Victor, les soldats Alexandre, Longin et Félicien ont été baptisés.

Victorinus ramena ses hôtes du bord de la mer au Forum par un autre chemin.

— Nous voici devant le temple d'Apollon Delphien;

à qui les païens de Marseille rendent presque autant d'honneurs qu'à Diane d'Ephèse, leur principale divinité. C'est devant ce temple que Maximien fit dresser son tribunal, lorsqu'il eut appris la conversion des soldats chargés de garder saint Victor. Il s'entoura d'une garde nombreuse et fit comparaître en sa présence le glorieux martyr et ceux qu'il avait initiés à la foi chrétienne. Dès que le bruit du jugement qu'allait subir saint Victor se répandit, la ville entière s'amassa sur le Forum pour jouir de ce spectacle. Les uns semblaient en proie à une folie furieuse, les autres, animés d'un meilleur esprit, désiraient voir le triomphe du saint martyr sur les démons. De tout côté retentissaient les clameurs confuses du peuple qui accourait en foule; des malédictions et des injures étaient lancées de toute part contre l'héroïque soldat, mais toute cette fureur ne faisait qu'augmenter son énergie. Les païens voulaient le forcer à ramener au culte des faux dieux ses gardiens, qu'il en avait détournés. « Il ne m'est pas permis, répondit-il, de détruire ce que j'ai édifié. » Les bienheureux convertis, Alexandre, Longin et Félicien, furent interrogés. Ils persévérèrent fidèlement dans la confession de Jésus-Christ. Bientôt, par l'ordre de l'empereur, ils furent frappés du glaive et quittèrent leurs corps mortels pour jouir de l'éternelle vie.

Victor, voyant les saints soldats livrés à la mort, priait le Seigneur d'une voix pleine de larmes, afin d'obtenir la grâce d'être associé à leur martyre et à leur gloire, puisqu'il avait été, après Dieu, l'auteur de leur foi et de leur courage à confesser Jésus-Christ. Aussitôt le glorieux martyr, au milieu des

clameurs de la foule, fut frappé de tout côté. On le
suspendit de nouveau au chevalet. On le tortura de
la manière la plus atroce avec des bâtons et des
nerfs de bœuf. Enfin, les bourreaux se lassèrent et
on le ramena en prison. Là, pendant trois jours,
persévérant dans la prière, il recommanda au
Seigneur son martyre avec une grande contrition de
cœur et d'abondantes larmes.

Le cruel Maximien, apprenant la constance du
martyr, se réserve de terminer son supplice et veut
être son dernier, son plus furieux bourreau. Il ordonne
qu'on l'amène en sa présence. Il l'interroge et le
presse de renier le vrai Dieu ; mais la constance du
martyr est toujours la même. La rage et la fureur
de César contre le soldat du Christ se déchaînent
pour la seconde fois jusqu'aux derniers excès : alors
sont proférées de nouveau des menaces, des paroles
terribles, des injures et des malédictions. Maximien
fait apporter un autel de Jupiter. Il est bientôt dressé
devant lui. Auprès de l'autel, un prêtre de l'idole se
tient prêt pour les cérémonies sacriléges ; l'empereur
dit à Victor : « Brûle de l'encens, apaise Jupiter et
sois notre ami. » A ces mots, le courageux soldat du
Christ, enflammé de l'ardeur du Saint-Esprit et ne
pouvant contenir plus longtemps son zèle, s'approche
comme pour sacrifier, puis d'un coup de pied fait
tomber l'autel des mains du prêtre de Jupiter. Aussitôt le détestable empereur ordonne de couper ce pied.
Le martyr l'offre à Dieu et à son roi et seigneur
Jésus-Christ, comme les odorantes prémices du sacrifice de tout son corps.

Enfin, il touche au moment de rendre au Seigneur

son corps et son âme. D'après un édit de César, on conduit le martyr à une meule. Il se laisse entraîner par les bourreaux, prompt et joyeux comme s'il n'avait rien souffert. Les cruels licteurs · exécutant les ordres de l'exécrable et sanguinaire tyran, placent le martyr sous la meule, afin que, par une rapide rotation, elle brise tout son corps. Alors ce froment choisi est broyé sans pitié. Alors les ossements heureux de l'invincible martyr sont cruellement torturés. Tout-à-coup, l'instrument de torture est brisé par une force divine. Comme le martyr paraissait avoir encore un souffle de vie, les bourreaux, pour achever et compléter sa victoire, tranchent avec le glaive sa tête consacrée au Seigneur par tant de courageuses confessions, glorifiée par tant et de si glorieux combats. Au même instant, au-dessus du martyr on entendit une voix céleste qui disait : « Tu as vaincu, bienheureux Victor, tu as vaincu. »

Maximien, espérant triompher de ceux qui avaient triomphé de lui, et les vaincre au moins après leur mort, ajouta, malgré lui, un nouveau lustre à la gloire des martyrs. Il défendit absolument de leur rendre les pieux honneurs de la sépulture, et ordonna de jeter leurs corps dans le bras de mer profond qui entoure la ville du côté du midi, afin qu'ils fussent dévorés par les poissons. Mais le Seigneur, dans sa bonté, prit soin de l'honneur de ses saints, et prépara aux fidèles, dans la suite des siècles, une protection puissante. Par le ministère de ses anges, il transporta intacts sur le rivage opposé les corps des saints, qui traversèrent rapidement les flots. Ils furent ensevelis par les chrétiens dans une crypte laborieusement taillée dans le roc..

Thalie, avait écouté avec émotion le récit de Victorinus. Elle admirait cette résistance indomptable à un pouvoir oppresseur.

— Gloire aux martyrs ! s'écria-t-elle. Ni les flatteries, ni les menaces, ni les tourments, n'ont pu faire fléchir leur volonté.

— Ce n'est pas à cause d'un attachement inébranlable à leur propre volonté qu'ils ont souffert, dit Valérien ; c'est à cause de leur attachement à la voonté de Dieu.

— Si vous voulez voir les tombeaux qui contiennent les dépouilles vénérables de Victor et de ses compagnons, dit Victorinus, je puis vous y conduire.

— Oui ! répondit Thalie ; allons nous agenouiller devant les restes de ces héros qui sont morts pour leur croyance.

Victorinus ramena ses hôtes à l'anse où les gardiens de saint Victor avaient reçu le baptême; et il les fit monter dans une barque de pêcheur, pour les conduire sur le rivage opposé. Ils eurent bientôt franchi le bras de mer, qui devint plus tard le port de Marseille. Ils abordèrent au pied d'un monticule rocailleux où serpentaient quelques sentiers étroits.

— Dirigeons-nous, dit Victorinus, vers cette carrière de pierres à bâtir, abandonnée depuis longtemps. C'est par l'ouverture partiquée entre ces deux rochers que les chrétiens, avant l'édit de liberté publié par Constantin, se rendaient secrètement, pendant la nuit, dans le temple souterrain où ils célébraient les saints mystères. Notre évêque Orésius, ne craignant

plus les persécutions et les insultes des païens, a fait
construire une église entre le Forum et le Lacydon.
La Mère de notre Sauveur, la Vierge bénie entre
toutes les femmes, est honorée d'un culte public, non
loin du temple où les païens offrent de honteux sacrifices à Diane chasseresse. Mais, sous le règne de
Maximien, nous étions obligés de tenir nos assemblées religieuses dans la crypte souterraine où je vais
vous conduire.

Victorinus et Valérien, tenant par la main Métrodore et Thalie, s'engagèrent dans un étroit corridor.
Lorsqu'ils eurent fait une centaine de pas, ils arrivèrent dans un temple de petite dimension, mysté-
rieusement éclairé par un rayon de soleil qui
descendait d'un étroit soupirail semblable à une
fente de rocher.

— C'est ici, dit Victorinus, que les chrétiens se
réunissaient ; c'est ici, à ce que racontent les anciens,
que notre premier évêque, Lazare, l'ami de Jésus, a
célébré les saints mystères ; c'est ici qu'il a été
enseveli. A droite et à gauche du corridor que nous
venons de traverser, sont creusés dans le roc trois
rangs de tombeaux. C'est là que les chrétiens rendent
à leurs frères les honneurs de la sépulture. Ces tombeaux, taillés dans la pierre dure, près de la crypte,
contiennent les ossements sacrés de saint Victor et
de ses compagnons.

Valérien baisa pieusement la pierre du tombeau de
Saint Victor. Thalie se prosterna, appuya son front sur
le tombeau, et s'écria : — O saints martyrs, obtenez-
moi la force de mourir plutôt que de renier ma
croyance !

— N'est-ce pas la tombe d'un enfant que j'aperçois entre celle du bienheureux Victor et celle de Longin? demanda Métrodore.

— Vous ne vous trompez pas, répondit Victorinus. Un des trois soldats que saint Victor convertit dans sa prison, Longin, avait un fils nommé Durthérius. Plein de l'amour de Jésus-Christ, cet enfant avait reçu le baptême avant le jour où son père conquit la palme du martyre. Quelle ne fut pas sa douleur, lorsque, par l'ordre de Maximien, les corps des martyrs furent précipités dans la mer pour être dérobés à la piété des fidèles ! Mais sa douleur fut bientôt consolée. Il apprit que les précieuses dépouilles avaient traversé miraculeusement les flots, et que, recueillies par les chrétiens sur la rive opposée, elles avaient été ensevelies dans un tombeau digne de les recevoir. Dans le transport de sa joie, il veut aller au plus tôt vénérer les reliques de son père; afin de jouir plus promptement de ce bonheur, il ne craint pas de se jeter dans les flots pour les traverser à la nage. Sa piété envers Dieu et sa piété filiale soutiennent à l'envi ses forces. Il arrive. Il se prosterne devant le tombeau où le corps de son père venait d'être déposé. Il prie avec ferveur devant les restes doublement vénérables d'un martyr qui lui est si cher, et, par une grâce inappréciable, il expire de joie auprès de ce tombeau. L'âme de l'heureux enfant alla rejoindre au ciel l'âme de son père. Les chrétiens ensevelirent auprès du corps de Longin le corps de son fils, et, en invoquant saint Victor et ses compagnons, ils unirent à leurs noms glorieux le nom de Durthérius.

Ces promenades à travers Marseille, ces grands souvenirs évoqués au lieu même qui les rappelaient, ces récits émouvants, ces entretiens animés par l'amitié, intéressaient vivement Thalie et Valérien, mais ils trouvaient que les heures s'écoulaient avec une désolante rapidité. Le soir du dernier jour qu'ils devaient passer ensemble, ils se laissèrent bercer par les beaux rêves d'avenir qu'ils avaient déjà fait tant de fois.

— Par moments, disait Valérien, je suis tenté d'abandonner les armes et de vous suivre en Egypte. Je pourrais m'adonner à l'éloquence ou m'enrichir dans un commerce lucratif, et me présenter ensuite à votre père avec une fortune brillante, pour lui demander de combler enfin mes vœux.

— Si je n'écoutais que mon cœur, je vous prierais de nous suivre à Alexandrie, mais ne faut-il pas nous laisser guider par la raison? Vous ne pouvez pas abandonner la carrière militaire. Bientôt vous serez chef de légion, et vous ne tarderez pas à commander une armée; or, rien n'est plus honorable aux yeux de mon père.

— Je voudrais avoir une couronne pour la déposer à vos pieds.

— Vous l'aurez peut-être un jour. Constantin peut mourir...

— Que Dieu éloigne de nous ce malheur!.. Du reste son fils Crispus est digne de lui succéder.

— Il est trop jeune pour résister à l'ambition des compétiteurs qui surgiraient de tout côté. L'armée donnera la pourpre aux généraux qui l'auront conduite à la victoire. N'êtes-vous pas aimé des soldats?

— Je l'ignore. Que m'importe, pourvu que je sois aimé de vous !

Le lendemain, au lever du soleil, Métrodore et sa fille durent se rendre au port pour monter sur le navire qui allait voguer vers Alexandrie. Victorinus et Valérien les accompagnèrent sur le navire et ne les quittèrent qu'au moment où le pilote donna le signal du départ. Les plus tendres adieux furent échangés.

— Nous nous reverrons, disait Thalie.

— Que ce soit bientôt, répondit Valérien.

Victorinus et son fils descendirent sur le rivage en face de la pleine mer, et ils échangèrent avec les voyageurs un dernier signe d'adieu lorsque le navire passa devant eux, les voiles déployées. Ils le suivirent du regard jusqu'au moment où il disparut du côté de l'orient, derrière le cap formé par les collines aux flancs nus qui s'avancent dans la mer.

Valérien, accablé de tristesse, demeura quelque temps silencieux, puis il dit à son père :

— Ne trouvez-vous pas que Thalie ne ressemble à aucune jeune fille et que celui qui méritera de l'avoir pour épouse pourra être fier d'avoir gagné son cœur ?

— Il faudrait être aveugle pour ne pas admirer sa beauté. Elle paraît aussi instruite que son père et s'exprime avec une grâce moins étudiée. Mais je crains qu'elle ne s'enorgueillisse des dons qu'elle a reçus. Elle a peut-être trop d'énergie de volonté.

— C'est une qualité précieuse qui fait accomplir les plus grandes choses...

— Quand elle ne se met pas au service de l'amour propre et ne se change pas en opiniâtre entêtement. Je désire que cette fière jeune fille ne se laisse pas séduire par les nouveautés religieuses que d'audacieux hérétiques, à ce que j'ai entendu dire, répandent en Egypte, en ce moment, avec la plus perfide habileté.

— Ne craignez rien, mon père, Thalie est fermement chrétienne.

— N'a-t-on pas vu des hérétiques se dire chrétiens et cependant nier la divinité du Christ?

— Je crois que Thalie souffrirait volontiers le martyre plutôt que de ne pas reconnaître en Jésus-Christ le Verbe de Dieu uni à notre nature.

— Alors elle est digne de toi.

IV

RHODANIA

Valérien s'était proposé de passer plusieurs jours avec son père, mais le lendemain du départ de Métrodore et de sa fille un messager lui remit une lettre de l'empereur qui l'obligea à retourner à Arles en toute hâte. Cette lettre avertissait le chef de cohorte qu'une grande réunion d'évêques allait se tenir à Arles et l'invitait à prendre toutes les mesures nécessaires pour maintenir l'ordre et protéger les délibérations du synode. Valérien se rendit aussitôt chez Orésius, évêque de Marseille. Il le trouva faisant ses préparatifs de départ.

— Votre Paternité se rendra sans doute à Arles pour prendre part au synode qui va s'ouvrir?

— Oui, mon fils ; je suis trop voisin de cette ville

pour ne pas aller m'y réunir à mes frères dans l'é-
piscopat. L'empereur tient à ce que l'assemblée soit
nombreuse. Voici la lettre de convocation que j'ai
reçue.

Orésius tendit à Valérien un papyrus marqué du
sceau impérial et contenant ces mots : « Notre inten-
tion est de réunir en la cité d'Arles, pour les calendes d'août, le plus grand nombre possible d'évêques
de toutes les provinces. Nous avons résolu de vous
y appeler. En conséquence le clarissime procurateur
de la province viennoise devra vous fournir une voiture
attelée par les postes de l'Etat. Vous choisirez pour
vous accompagner deux membres du clergé du second
ordre. Vous pourrez avoir avec vous trois autres personnes pour votre service durant le voyage, et vous
ferez toute la diligence nécessaire pour être arrivé au
jour convenu. »

— Combien de personnes composeront votre suite ?
demanda Valérien.

— Je n'emmènerai avec moi que le lecteur Nazarius.

— Alors, si vous le permettez, nous ferons route
ensemble.

— Je ne pourrais pas être mieux accompagné.
Mais nous partirons bientôt. La voiture est prête et
n'attend que mes ordres. Je désire arriver à Arles
avant le premier août, afin de conférer avec l'évêque
de cette ville, le vénérable Marinus.

Valérien alla dire adieu à son père. Il était désolé
de le quitter si promptement, mais il ne pouvait pas
hésiter lorsque le devoir lui commandait de se rendre
à son poste.

— Mon père, vous devriez venir passer quelques

jours à Arles, vous assisteriez avec moi à une auguste
réunion d'évêques. C'est un spectacle qu'on ne voit
pas tous les jours.

— A mon âge, répondit Victorinus, on ne doit
plus changer de place. Il faut se préparer uniquement au grand voyage de la terre au ciel, dont la
mort peut chaque jour nous donner le signal.

Quelques heures après, Valérien, assis près
d'Orésius dans une des voitures de poste de l'État,
mises par l'empereur à la disposition des évêques
invités au synode, était emporté vers Arles par quatre
chevaux qui n'avaient pas besoin d'être aiguillonnés
par des coups de fouet pour dévorer l'espace d'un
relais à l'autre. Par moments, la route se rapprochait
du Rhône et Valérien se rappelait les heures de bonheur qu'il avait passées avec Thalie, quelques jours
auparavant,, en descendant ce beau fleuve. Sa pensée
la suivait sur les flots de la Méditerranée. Devant
quels rivages passe en ce moment le navire qui la
porte ? N'a-t-il pas à lutter contre les fureurs de la
tempête ? Est-il poussé par un vent favorable vers
les côtes d'Égypte ?

Malgré la vitesse des chevaux, il fallait plus d'une
demi-journée pour se rendre de Marseille à Arles,
et Valérien aurait trouvé le trajet monotone, s'il n'a-
vait pas eu un compagnon de voyage dont la conversation pouvait lui faire oublier la longueur de la route.

—Puis-je sans indiscrétion demander à Votre Paternité quel sera le principal sujet des délibérations
des évêques qui vont se réunir en synode ?

—Nous sommes surtout convoqués pour prononcer
un jugement sur le schisme des Donatistes.

— C'est la première fois que j'entends parler de
ce schisme.

Il dure pourtant depuis plusieurs années, mais
comme il ne désole que les Églises d'Afrique, on ne
s'en est pas beaucoup préoccupé dans les Gaules jusqu'à présent.

— Je ne serais pas fâché d'être quelque peu instruit de cette affaire, puisque, pendant que vous la
jugerez, je serai chargé de veiller à ce que rien ne
trouble vos délibérations.

— Vous savez quel est notre respect pour les saintes
Ecritures. Nous ne les confions qu'à des chrétiens
d'une foi éprouvée. Nous les gardons comme des objets mystérieux et sacrés. Nous défendons aux
fidèles de les laisser tomber entre les mains des païens
qui les profaneraient, qui peut-être y chercheraient de
nouvelles calomnies contre nous, de nouveaux motifs
de persécution. Les païens en ces derniers temps ont
voulu connaître à tout prix nos livres saints. Comme ils
nous accusaient d'être les ennemis du genre humain,
ils espéraient trouver dans ces livres, que nous cachions avec tant de soin, les preuves manifestes d'une
vaste conspiration contre l'humanité en général et
contre l'empire romain en particulier. Ils croyaient
que les martyrs, dans leurs interrogatoires, ne livraient pas la doctrine secrète des chrétiens et qu'il
fallait la chercher dans nos livres saints. Mais plus
ils voulaient s'emparer de ces livres, plus on refusait de les leur remettre. Pour nous arracher ce dépôt sacré ils ont employé inutilement les plus cruels
supplices. Il faut l'avouer cependant, il s'est rencontré des chrétiens qui ont pâli devant le chevalet

et le gril rougi au feu. Pour échapper à ces affreuses
tortures, ils ont livré aux païens les livres saints
qui étaient en leur possession. L'Église a condamné
leur lâcheté et leur trahison ; ils ont été flétris du
nom de traîtres ou de traditeurs.

Il y a toujours des esprits faux ou orgueilleux
qui veulent être plus sévères que l'Eglise. Des
prêtres et des évêques d'Afrique ne se sont pas
contentés de condamner les traditeurs, ils ont re-
gardé leur faute comme irrémissible. Bien plus,
ils ont prétendu que les sacrements administrés
par ceux qui ont eu la faiblesse de remettre aux
païens les livres saints n'ont absolument aucune
valeur. Ils déclarent nulle toute ordination confé-
rée à un clerc par un évêque traditeur. Les partisans de cette opinion erronée se sont séparés de
l'Eglise et ont formé un schisme dont l'évêque Donatus
a été le principal fauteur. Lorsque Cécilien a été
nommé évêque de Carthage, les Donatistes n'ont pas
voulu le reconnaître, sous prétexte qu'il avait été
ordonné par un traditeur ; or Félix d'Aptonge, qui a
imposé les mains à Cécilien, n'a jamais livré les saintes
écritures, et l'eût-il fait, l'ordination n'en serait pas
moins valide. Le Pape Melchiade a condamné les
Donatistes, mais ils n'ont pas voulu se soumettre
à son jugement et ont prétendu que le Pape avait
été mal informé. Ils ont demandé à Constantin de
les faire juger par les évêques des Gaules. Constantin
aurait pu leur répondre que puisque Rome avait
parlé, la cause était finie ; mais pour les contenter,
et dans l'espoir de faire cesser plus sûrement le
schisme, il nous a priés de nous réunir à Arles et

de prononcer un jugement. Déjà le vicaire du préfet du prétoire en Afrique a procédé à une enquête légale. Il a interrogé de nouveaux témoins et il s'est convaincu que jamais Félix d'Aptonge n'avait remis les livres saints aux magistrats.

— Quel changement ! il y a quelques années les préfets du prétoire punissaient des plus affreux supplices ceux qui ne livraient pas les sainte écritures ; aujourd'hui ils sont prêts à punir ceux qui les ont livrées. Les magistrats reconnaissent donc aujourd'hui que ce qu'ils ordonnaient autrefois était un crime et que leur désobéir était un devoir ?

— Ne sommes-nous pas nous-mêmes, en ce moment, une preuve de la défaite du paganisme et du triomphe de l'Eglise ! Dioclétien assurément ne prévoyait pas que le fils de Constance Chlore ferait transporter aux frais du Trésor public les évêques et leur suite, et leur rendrait autant d'honneurs qu'à des dignitaires de l'empire.

— Il se trouvera bien quelque païen pour se plaindre que ces voyages des évêques ruinent le Trésor.

Orésius et Valérien entrèrent à Arles par la porte la plus rapprochée de l'amphithéâtre. Une grande animation régnait déjà dans la ville qui se préparait à recevoir dignement les nombreux évêques appelés au synode. On disposait çà et là des logements convenables. Les marchands songeaient à faire des approvisionnements suffisants. Les bateliers du Rhône paraient leurs barques de banderolles de diverses couleurs; tous les habitants étaient en fête. Les païens eux-mêmes étaient curieux de voir cette grande réunion d'évêques dont les chrétiens parlaient avec tant de joie. Ils n'avaient dans leur culte aucune solennité qui pût se comparer à un synode.

Quelques évêques, tels que Nerus de Vienne, Daphnus de Vaison, Vocius de Lyon, Orientalis de Bordeaux, arrivèrent à Arles peu de temps après Orésius. Marinus, évêque d'Arles, les reçut dans sa demeure. Valérien offrit l'hospitalité à l'évêque de Marseille et à Rhéticius, évêque d'Autun. Pendant sa jeunesse, Rhéticius avait cultivé, comme Métrodore, l'art des rhéteurs et s'était distingué par son éloquence. Ses talents étaient rehaussés par sa piété. Il épousa une jeune fille d'une naissance illustre et d'une rare beauté. Comme ils désiraient l'un et l'autre de mener dans un corps mortel une vie angélique, elle fut pour lui une épouse-sœur. L'aumône, la prière, le jeûne sanctifiaient ces chastes époux. Chacun d'eux demandait en secret au Seigneur la grâce de mourir le premier. Ce fut l'epouse qui obtint cette faveur. Quand elle sentit les approches de la mort, elle dit à Rhéticius : « Frère bien-aimé, je te prie de m'accorder une dernière grâce : jure-moi de choisir ta sépulture à côté de la mienne et que notre lit virginal soit le même après la mort. » Rhéticius le promit. Il fit creuser au flanc d'un rocher une double tombe. Il voulait reposer, quand son heure serait venue, à côté de celle qu'il avait aimée ici-bas, dans l'espoir de l'aimer éternellement au ciel. Peu de temps après la mort de son épouse-sœur, Rhéticius fut choisi pour évêque par le clergé et le peuple d'Autun.

Valérien apprit ces touchants détails de la bouche du prêtre Amandus, qui avait accompagné Rhéticius au concile d'Arles. Quelques mois après le concile, Valérien reçut d'Amandus une lettre qui lui apprenait la mort du saint évêque d'Autun. « Nous venons de perdre notre vénéré pontife, dont la vie a été pleine de bénédictions et de bonnes œuvres. Nous l'avons enseveli dans le tombeau qu'il avait préparé lui-même à côté de sa virginale épouse. Quand nous avons soulevé la pierre funéraire, nous avons reconnu sans peine la bienheureuse servante du Christ. La mort avait à peine altéré son corps très-pur. Mais, ô prodige plus merveilleux encore ! au moment où nous déposions auprès d'elle le corps de celui qui fut son époux, elle a étendu vers lui la main gauche, comme pour lui donner le signe de la bienvenue ! Quel est donc le Dieu qui fait survivre l'amour à la mort et qui ranime la froide poussière des tombeaux ? C'est vous, ô Christ, notre maître ; c'est vous qui nous donnez dans ces prodiges un gage de la bienheureuse résurrection. »

Arles recevait chaque jour dans ses murs de nouveaux évêques. Ils n'appartenaient pas tous à la Gaule. Plusieurs venaient de l'Espagne, d'autres des bords du Rhin, quelques-uns de la Grande-Bretagne, tels qu'Eborius, évêque d'Yorck, Restitutus de Londres, Adelphius de Colchester. On n'attendait que la venue des légats du Pape pour ouvrir le synode. Ils ne tardèrent pas d'arriver. C'étaient les prêtres Claudien et Vitus et les diacres Eugène et Cyriaque. Les évêques se réunirent aussitôt dans l'église, qui fut dédiée trente-huit ans plus tard, sous le titre de basilique de Sainte-Marie-Majeure, lors de la célébration du troisième concile d'Arles. Les piliers de cette église sont

enfouis aujourd'hui à un tiers de leur hauteur, parce
qu'on a exhaussé le pavé pour le raccorder à celui de
la rue. Elle a la forme d'un temple grec divisé en
trois *cella* et terminé par l'hémicycle de la basilique
romaine. Etait-elle primitivement un temple païen,
élevé sous Jules César à la bonne déesse? Il est permis de le penser. Ses voûtes et ses arcs en plein-
cintre ont la pureté de l'architecture romaine de
l'époque de Jules César et d'Auguste. Dans les fouilles
faites en 1592, pour restaurer la façade avec tout le
mauvais goût de cette époque, on découvrit un autel
votif dédié à la bonne déesse. Cet autel est conservé
au musée d'Arles.

Les évêques examinèrent d'abord la cause soumise
à leur jugement par l'empereur. Ils justifièrent pleinement l'évêque de Carthage de toutes les accusations
portées contre lui et condamnèrent les Donatistes.
Ils rédigèrent ensuite une lettre synodale pour faire
connaître au Pape le résultat de leurs délibérations.
En entendant la lecture de cette lettre, Valérien fut
frappé des témoignages de respect donnés au Souverain-Pontife par cette auguste assemblée d'évêques.

« Au Très-Saint Pape Sylvestre, Salut éternel dans
le Seigneur.

« Réunis à Arles selon le désir du très-pieux empereur, dans le lien d'une charité fraternelle et en
communion avec l'Église catholique, notre mère,
nous vous saluons, très-glorieux Pape, avec le respect
qui vous est dû. Nous avons examiné la controverse
soulevée par les Donatistes. Ces hommes se sont
montrés dans leur emportement aussi déraisonnables
qu'ennemis de la foi et de la discipline ecclésiastique.

Ils ne respectent pas plus la présence de l'Esprit-Saint que l'autorité de la Tradition et des saintes Ecritures. Aucune de leurs allégations ne se peut soutenir. Loin de fournir la moindre preuve de leurs accusations, ils n'ont pas même pu s'accorder entre eux sur les griefs qu'ils voulaient produire. Aussi, par le jugement de Dieu et celui de notre mère l'Église, qui sait reconnaître et défendre ses véritables enfants, ils ont été condamnés. Plût à Dieu, frère bien-aimé, que vous eussiez pu assister à ce grand spectacle ! Nous croyons que la sentence portée contre eux eût été plus sévère. La joie de notre assemblée aurait été plus vive si vous aviez jugé avec nous. Mais vous ne pouvez aucunement vous éloigner de ces lieux où les apôtres résident toujours, et où leur sang ne cesse pas d'attester la gloire de Dieu. »

Après avoir prononcé leur jugement dans l'affaire des Donatistes, les évêques traitèrent divers points de discipline et promulguèrent plusieurs règles de conduite. L'une d'entre elles fit sur Valérien une profonde impression ; elle semblait formulée pour lui et répondre à ses plus secrètes pensées. La quatrième sentence disciplinaire prononcée par les évêques était ainsi conçue : « Les soldats qui, sous prétexte de religion, quitteront le métier des armes, seront séparés de la communion. »

Ainsi, au moment où Valérien songeait aux moyens de se rapprocher de Thalie, où il aurait volontiers renoncé à sa carrière pour avoir plus tôt le bonheur de vivre avec elle, où il se serait résigné à augmenter le nombre des négociants d'Alexandrie, pour s'enrichir promptement et obtenir sans retard

la fille du rhéteur, la voix de l'Eglise lui disait : « Tu
ne dois pas quitter le métier des armes. L'amour
d'une femme ne doit pas te faire abandonner les
drapeaux. La religion elle-même ne serait pas un
motif suffisant pour refuser à la patrie menacée par
les barbares le secours de ton bras. » On était loin
du temps où Tertullien condamnait sévèrement la
profession militaire et exhortait les fidèles à ne pas
l'embrasser ; du temps où saint Maximilien, martyrisé
pour avoir refusé le service militaire pour motif de
religion, disait à ses juges : « Comme je suis chrétien, je ne puis pas faire le mal. » Les soldats n'é-
taient plus obligés à aucun acte idolâtrique. Ils n'a-
vaient plus à brûler de l'encens devant l'image de
l'empereur, ou devant une statue de la Victoire. Le
monogramme du Christ était tracé sur les drapeaux
de l'armée, depuis que Constantin avait vaincu par
le signe de la croix. L'Eglise avait triomphé et conquis sa liberté, grâce à l'invincible courage des soldats chrétiens. Elle ne voulait pas se priver de ces
utiles auxiliaires. Le paganisme, défendu par l'armée de Maxence ou par l'armée de Maximin, aurait
été vainqueur, si les soldats chrétiens, commandés
par Constantin, eussent été moins nombreux. Bientôt peut-être seront livrées de nouvelles batailles d'où
dépendra le sort du christianisme. Licinius, jaloux
de la popularité de Constantin, renouvellera peut-
être la tentative de Maximin. Il s'appuiera sur les
païens, irrités de l'humiliation du vieux culte national et toujours prêts à la révolte. La lutte entre les
deux empereurs deviendra une lutte entre les deux
religions. La foi chrétienne aura besoin de tous ses

défenseurs. Voilà pourquoi le concile d'Arles pro-
nonce l'excommunication contre les soldats qui dé-
serteront le service militaire sous prétexte de religion.

Valérien comprit la portée de cette règle discipli
naire. Il prit la ferme résolution de rester sous les
drapeaux pour y servir l'Eglise et la patrie. Thalie ne
s'est peut-être pas trompée en lui prédisant qu'il serait
bientôt chef de légion. Il espère que si une guerre se
déclare, il se distinguera par quelque action d'éclat.
L'empereur voudra le récompenser. Il le priera de lui
accorder un commandement militaire en Egypte.

Lorsque le synode d'Arles fut terminé, les évêques
qui avaient délibéré ensemble se hâtèrent de retourner dans leurs Eglises. La ville, qu'animait leur
présence, reprit son calme accoutumé. Valérien ne
souffrait plus les tourments de l'irrésolution. Il avait
pris une détermination bien arrêtée. Il s'était tracé un
plan, et il attendait que des circonstances favorables
lui permissent de l'exécuter. Il remplit avec une
exactitude exemplaire tous les devoirs de sa charge.
Sans se départir de sa bonté ordinaire pour les soldats, il maintint dans sa cohorte une parfaite discipline. Pour exciter le zèle des centurions et des dé-
cemvirs, il assista plus souvent encore que par le
passé aux exercices militaires qui s'exécutaient sur
l'arène de l'amphithéâtre. Mais il ne parvenait pas à
chasser la tristesse de son âme. Thalie était toujours
présente à sa pensée. Il évoquait son souvenir dans
tous les lieux où il avait coutume de la voir : au bord
du Rhône, sur la lisière de la forêt voisine, sur les
gradins du théâtre, où l'éloquence d'Hermégiste avait
déjà fait oublier celle de Métrodore. Albinus, Cé-

réalis et ses autres amis auraient voulu le distraire ;
mais, sans éviter leur société, il ne la recherchait
pas. Il aimait sa tristesse et y trouvait une amère
douceur qu'il prenait plaisir à savourer en secret.
On le voyait souvent promener ses rêveries autour
de la ville, errer solitaire à l'ombre des bois, ou
s'asseoir sur le rivage du fleuve dont les flots avaient
porté naguère la barque où il avait passé avec Thalie ses derniers moments de bonheur.

Valérien dirigeait volontiers sa promenade vers les
Champs-Elysées, vaste réunion de monuments funéraires qui n'a pas entièrement disparu, et dont les
restes frappent vivement le voyageur qui parcourt
aux *Aliscamps* l'allée des tombeaux. Les Champs-
Elysées d'Arles s'étendaient, à l'orient de la ville,
sur une plaine rocheuse assez élevée au niveau du
Rhône pour être à l'abri de l'invasion de ses flots.
Ils étaient couverts de monuments funèbres. Ici de
simples cippes, des colonnes brisées ; là de petits
édifices destinés à recevoir soit les urnes cinéraires
qui renfermaient les cendres des morts, soit l'os-
suaire ou le sarcophage qui renfermait leurs ossements. Ces Champs-Elysées étaient célèbres dans
toute la Gaule méridionale. Les grandes familles des
villes les plus voisines d'Arles tenaient à y avoir leur
tombeau. Les païens déposaient sous la barque du
défunt une obole destinée à payer le droit de passage
à Carron, ce nautonier du fleuve infernal qui transportait, croyaient-ils, dans l'Elysée souterrain les
âmes des morts, à travers ces ondes du Styx qu'on
ne pouvait franchir qu'une fois. Après cette précau-
tion, ils plaçaient les restes du mort dans une barque

6

qui descendait le Rhône et apportait le sarcophage près du tombeau qui devait l'abriter.

Au milieu de ces pierres funéraires, Valérien voyait çà et là des chrétiens en prière et des païens répandant des fleurs sur les cendres d'un père, d'une mère, d'un enfant que la mort leur avait ravis. Deux jeunes époux, Valérius et Chrysogone, venaient souvent donner ce témoignage de leurs regrets à leur fille unique, Siricio, morte à l'âge de trois ans. Son corps, enveloppé dans une étoffe d'or et de soie, avait été enfermé dans un cercueil en plomb et avait été déposé dans un sarcophage en marbre, placé dans une grande cuve de pierre commune. Sur une des faces du monument, étaient sculptées deux têtes de Méduse ailées, et des fleurs de pavot, symboles de l'éternel sommeil. Entre ces emblèmes, on lisait l'inscription suivante :

« Paix éternelle à notre très-douce et très-innocente fille, la jeune Chrysogone Siricio. Elle a vécu trois ans, deux mois et vingt-sept jours. Ses parents, Valérius et Chrysogone, ont élevé ce monument à leur fille très-chère, qu'ils regretteront tout le temps de leur vie. »

Valérien rencontrait aussi quelquefois Laurentius, accompagné par Autarcius, son père, se dirigeant vers le tombeau de sa femme, Julia Tyrannia, morte à vingt ans. Toute la ville d'Arles s'était associée au deuil de Laurentius. La jeune femme avait été surnommée par ses concitoyens la dixième Muse à cause de ses rares talents de musicienne. Sur sa tombe étaient représentés les principaux instruments de musique dont elle jouait avec tant d'art. A droite étaient sculptés une lyre et une sorte de crécelle, à

gauche un syrinx à sept tuyaux. Entre ces bas re-
liefs était gravée une simple inscription :

« A Julia Tyrannia, qui vécut vingt ans et huit mois.
Par ses mœurs et ses talents, elle servit d'exemple
aux autres femmes. Ce monument a été élevé par Autarcius à sa belle-fille, et par Laurentius à son épouse. »

La veuve Dyonisia venait presque tous les jours
jeter des fleurs sur le tombeau de sa fille Aelia, morte à dix-sept ans, au moment où elle se préparait à
célébrer son mariage. Cette fille était sa dernière affection sur la terre. Elle lui avait élevé un monument
funéraire en marbre et avait prié le sculpteur chargé
de graver l'épitaphe d'exprimer en quelques vers l'é-
tendue de sa douleur. Le sculpteur avait fait de son
mieux. Il s'était rappelé quelques hémistiches de
Virgile et avait consulté le recueil d'épitaphes rédigé
à l'usage des gens de sa profession. Désireux de gagner son argent, il avait composé avec peu de goût,
mais avec beaucoup de peine, l'inscription suivante :

« O crime ! ô injustice ! Ici repose une admirable
jeune fille. C'est plus que de la douleur ! Elle a été
enlevée à sa mère sans l'avoir mérité. Elle est morte,
cette vierge, lorsque déjà mûrie, elle commençait à
plaire. Son mariage était décidé à la grande joie de ses
parents. Elle a vécu dix-sept ans, sept mois et dix-huit
jours. Heureux son père, qui n'a pas connu une telle
douleur. Le cœur de sa mère Dyonisia est déchiré par
une blessure qui saignera toujours. Son vieux père a
reçu la jeune fille, qui est allée se réunir à lui. »

Des lapicides ou tailleurs de pierre étaient sans
cesse occupés à élever de nouveaux monuments funéraires, à tailler des cippes, à sculpter des bas-re-

liefs, à graver des inscriptions. Plusieurs avaient formé, à l'entrée des Champs-Elysées, une sorte d'atelier en plein air. Une tente grossière, attachée à quatre pieux solidement fixés en terre, les garantissait des ardeurs du soleil. Les uns étaient païens et ne travaillaient que pour les familles encore attachées à l'idolâtrie. Les autres étaient chrétiens et ce n'était qu'à eux que s'adressaient les familles chrétiennes. Parmi ces derniers, le plus connu était le vieux Libérius. C'était le fils d'un esclave, il était né dans la maison d'un sculpteur qui avait enrichi la voie Appienne de quelques monuments funèbres remarquables. Son maître l'avait initié de bonne heure dans son art et lui avait confié d'abord la partie la moins délicate de ses travaux. Satisfait de ses progrés, il l'avait ensuite chargé de l'incision des lettres et de l'ornementation des tombeaux. Libérius serait devenu un sculpteur distingué si son maître avait vécu plus longtemps, mais il mourut jeune et laissa son esclave à un héritier qui apprécia peu ses talents et se hâta de le vendre. L'acquéreur de Libérius vint se fixer dans les Gaules. Il instruisit son esclave des vérités de la foi, lui fit recevoir le baptême, le maria à une esclave chrétienne et les affranchit l'un et l'autre. Devenu libre, Libérius reprit le ciseau du sculpteur. Personne, à Arles, ne grava une épitaphe avec plus de correction et ne sculpta des ornements emblématiques avec plus de grâce ; mais les païens ne purent jamais le décider à travailler pour eux. Il ne voulait pas faire servir son talent à tracer sur la pierre des signes idolâtriques. Les chrétiens étaient assez nombreux, du reste, pour l'occuper. Libérius était

heureux de contribuer à rendre aux dépouilles des
fidèles les honneurs qui leur sont dus. Il pratiquait
son art avec tant de pieuse joie que rien ne semblait
manquer à son bonheur. Mais la mort lui ravit tout
à coup le plus cher objet de ses affections. Sa femme
mourut en donnant naissance à une fille. Libérius
qui n'avait jamais pu exprimer sans émotion la douleur des autres, inonda de ses larmes la tombe qui
reçut les dépouilles de sa femme et où il exprima sa
propre douleur. Il grava sur cette pierre une inscription digne de son amour et de sa foi :

« Ame très-douce, tu vis dans la paix du Christ.
Nous avons vécu ensemble trois ans, deux mois et
six jours. Prie pour ton époux qui te regrettera
toute sa vie. »

Autour de cetite épitaphe, il ne sculpta pour ornements qu'une colombe à droite, déployant son vol,
et une autre colombe, à gauche, les ailes à demi ou-
vertes et regardant le ciel.

Quelle tendresse ineffable ressentit Libérius pour
cette frêle enfant dont la naissance avait coûté la vie
à sa mère ! Il lui donna le nom qu'elle portait et
qu'il avait prononcé tant de fois avec amour, il l'appela Rhodania. De quel œil tremblant il veilla sur
son berceau ! Avec quelle joie il la vit croître et se
fortifier ! Elle ne ressemblait ni à son père ni à sa
mère, mais aux têtes idéales qu'il entrevoyait dans
ses rêves d'artiste. Elle joua de bonne heure avec les
outils de son père. Ses doigts d'enfant manièrent le
ciseau, pétrirent l'argile, creusèrent la pierre avec
le marteau. Libérius souriait à ces jeux naïfs, il savait que les enfants font volontiers ce qu'ils voient

faire et qu'ils s'amusent avec tous les objets que leur main rencontre. Mais de jour en jour, Rhodonia tenait le crayon d'une main plus ferme et donnait des coups de ciseau plus assurés. Vint un moment où Libérius fut étonné de ce que sa fille faisait en se jouant. Il reconnut avec un transport de joie et d'orgueil paternels qu'elle avait le coup d'œil et l'ardeur sacrée de l'artiste. Dès qu'elle eut atteint sa douzième année, Rhodania ne quitta plus son père. Elle travailla près de lui dans son atelier de sculptures funèbres aux Champs-Elysées.

Plus d'une fois, Valérien avait aperçu de loin Libérius et sa fille taillant des pierres tumulaires sous leur tente. Il avait été surpris de voir le ciseau du sculpteur entre les mains d'une si jeune enfant, mais il ne s'était jamais approché d'elle pour examiner son travail. Un de ses amis, Géminus, administrateur des finances, qui résidait à Arles et dont la juridiction s'étendait sur neuf provinces, le pria d'aller voir, avant qu'ils fussent achevés, les tombeaux qu'il avait commandés pour sa femme et pour lui-même. Géminus sentait qu'il mourrait bientôt, emporté par la maladie de langueur qui venait de lui ravir sa femme, après quelques années de mariage. Il ne vécut que trente-huit ans. Valérien se dirigea vers l'atelier de Libérius. Il était curieux de voir de près le travail de sa fille ; mais il ne s'attendait pas à l'émotion qu'il éprouva. Lorsqu'il écarta la toile qui entourait l'atelier, il aperçut Rhodania de profil, agenouillée devant une plaque de marbre et achevant une sculpture délicate qui absorbait son attention. Valérien s'arrêta le cœur palpitant. Il lui semblait voir Thalie

rajeunie de quelques années. C'était bien son profil
d'une si exquise pureté, c'était bien sa noire chevelure aux tresses abondantes, c'était bien son col
souple et gracieux, son teint dont le soleil du midi
avait légèrement doré la blancheur. Valérien n'aurait jamais supposé qu'une telle ressemblance fût
possible. Il fit quelques pas et salua Libérius. A la
vue d'un étranger, Rhodania interrompit son travail
et se leva. Valérien, qui contemplait avec admiration
celle qui lui rappelait une chère absente, fut obligé de
reconnaître que Thalie n'avait pas dans les yeux autant
de douceur ni sur les lèvres un si candide sourire.

— Je regrette d'interrompre votre travail, dit Valérien, mais j'ai dû céder aux désirs de Géminus
qui m'a prié de venir voir, avant leur achèvement,
les tombeaux qu'il vous a commandés.

— Celui qui doit recevoir le sarcophage de sa
femme, répondit Libérius, sera bientôt terminé. C'est
ma fille qui a voulu s'en charger; elle y a travaillé avec
une ardeur qu'elle fera bien de modérer à l'avenir.
Quant au tombeau de Géminus, je l'ai à peine ébauché.

— Permettez-moi de vous complimenter sur le talent de votre fille. Il est rare qu'une femme le possède
et il est encore plus rare qu'on l'exerce avec un tel
succès dans un âge si tendre.

—J'en suis moi-même étonné et j'en bénis Dieu qui a
bien voulu réserver à ma vieillesse une telle consolation.

— Je ne suis plus si jeune, dit Rhodania, en
appuyant sa tête sur le bras de Libérius avec une
grâce enfantine, j'aurai bientôt quatorze ans. Il y a
plus de six ans que je reçois les leçons de mon père.
Qui ne deviendrait habile sous sa direction ?

— Voudriez-vous, ma belle enfant, me montrer ce que vous savez faire ?

— Bien volontiers, je puis vous expliquer tout ce que j'ai sculpté sur ce tombeau.

Rhodania plaça Valérien devant une grande plaque de marbre dont la blancheur était loin d'égaler celle du marbre de Paros; on y voyait trois bas-reliefs séparés par des colonnettes.

— J'ai ciselé au milieu, dit Rhodania, une femme en prières. Elle est debout, les mains élevées vers le ciel. Mon père l'a dessinée d'après les orantes des catacombes romaines. À droite, j'ai représenté la résurrection de Lazare. Vous voyez son tombeau taillé dans le roc, ses deux sœurs Marthe et Madeleine, et le Christ qui commande à la mort de rendre sa proie. Nous sculptons souvent sur les tombeaux chrétiens une scène de résurrection, pour indiquer que nous croyons fermement à notre résurrection future. J'aurais pu représenter la fille de Jaïre, rendue à son père, ou le fils de la veuve de Naïm rendu à sa mère; mais comme le souvenir de Lazare et de ses deux sœurs est très-populaire dans cette province, j'ai mieux aimé rappeler la résurrection de l'ami de Jésus. A gauche, j'ai représenté Moïse dans le désert, frappant le rocher d'où jaillit une source d'eau vive qui désaltère son peuple mourant de soif. C'est la figure de celui qui a fait couler son sang rédempteur pour le salut du monde. C'est le don de Dieu, les eaux qui jaillissent pour la vie éternelle. Ceux qui les boivent n'ont plus soif des joies d'ici-bas. L'apôtre saint Paul nous a invités lui-même à voir dans le rocher frappé par

Moïse, la figure du Sauveur, lorsqu'il a écrit: « Or, la pierre était le Christ. »

Valérien écoutait avec ravissement les explications de Rhodania. Il admirait le profond symbolisme des sculptures qui ornaient les tombeaux chrétiens. Au point de vue de l'art, ces bas-reliefs laissaient sans doute à désirer. Les types étaient trop uniformes, les poses trop raides, les vêtements trop lourds. Rien ne rappelait dans ces premières créations du génie chrétien les chefs-d'œuvre de la sculpture païenne. Mais il importait peu que ces bas-reliefs fussent des œuvres d'art. Ils étaient une profession de foi; ils contenaient un grand enseignement; ils exprimaient en caractères hiéroglyphiques d'une lecture facile, que les moins lettrés pouvaient comprendre, les vérités religieuses prêchées au monde par les apôtres, les principaux faits de l'ancien et du nouveau testament.

— J'admire de plus en plus l'habilité avec laquelle votre jeune main manie le ciseau, dit Valérien, aussi heureux que surpris d'une ressemblance qui transformait à ses yeux Rhodania et en faisait, pour lui, un portrait vivant de Thalie.

— Mon père m'aide beaucoup, répondit la jeune artiste en rougissant de modestie. Sans lui je n'aurais pas pu faire tout ce que vous avez vu.

— Ornerez-vous autant le tombeau de Geminus? demanda Valérien à Libérius.

— Il m'a prié de le faire plus simple et je me suis conformé à ses désirs. Au milieu j'ai déjà sculpté le Christ. Maintenant que les chrétiens pratiquent librement leur culte, nous pouvons représenter le

Christ sur nos tombeaux autrement que par des figures symboliques, par l'alpha et l'oméga, ou par l'entrelacement des deux premières lettres du nom du Sauveur en grec. A la gauche du Christ, je représenterai Geminus avant sa conversion et à sa droite Geminus après sa conversion.

— Comment indiquerez-vous qu'il a renoncé à l'idolâtrie pour embrasser le christianisme ?

— Par un emblème. Les arts du dessin sont souvent obligés de recourir à ce moyen pour exprimer une idée. Geminus, à droite, portera entre ses mains une idole, un dieu domestique, signe de son attachement au paganisme. Geminus, à gauche, portera une croix pour signifier qu'il a obéi à la parole du Sauveur : « Si quelqu'un veut venir après moi, qu'il porte sa croix et qu'il me suive. »

Valérien retourna souvent dans l'atelier de Libérius, soit pour songer à Thalie, en présence de Rhodania, soit pour se familiariser avec les habitudes de la sculpture chrétienne.

— Quels sont les sujets que vous représentez le plus ordinairement sur les tombeaux? demanda-t-il au sculpteur.

— Autrefois, répondit Libérius, nous retracions les personnages de l'Ancien Testament qui figuraient le Messie. Nous cachions ainsi aux païens l'objet sacré de nos adorations, mais les fidèles apercevaient aisément la réalité sous la figure. Nous ne craignions pas de rappeler le souvenir de la première faute et de montrer le serpent tentateur enroulé dans les branches de l'arbre aux fruits défendus, entre Adam et Ève. Notre premier père est la figure du Sauveur qui est le nouvel Adam. La mort a été introduite dans le monde par le premier homme, la vie nous a été rendue par Jésus-Christ. Le juste Abel immolé par le fratricide Caïn est une autre figure du Messie, l'innocent par excellence, mis à mort par les pécheurs et versant pour le salut du genre humain son sang rédempteur. Noé dans son arche, sauvant les justes qui doivent être épargnés par les flots du déluge représente pareillement Jésus-Christ qui a fondé l'Église, arche de la nouvelle alliance, où doivent se réfugier tous ceux qui veulent échapper à la corruption du siècle. Joseph vendu par ses frères, est l'image du Sauveur vendu par Judas. Moïse, législateur du peuple hébreu, annonçait le Messie, législateur du peuple chrétien. Le prophète Jonas sortant des entrailles du monstre marin où il est resté enseveli pendant trois jours, était la figure de Jésus-Christ sortant du tombeau le troisième jour après sa sépulture. Ce trait de la vie de Jonas est souvent sculpté sur les tombeaux chrétiens. Le Sauveur en a lui-même indiqué la valeur prophétique, lorsqu'il a dit aux Juifs : « Ce peuple demande un miracle pour croire, et il n'en aura pas d'autre que celui qui a été figuré par le prophète Jonas. » Maintenant que nous avons toute liberté de professer notre religion, nous pouvons, avec moins de dangers qu'autrefois, sculpter sur les tombeaux les principaux faits de la vie de Jésus-Christ, sa naissance dans l'étable de Bethléem, l'adoration des bergers et des rois de l'Orient, ses miracles, preuves de sa bonté autant que de sa puissance, son sacrifice et sa glorieuse résurrection. Parmi les miracles du Sauveur, il en est un qui est souvent représenté sur les tombeaux chrétiens, c'est la multiplication des pains et des poissons, symbole de l'auguste mystère dont nous ne devons pas révéler le secret aux profanes.

— Il est facile maintenant de ne pas confondre les tombeaux des chrétiens avec les monuments funéraires où ont été ensevelis des païens. Les sculptures dont vous les ornez sont assez claires pour empêcher toute méprise. Mais il y avait moins de différence dans la forme des sépultures pendant les temps de persécution, et lorsque je parcours les Champs-Élysées, je cherche inutilement des signes certains qui m'indiquent où reposent les chrétiens morts depuis un siècle.

— Ces signes existent, mais ils ne frappent pas tout d'abord le regard, et il faut une certaine attention pour les reconnaître. Lorsque vous voyez sur ces vieux tombeaux une palme, une colombe, une barque voguant vers le ciel, l'alpha et l'oméga, le monogramme du Chist, un poisson ou son nom grec *ichtus,* vous ne pouvez pas vous tromper ; ce sont des chrétiens qui ont été ensevelis dans ces tombeaux.

— Mais souvent on n'aperçoit aucun signe semblable.

— Alors, examinez l'épitaphe, remarquez avec soin ce qu'elle dit et ce qu'elle ne dit pas. La religion chrétienne en nous enseignant la vie éternelle, en nous faisant un deveir d'espérer une bienheureuse immortalité, a dissipé les fausses idées que les païens se faisaient de la mort. Pour eux c'est le malheur suprême, pour nous c'est le commencement de la félicité ; pour eux c'est le sommeil éternel, pour nous c'est le réveil. Les épitaphes révèlent naturellement ce qu'ont pensé de la mort ceux qui les ont tracées. Il doit donc y avoir des différences radicales entre les épitaphes des chrétiens pour qui la mort est l'entrée dans une vie meilleure, et celles des païens qui n'ont pas d'espérance, selon le mot de saint Paul. « Vis en Dieu, *in Deo vivas* ! » Voila un souhait, une consolation, un cri de joie que vous ne trouverez sur aucune tombe païenne. Vous n'y verrez pas davantage ces simples mots gravés sur tous les tombeaux chrétiens. « *in pace* ! » Vis dans la paix, repose en paix dans le Seigneur, sois en paix avec le Christ. » Pour exprimer l'inhumation de leurs frères les chrétiens se servent d'un mot qui révélait leur foi en la résurrection future et que les païens n'ont pas employé : « déposition, *depositio*; un tel a été déposé tel jour. » Voilà donc des expressions qui indiquent avec certitude des sépultures chrétiennes, même lorsqu'on ne trouve aucun bas-relief et aucun signe sculpté.

Il ne faut pas seulement remarquer dans les inscriptions chrétiennes ces termes caractéristiques ; il faut aussi observer ce qu'elles ne disent pas. Devant Jésus-Christ, il n'y a pas d'un côté des esclaves et de l'autre des hommes libres, il n'y a que des serviteurs de Dieu ayant la même origine et la même destinée. Aussi les chrétiens, délivrés de la servitude par le sauveur, n'ont jamais inscrit sur un tombeau le mot d'esclave ou d'affranchi, pour désigner la condition de celui qu'ils ensevelissaient. Les épitaphes païennes, au contraire, font très-souvent mention de l'esclavage et de l'affranchissement. Les inscriptions chrétiennes

7

n'indiquent pas non plus la patrie du défunt, ni ses parents, ni ses enfants. Nous avons tous le même père qui est Dieu, et la même patrie qui est le ciel. Les païens veulent que le marbre d'une tombe indique la profession que le défunt exerçait pendant sa vie. Sur trois ou quatre pierres funéraires qui s'élèvent à quelques pas d'ici, vous pourriez voir cette indication : « Il appartenait à la corporation des charpentiers. » Les chrétiens n'ont qu'une profession : servir Dieu; ils n'en indiquent pas d'autre sur leurs tombes. Ils ne font mention dans leurs inscriptions funéraires ni de leurs héritiers, ni de leur postérité. Tous les fidèles sont cohéritiers de Jésus-Christ. Devant un titre si glorieux, comment songer aux héritages terrestres? Les païens inscrivent sur leurs tombeaux leur prénom, leur nom et leurs surnoms. Cet étalage fastueux répugne aux chrétiens; ils rappellent seulement le nom du défunt pour que les survivants s'en souviennent dans leurs prières. Ainsi, quand vous lirez sur une pierre funéraire les trois noms du défunt ou les mots *esclave* ou *affranchi*, ou une indication de famille, de patrie, de profession, ou une allusion aux héritiers et aux descendants, vous pourrez en conclure que vous êtes en présence d'une tombe païenne.

L'étude des tombeaux chrétiens n'était pas la seule préoccupation de Valérien. Il attendait chaque jour avec anxiété des nouvelles de la guerre que Constantin venait de déclarer à Licinius. Le vainqueur de Maxence avait demandé au vainqueur de Maximin un partage égal des provinces de l'empire entre eux deux, qui restaient seuls maîtres du monde. Licinius voulait garder pour lui, non-seulement l'Orient tout entier,

mais encore la Grèce, l'Illyrie et l'Egypte. Il répondit
avec tant de fierté aux propositions de Constantin
qu'une guerre devint inévitable. Le sort de l'empire,
et, ce qui était plus grave encore, le sort des chrétiens
pouvait dépendre de l'issue de cette guerre. On comptait sur le génie de Constantin et sur le secours du
Ciel, mais on savait que le sort d'une bataille dépend
souvent d'un accident imprévu. Vers le milieu du
mois d'octobre, on apprit que Licinius avait été défait
à Cibalis. Deux mois après, Constantin remporta une
nouvelle victoire près d'Andrinople. Licinius demanda
la paix et consentit à un partage plus équitable de
l'empire.

Valérien eut bientôt un nouveau sujet de joie. Les
Sarmates s'étaient soulevés sur les bords du Danube
et les Francs sur le bord du Rhin. Constantin marcha contre les Sarmates et chargea son fils Crispus
d'aller défendre les frontières des Gaules. Pour assurer le succès des premières armes de son fils, il
l'entoura de troupes éprouvées. Une de ses meilleures
légions avait perdu son chef, il se souvint de Valérien
et lui confia le commandement de cette légion, persuadé qu'il ne pouvait pas mettre sous les ordres de
son fils un général plus dévoué.

Lorsque Valérien reçut la mission impériale qui lui
annonçait sa nomination et l'invitait à aller prendre
au plus tôt son commandement dans l'armée de Crispus, il se souvint de la parole de Thalie : « Bientôt
sans doute, vous serez chef de légion. » Elle a vu
clairement l'avenir. Est-elle initiée aux mystérieuses
pratiques de la théurgie, si familière aux Egyptiens?
Ses autres prédications s'accompliront- elles aussi

exactement? Quel que puisse être son destin, Valérien est fermement résolu à ne jamais trahir son devoir pour satisfaire son ambition. Il s'empresse d'écrire à Thalie pour lui annoncer sa nomination.

Albinus, Céréalis, Agathon et les autres amis de Valérien applaudirent fort sa nomination à un grade supérieur, mais ils lui exprimèrent, dans un banquet d'adieu, combien ils étaient affligés de le voir s'éloigner d'une ville où il laissait de si bons souvenirs et où peut-être il ne reviendrait plus.

— Puissions-nous vous voir César un jour, lui dit Albinus à la fin du banquet, lorsque le vin du Rhône eut échauffé toutes les têtes.

— Et puisse Thalie recevoir de vous la pourpre, dit Agathon.

— Mes vœux seront plus simples, dit Valérien. Puissé-je rencontrer partout de si excellents amis!

Le nouveau chef de légion alla contempler une dernière fois aux Champs-Elysées celle dont les traits lui rappelaient si vivement sa chère Thalie. Rhodania lui offrit un camée où elle avait sculpté une barque voguant sur des flots soulevés et portant sur son mât deux colombes qui becquetaient une grappe de raisin : la barque était le symbole de l'Eglise, poursuivant sa course à travers l'océan des âges, les colombes étaient le symbole des fidèles, et la grappe de raisin le symbole de l'Eucharistie.

— Puisque vous nous quittez, veuillez accepter ce petit travail qui vous rappellera notre ville.

Une pudeur charmante colorait le visage de Rhodania, pendant qu'elle prononçait ces paroles avec le gracieux sourire que ne quittait jamais ses lèvres.

— Je n'aurais pas eu besoin de ce camée, aimable enfant, pour penser à vous et à votre père; mais votre don ne me quittera plus. Je le suspendrai sur ma poitrine, il me suivra dans tous les sanglants combats que nous allons livrer.

Malgré son énergie militaire, Valérien avait le cœur gros en s'éloignant d'Arles pour aller rejoindre l'armée de Crispus, près du Rhin. Hélas! se disait-il, la vie n'est donc qu'une suite de séparations !

V

ARIUS

Avant de quitter Arles, Métrodore avait écrit à Cléobule, un des rhéteurs les plus populaires d'Alexandrie. Ils avaient suivi ensemble, vingt ans auparavant, les leçons de Jamblique, et avaient conservé fidèlement l'amitié qui les unissait pendant leur jeunesse. Dans sa lettre, Métrodore annonçait à son ami son prochain retour à Alexandrie. Il le priait de lui chercher, loin de la ville marchande, dans un quartier propice à l'étude, un logement convenable ; et de faire savoir à Arius qu'il allait mettre au service de ses doctrines tout ce qu'il avait d'éloquence. Cléobule trouva facilement hors du centre de la ville une maison telle qu'un rhéteur pouvait la désirer. Il se rendit ensuite chaque jour sur le port pour demander si on ne signalait pas l'arrivée d'un navire indiquant par ses signaux qu'il venait de Marseille. Pendant plusieurs jours il n'entra dans le port que des navires venant de Carthage, de Sicile ou d'Athènes. Le vaisseau qui portait Métrodore avait été assailli par une tempête assez violente pour obliger le pilote à se réfugier à Malte. Dès que le temps se fut remis au beau, il continua sa route vers l'Egypte et la vigie d'Alexandrie put enfin le signaler. Quand le navire fut entré dans le port, Cléobule s'élança dans une barque pour voir plus tôt son ami et faciliter son débarquement.

— Qu'il est doux de revoir ses vieux amis ! s'écria Métrodore en embrassant Cléobule.

— Par Apollon ! l'éloquence ne t'a pas maigri, je te retrouve tel que tu étais quand nous écoutions ensemble ce vieux fou de Jamblique nous exhortant à l'étude de la philosophie.

— Je pourrais t'en dire autant, ton front s'est dégarni de cheveux, mais tu es encore frais et dispos, et je suppose que tu as toujours l'humeur joyeuse.

— Comment la perdrais-je ? Alexandrie devient de plus en plus comique. On n'y rencontre que des fous.

— Avec quel étonnement tu regardes ma fille ! Ne reconnais-tu pas cette petite Thalie qui était si curieuse et qui voulait te forcer à lui expliquer les mystères égyptiens ?

— Quand elle était enfant, j'avais prédit qu'elle serait un jour aussi belle qu'Aphrodite, mais je vois qu'elle a dépassé toutes mes prévisions.

— Tu la ferais rougir si elle ne savait pas qu'il ne faut jamais prendre à la lettre les compliments qui sortent de la bouche d'un railleur tel que toi. Ton fils Théonas doit être pareillement un beau jeune homme.

— Ne m'en parle pas ; je ne puis l'arracher à la compagnie d'Athanase. Mais j'aurai assez l'occasion de me plaindre plus tard ; occupons-nous pour le moment d'arriver au plus tôt sur le quai. Fais descendre tes bagages dans cette barque qui m'a conduit et qui nous ramènera tous.

Quelques instants après la barque s'éloignait du navire et traversait le port. Elle était lourdement chargée et ses bords effleuraient l'eau. Les rameurs se courbaient sur leurs avirons et les faisaient mouvoir en cadence. Ils chantaient pour ranimer leurs forces et donner à leurs rames un mouvement plus uniforme. Métrodore prêta l'oreille à leurs chants et fut étonné d'entendre les couplets suivants :

> Le Verbe a fait tout l'univers
> Les monts, les fleuves et les mers.
> Qu'il préserve de la tempête
> Et notre barque et notre tête,
> Mieux que le bœuf Apis
> Et le dieu Sérapis.

> Si le Christ laissait le nocher
> Aller heurter contre un rocher,
> Je me plaindrais à Dieu le Père,
> C'est le seul Dieu que je révère
> Plus que le bœuf Apis
> Et le dieu Sérapis.

— Voilà des strophes bien étranges dans la bouche des bateliers, dit Métrodore. C'est une sorte de cantique populaire sur un air trivial.

— Sais-tu qui a composé cet hymne pour les marins où l'on parle si peu respectueusement du Christ ?

— Ne me tends pas un piége ; si c'est toi, dis-le moi tout de suite.

— Si j'écrivais des vers pour les mariniers, je parlerais de la brise qui murmure, de l'orage qui gronde, de la voile qui s'enfle, au lieu de parler de Dieu le

Père et de Sérapis. Le poète qui a fait ces beaux couplets à l'honneur de, te compter au nombre de ses admirateurs ; il s'appelle Arius.

— Parles-tu sérieusement ?

— Il a écrit des chansons semblables pour les cardeurs de laines, pour les charpentiers, pour les malheureux qui tournent les meules, pour les savetiers...

— Dans quel but ?

— Pour mettre, dit-il, à la portée du peuple les sublimes vérités qu'il a découvertes.

Métrodore fit répéter aux bateliers les couplets qu'ils avaient chantés pour cadencer le mouvement de leurs rames. Il y découvrit des beautés qu'il n'avait pas remarquées lorsqu'il ne savait pas qu'Arius en était l'auteur.

— Il exprime très-ingénieusement la différence qu'il veut établir entre Dieu le Fils et Dieu le Père.

— Je suis bien à plaindre sans doute, mais il m'est impossible d'apprécier son talent, attendu que je ne suis ni chrétien, ni païen, ni gnostique, ni éclectique, ni platonicien, ni arien.

— Qu'es-tu donc ?

— Epicurien. Je jouis de la vie toutes les fois que je puis en jouir, ce qui est rare ; et je ris de la sottise humaine, toutes les fois qu'elle s'étale devant mes yeux, ce qui est fréquent.

Lorsque les bateliers eurent amarré la barque, un homme vigoureux et une femme encore jeune, portant l'un et l'autre les vêtements des esclaves, aidèrent Cléobule à monter sur le quai.

— Voilà vos nouveaux maîtres, leur dit-il, en leur montrant Métrodore et Thalie.

Puis se tournant vers le rhéteur :

— J'ai acheté pour toi deux esclaves. Le mari s'appelle Philémon et rien ne t'empêche d'appeler sa femme Baucis. Si tu veux les affranchir, ne te gêne pas. Les chrétiens, entre autres sottises, prétendent que les esclaves sont nos frères et qu'ils devraient être libres. Il nous défendront bientôt d'enfermer nos chevaux dans nos écuries, nos moutons dans nos étables. Pour moi, je trouve si commode d'avoir des esclaves que je ne pourrais pas m'en passer.

Philémon et Baucis se chargèrent des bagages et Cléobule conduisit son ami vers la maison qu'il lui avait choisie. Lorsqu'ils arrivèrent au marché, ils eurent quelque peine à se frayer un chemin. Une foule de curieux s'était amassée autour de trois ou quatre marchandes d'herbes qui paraissaient au moment d'en venir aux mains, tant elles parlaient haut et gesticulaient avec énergie.

— Il est fameux, ton Carponas, qui semble toujours en colère, disait l'une, et ne peut parler sans suer sang et eau.

— Il est toujours plus éloquent, répondit l'autre, que ton Arius qui s'écoute parler et qui s'arrête après chaque phrase comme pour demander : N'est-ce pas, que je vous dis de jolies choses?

— Si pour être éloquent il faut crier fort, j'avoue qu'Arius ne beuglera jamais autant que Carponas.

— Si vous veniez entendre prêcher Colluthus, dit une troisième, vous ne pourriez plus souffrir ni Carponas ni Arius.

— En voilà une belle ! s'écria la première. Colluthus qui semble toujours avoir la bouche pleine de fèves !

— Et qui s'étudie, ajouta la seconde, à imiter le ton doucereux et la phrase traînante d'Arius !

— Il y a plus de science dans le petit doigt de Colluthus, cria la troisième, que dans la tête de bœuf de Carponas et la tête de renard d'Arius.

Métrodore ne comprenait rien à cette singulière discussion. Arius était donc bien populaire, puisque les marchandes d'herbes s'occupaient de lui. Mais toutes ne l'admiraient pas également. Quels étaient les prédicateurs qu'un certain nombre d'entre elles osait mettre au-dessus d'Arius? Lorsqu'on fut sorti du marché pour s'engager dans une rue moins populeuse, Métrodore interrogea Cléobule.

— De qui parlaient ces revendeuses avec tant d'animation?

— Si mon fils était ici au lieu d'être avec Athanase, il te l'expliquerait mieux que moi. Voici ce que j'ai entendu dire à Théonas. Comme la ville d'Alexandrie est très-étendue et le nombre des chrétiens très-considérable, l'église où le patriarche a coutume d'instruire les fidèles ne peut pas suffire. Elle ne peut pas contenir toute la foule qui se presse à certains jours dans les temples chrétiens, au grand désespoir des païens dont les temples sont de plus en plus abandonnés. Diverses églises ont été construites dans les quartiers les plus éloignés de l'église principale. Chacune est administrée par un prêtre chargé du ministère de la parole. En Occident, les évêques se réservent encore le droit d'instruire solennellement les fidèles par la prédication. En Orient, les simples prêtres reçoivent assez fréquemment le pouvoir d'expliquer au peuple les livres sacrés des chrétiens.

Nulle part ce pouvoir n'a été plus largement accordé qu'ici, où de nombreuses églises sont desservies par un prêtre. Arius est chargé de l'administration d'une église nommée Baucalis. Colluthus et Carponas gouvernent chacun pareillement une église particulière. Ils se servent tous les trois de la prédication comme d'un moyen de se faire admirer et d'étendre leur influence. Théonas se plaint de ce qu'ils prêchent la parole de l'homme plutôt que la parole de Dieu. Grâce au talent dont ils font preuve, ils attirent les fidèles, ravis d'entendre de si habiles discoureurs. Chacun a ses partisans. Les uns portent jusqu'aux nues les phrases cadencées d'Arius, les autres préfèrent la faconde intarrissable de Colluthus. Plusieurs déclarent qu'on ne peut rien comparer à la véhémence de Carponas.

— Il paraît qu'Alexandrie n'a pas perdu, pendant mon absence, le goût des disputes religieuses. Dans aucune autre ville, on ne verrait des marchandes d'herbes discuter en plein air, avec tant de véhémence, le mérite de ceux qui sont chargés de leur enseigner la doctrine chrétienne.

— Depuis qu'Arius a mis cette doctrine en chansons, les gens du peuple se sont adonnés à la controverse avec autant de passion que les philosophes. C'est une épidémie universelle. Rien de plus plaisant que de voir ces malheureux s'échauffer pour des systèmes qu'ils ne comprennent pas.

— Il faut bien que le peuple s'intéresse à la vérité.

— Et toi aussi, tu donnes dans ce travers ? Eh bien ! tu retournes dans ta patrie au bon moment. Chacun raisonne et déraisonne à plaisir. Qui est pour

Arius, qui est pour l'évêque Alexandre et son diacre Athanase. On bavarde du matin au soir. Vois-tu ces deux hommes debout, à l'angle de cette rue ? L'un est foulon, l'autre est savetier. Leur conversation semble très-animée ; nous allons passer devant eux, prêtons l'oreille. Je parie qu'ils s'entretiennent de ce que mon fils appelle avec douleur la nouvelle hérésie.

Cléobule ne se trompait pas. Il ralentit le pas lorsqu'il fut près de ces deux hommes et Métrodore put entendre un fragment de leur dispute.

— Comment es-tu assez stupide, disait le savetier, pour ne pas comprendre que le Fils n'a existé qu'après le Père ? est-ce que ton fils est aussi âgé que toi ?

— Mais fou que tu es, tu oublies que lorsqu'il s'agit de personnes divines, les mots de père et de fils ne peuvent pas avoir le même sens que lorsqu'il s'agit des hommes, de leur paternité et de leur filiation.

— C'est égal, je te trouve bien simple de croire que le Père, tout-puissant, a fait tout ce que nous voyons dans le ciel et sur la terre.

— Penses-tu que le monde se soit fait tout seul ?

— Non, mais je suis sûr que ce n'est pas le Père qui a créé les mouches, les sauterelles, les serpents, les crocodiles.

— Pourquoi donc ?

— Parce que ce sont des animaux malfaisants et que le Père ne peut pas être l'auteur du mal.

— Qui donc, selon toi, a créé les mouches et les sauterelles ?

— C'est le Fils.

— Mais si le Père a laissé le Fils créer des animaux

malfaisants lorsqu'il aurait pu l'en empêcher, il n'en est pas moins, selon toi, l'auteur du mal?

— Nullement. Il est l'auteur du Fils qu'il a chargé de créer la matière, et qu'il a laissé libre de l'arranger comme il l'entendrait.

— Si le Père a chargé le Fils de créer la matière, nous ne pouvons pas nous plaindre de la matière sans nous plaindre du Père. Ton erreur vient de ce que tu te fais une fausse idée du mal. Suis bien mon raisonnement...

Métrodore ne put en entendre davantage. Il était émerveillé de ces discussions religieuses entre gens du peuple. Il se réjouissait de ce que l'art de la parole paraissait apprécié à sa juste valeur. Il espérait que les rhéteurs ne pouvaient manquer d'être honorés dans une ville où les savetiers eux-mêmes oubliaient leurs boutiques et leurs travaux pour se livrer au plaisir de la dialectique. Thalie partageait la joie et la surprise de son père. Lorsqu'elle avait quitté Alexandrie, elle était trop enfant pour remarquer la grandeur et la magnificence de cette ville. Maintenant tout ce qui frappait ses regards exaltait son imagination. Quand elle comparait les villes des Gaules à la capitale de l'Egypte, elle était fière de sa patrie. Elle prêtait une oreille attentive à ces discussions religieuses qui passionnaient même les femmes du peuple et dont Cléobule se moquait. Il lui semblait qu'elle entrait dans un monde nouveau où la femme pouvait jouer, elle aussi, un rôle glorieux. Elle brûlait du désir de connaître cet Arius dont l'enseignement agitait tout une ville. Il lui semblait qu'il était beau pour un homme de créer un nouveau système philosophique et de remuer le monde par la seule force de sa pensée. Après les héros assez hardis pour conquérir la terre, ce qu'elle admirait le plus, c'étaient les chefs d'école assez puissants pour imposer à la terre une doctrine.

— Voilà la tranquille retraite que je vous ai choisie, dit Cléobule, en montrant à Métrodore et à sa fille, à l'extrémité de la ville, du côté de l'Orient et près de la mer, une petite maison entourée d'un jardin et bâtie sur une légère éminence.

Devant la porte de la maison, Philémon et Baucis, les clefs à la main, attendaient leurs maîtres. Le rhéteur et sa fille franchirent le seuil de leur nouvelle demeure et remercièrent Cléobule de leur avoir trouvé un abri si agréable. De la terrasse on apercevait les deux ports d'Alexandrie, l'île de Pharos et la pleine mer, sillonnée de barques de pêcheurs dont le soleil couchant dorait les voiles. Thalie ne pouvait se rassasier de ce spectacle magnifique. Autour de la maison, des palmiers, des figuiers, des acacias odorants, des sycomores, des orangers mêlaient les teintes variées de leurs feuilles et les parfums de leurs fleurs.

— Ni le palais de Ptolémée, ni la maison dorée de Néron, à Rome, ni la somptueuse demeure de Dioclétien à Nicomédie ne me conviennent autant que cette maison et son jardin ! s'écria Métrodore.

— Puissiez-vous en jouir longtemps, lui répondit Cléobule. Elle n'est pas aussi petite que celle de Socrate, mais elle ne recevra que des amis. Je vous laisse au plaisir de l'admirer et de vous y installer. Mais comme ce soir Philémon et Baucis auront trop à faire pour disposer toute chose à sa place et ne pourront pas vous préparer un souper convenable, vous viendrez partager le mien. Je vous attends dans deux heures.

— On ne peut être plus aimable, mon cher Cléobule, et mieux penser à tout, mais je ne veux pas abuser de ton amitié.

— Tu ne peux pas refuser. Tout est prêt chez moi pour vous recevoir. J'ai laissé mon cuisinier en train d'apprêter au vin de Thasos un magnifique mulet. Si ce n'est pas assez pour vous tenter, j'ajouterai qu'en votre honneur j'ai invité Arius.

— Oh ! merci, s'écria Thalie.

— Dieu fasse que mon fils et lui ne se prennent pas aux cheveux.

— Arius est trop bien élevé...

— Oui, quand on ne le contredit pas.

— Vous le jugez bien sévèrement.

— Il s'est mis en tête de faire parler de lui. N'ayant pas pu faire son chemin en enseignant la doctrine de son Eglise, il en a imaginé une autre.

— Arius est mon ami, dit Métrodore. Il a découvert la vérité et je viens l'aider à la faire connaître au monde.

— Comme il te plaira. Mais tu viens de loin et tu ignores sans doute ce que tout le monde sait ici. Arius nous est venu de Lybie, il y a six ans, au moment où Mélécius, évêque de Lycopolis, déposé par un concile, pour avoir sacrifié aux idoles pendant la persécution, prétendit faire de sa petite ville épiscopale la métropole de toute l'Egypte, afin de se soustraire à la juridiction du patriarche d'Alexandrie. Ce Mélécius excita tous les mécontents, se fit un grand

nombre de partisans dans la Thébaïde et, fort de cet
appui, brava les décrets du concile qui l'avait déposé. Arius avait soif de gloire et déployait toutes
les ressources de son esprit pour devenir populaire.
Il se tourna d'abord du côté des Méléciens, croyant
qu'ils triompheraient promptement de l'opposition
du patriarche. Mais lorsqu'il vit que Mélécius était
condamné sévèrement par le plus grand nombre des
chrétiens d'Alexandrie, il se prononça hautement
pour le patriarche, qui le reçut avec bonté et l'éleva
au diaconat, tant il fut trompé par ses paroles artificieuses et persuadé qu'il serait un jour utile à l'E-
glise. Peu de temps après, lorsque le patriarche,
effrayé des progrès du schisme de Mélécius, se hâta
de les retrancher de la communion des fidèles, comme
factieux et comme ennemis de la société chrétienne
dont ils déchiraient l'unité, il apprit qu'Arius blâ-
mait secrètement sa conduite et tramait contre lui
des complots dans l'ombre. Il fut forcé de l'excommunier et de lui interdire l'entrée de l'Eglise. Lorsque
le patriarche eut été mis à mort par ordre de Maximin, qui persécutait les chrétiens parce que Constantin les protégeait, il eut pour successeur sur le siége
d'Alexandrie, Achillas, qui avait été directeur de
l'école des sciences sacrées. Arius profita de la bonté
d'Achillas pour-implorer son pardon. Il le fit avec
de tels témoignages de repentir qu'Achillas en fut
touché. Pour le réconcilier plus complètement avec
l'Eglise, il l'éleva au sacerdoce. Arius n'avait plus
qu'un degré à franchir pour parvenir à l'épiscopat.
A la mort d'Achillas, qui n'occupa le siége d'Alexandrie que pendant quelque mois, Arius se flatta de

l'espoir de lui succéder ; mais le clergé et les fidèles lui préférèrent Alexandre. C'est depuis lors qu'Arius, trompé dans son attente, a commencé à propager son système. Il l'a fait d'abord en termes ambigus, afin de mettre en défaut la vigilance du patriarche. Mais ce vieillard a auprès de lui le jeune diacre Athanase, aussi intelligent qu'Arius et mieux nourri que lui de la lecture des saints livres et des écrits des premiers Pères. Démasqué par Athanase, Arius n'a plus gardé aucun ménagement. Il est chargé d'administrer l'église du quartier de Baucalis ; c'est là que chaque dimanche il enseigne ses erreurs.

— Comment savez-vous que sa doctrine est fausse ?

— Je ne puis pas répondre à cette question, attendu que je suis dégoûté depuis longtemps de la philosophie et que je ne prends plus la peine d'étudier aucun système : mais ce soir il vous sera facile d'obtenir d'Arius une fidèle exposition de ses théories. Vous entendrez ce que lui répondra mon fils, qui n'est pas endurant lorsqu'on attaque sa foi.

— L'entretien sera des plus intéressants.

— Je l'espère, à moins que la présence de Thalie n'intimide Théonas. Il ne soupe pas tous les jours en si aimable compagnie.

Deux heures après, Métrodore, conduit par Philémon, frappait à la porte de Cléobule. Averti par l'aboiement du chien, Théonas accourut sur le seuil et accueillit les hôtes de son père avec une exquise urbanité ; mais il ne parut pas frappé de la beauté de Thalie et ne lui adressa aucun de ces compliments vulgaires qu'elle était habituée à recevoir.

La maison de Cléobule était située au midi de la

ville. De sa terrasse on apercevait le cours sinueux
du Nil et les vastes plaines que fécondait son limon.
La lune s'était levée dans un ciel à peine voilé d'une
brume légère. Ses rayons argentaient les eaux du
fleuve et les roseaux qui frissonnaient sur ses bords,
agités par la brise du soir. Ce spectacle en rappelait un autre à Thalie. Elle se transporta par la pensée sur les bords du Rhône. — Ses flots brillent à
cette heure, éclairés par la même lune. Valérien les
contemple-t-il en pensant à moi?... Quand com-
mandera-t-il les armées romaines?... Quand sera-
t-il empereur? — Thalie ne se demandait pas si Valérien se laisserait fasciner comme elle par les nouveautés d'Arius.

En attendant que l'esclave qui présidait au triclinium donnât le signal du souper, Cléobule reçut ses
hôtes dans une salle que des cierges parfumés inon-
daient de clarté. Thalie n'accorda qu'une médiocre
attention à la riche décoration de cette salle, où l'art
grec et l'art égyptien avaient mêlé leurs ornements.
Elle attendait l'arrivée d'Arius. Quand il entra dans
la salle, son cœur battit violemment, comme si quelque habitant d'un monde supérieur s'était montré
tout à coup à ses regards. Son imagination lui prêtait toutes les splendeurs du génie. Elle vit un homme d'un âge mûr, d'une haute taille, d'une physionomie grave et sérieuse, vêtu simplement d'une longue tunique et d'un grand manteau de couleur sévère. Il était maigre, avait le front haut, l'œil noir
et vif, le menton épais. Il marchait lentement, souriait avec douceur et semblait chanter en parlant.

— Quelle joie de te revoir, mon cher Métrodore!

dit Arius, lorsqu'il eut reconnu le rhéteur. Cléobule
ne pouvait pas me ménager une plus agréable surprise. Je savais bien que les Gaules ne te retien-
draient pas lorsque ta patrie t'appelait. C'est nous,
et non pas les étrangers, qui devons profiter de ton
éloquence. Voilà ta fille, sans doute.

— Thalie, même avant de t'avoir vu, ne parlait de
toi qu'avec enthousiasme. J'espère que tu la comp-
teras au nombre de tes plus zélés disciples.

— Nous ne pouvons manquer de triompher, si
nous avons pour nous l'éloquence et la beauté.

Nous ne décrirons pas le souper que Cléobule servit à ses hôtes. A part le mulet au vin de Thasos, il
ne différait en rien des somptueux repas que prolon-
geaient jusqu'au milieu de la nuit les Grecs de la dé-
cadence, lorsqu'ils n'avaient pas de plus nobles désirs que de jouir de la vie.

La conversation entre les convives ne roula d'a-
bord que sur les nouvelles du jour, mais Cléobule ne
tarda pas à la rendre plus intéressante pour Métrodore.

— Comment se porte ton ami Athanase, demanda-
t-il à son fils.

— Il continue à édifier l'Eglise d'Alexandrie par
ses vertus et à l'instruire par ses prédications.

— Il paraît que son *discours sur l'idolâtrie* a
eu beaucoup de succès. Prépare-t-il un autre ouvrage?

— Il travaille à un *discours sur l'incarnation du
Verbe* ; j'espère qu'il l'aura bientôt terminé.

— Nous verrons dit Arius, s'il a bien saisi les
rapports du Verbe avec Dieu le Père.

— Il ne s'écartera pas de la doctrine enseignée par l'Église universelle, ajouta Théonas.

— Tu dois être étonné, mon cher Métrodore, de l'étroite liaison de Théonas avec Athanase. Il semble qu'un épicurien tel que moi, si profondément indifférent à tous les dogmes et à tous les systèmes, devrait interdire à son fils un si fervent attachement à la doctrine chrétienne et à son plus brillant représentant, mais j'ai pour principe de laisser aux autres la liberté que je revendique pour moi-même.

— Pourrait-on connaître l'origine de cette tendre amitié? demanda Thalie avec un sourire moqueur. Théonas n'avait pas encore levé les yeux sur elle, et il ne lui accorda pas plus d'attention que si elle eût été absente. Elle se sentait humiliée en voyant combien sa beauté faisait sur lui peu d'impression.

— Lorsque j'étais enfant, dit Théonas, j'allais souvent jouer au bord de la mer avec Athanase et d'autres enfants de mon âge, dont les familles étaient chrétiennes. Nous reconnaissions tous la supériorité d'Athanase. Il présidait à nos jeux et nous lui obéissions comme à notre chef. Un jour nous jouâmes à l'évêque. Nous fîmes l'élection, et Athanase fut nommé évêque à l'unanimité. Nous nous assîmes autour de lui sur le sable; il nous fit une homélie avec beaucoup de sérieux et nous l'écoutâmes avec toute la gravité dont nous étions capables. C'était un dimanche. Le patriarche avait convoqué tous les clercs de son église à un repas qu'il voulait leur donner, dans sa maison, située au bord de la mer. De la terrasse de sa maison, le patriarche aperçut nos jeux au moment où Athanase nous demandait si quelqu'un de nous voulait recevoir le baptème et où je m'étais offert, afin qu'il pût montrer combien il était instruit de toutes les cérémonies. Nous vîmes venir à nous un diacre qui nous dit que le patriarche suivait nos jeux d'un œil curieux et nous ordonnait de paraître en sa présence. Nous nous rendîmes devant lui honteux et tremblants, persuadés que nous allions recevoir une sévère réprimande. Mais la bonté du patriarche nous eut bientôt rassurés. Il nous interrogea sur la religion et fut frappé des réponses d'Athanase. Il nous dit que si nous le voulions il nous recevrait dans l'école des sciences sacrées. Quelques jours après, j'entrai au didascalée avec Athanase. Depuis lors, notre amitié d'enfance est devenue un grave et solide attachement. Nous n'avons jamais été séparés, excepté pendant les trois années qu'Athanase est allé passer dans le désert, sous la conduite de l'anachorète Antoine.

— Arius voudrait que mon fils eût un autre ami que le diacre préféré du patriarche.

— Je ne conteste ni les talents, ni les bonnes intentions d'Athanase, dit Arius d'une voix lente et modulée ; je regrette seulement qu'il ne voie pas clair dans la question du Verbe.

— Il n'y a que ceux qui préfèrent leur opinion particulière à la foi constante et universelle de l'Eglise qui se trompent dans cette question, dit Théonas.

— Bon ! la discussion va devenir sérieuse ! s'écria Cléobule. Mais je ne connais pas le premier mot de la controverse entre Arius et Athanase, et je suppose que Thalie n'est pas plus initiée que moi aux querelles religieuses qui passionnent en ce moment

Alexandrie. Je prie donc Arius de nous exposer en peu de mots son système. Je lui promets de l'écouter comme si je m'intéressais aux subtilités philosophiques.

Arius se recueillit un instant, prit une pose oratoire, tourna vers Thalie un regard fascinateur, comme pour la conquérir à ses doctrines, et s'exprima ainsi :

— De tous les problèmes qui ont tourmenté l'esprit humain, il n'en est pas de plus grave et de plus difficile que celui de l'origine du mal. Toutes les religions de l'Orient, toutes les écoles philosophiques ont essayé de le résoudre et n'ont pu y parvenir. Il y a cependant un grand principe généralement admis ; toutes les religions orientales et toutes les écoles philosophiques de l'Occident enseignent que c'est la matière qui est le principe du mal.

— C'est ce que n'admettront jamais les chrétiens, dit Théonas. Ils savent qu'il est écrit dans la Genèse que Dieu a créé le ciel et la terre, qu'il a considéré toutes les créatures matérielles et qu'il a vu qu'elles étaient bonnes.

— Il est aisé de prouver, poursuivit Arius, que la matière est le principe du mal. L'ivrognerie est un mal ; existerait-elle sans le vin ? Le vol est un mal ; existerait-il s'il n'y avait ni or ni argent ? L'homicide est un mal ; existerait-il si les hommes n'avaient pas un corps matériel ?

— Pur sophisme ! s'écria Théonas. Le mal n'est autre chose que l'abus que nous faisons de notre liberté. Or nous pouvons abuser de l'esprit aussi bien que de la matière. Un désir coupable est un mal aussi bien qu'un acte coupable. Si notre âme était toujours bien réglée, le vin ne serait pas pour nous une occasion d'ivrognerie, ni l'or et l'argent une occasion de vol. C'est donc dans notre âme qu'il faut chercher le principe du mal.

— Je te prie, mon fils, de ne plus interrompre Arius. Laisse-le exposer son système; tu lui répondras quand il aura fini de parler.

— C'est donc la matière qui a produit le mal, poursuivit Arius ; ce principe est le fondement de mon système, et si on le contestait, je le prouverais longuement. Mais qui a produit la matière ? Voilà ce que personne avant moi n'a su comprendre ; seul j'ai trouvé la véritable réponse à cette question. Les platoniciens prétendent que la matière est éternelle. Dans ce cas, le mal serait éternel ; il y aurait deux principes, deux dieux, l'un auteur du bien et l'autre auteur du mal. Je n'ai pas besoin de faire remarquer combien ce système est absurde. Les chrétiens et les gnostiques reconnaissent que la matière ne peut pas être éternelle, mais les uns et les autres se trompent en exposant de quelle manière elle a été créée. Je suis arrivé à la vérité en appliquant aux théories des chrétiens et des gnostiques les procédés de l'éclectisme. J'ai fait un triage, j'ai choisi ce qu'il y avait de vrai dans les doctrines des uns et des autres et j'ai rejeté ce qu'il y avait de faux. Les chrétiens supposent que Dieu a créé le monde directement par sa sagesse, sa parole, son Verbe, son Fils éternel et infini comme lui, mais je ne puis admettre que Dieu, principe du bien, ait créé directement la matière, principe du mal. Les gnostiques supposent entre le premier principé et la matière toute une série décroissante d'êtres spirituels ou d'*éons*. Mais une si longue série me paraît inutile. J'ai simplifié le gnosticisme à l'aide du dogme chrétien. Je n'ai mis entre Dieu et le monde qu'un être, celui que les chrétiens appellent le Verbe, le Fils, la Sagesse du Père. Pour moi, ce Fils n'est ni éternel ni infini. Dieu l'a créé directement et l'a chargé de produire le monde qui, devant être la cause du mal, ne pouvait être tiré du néant par Dieu lui-même. Le Verbe des chrétiens n'est autre chose à mes yeux que le démiurge des gnostiques. Dieu voulant que le monde existât et ne pouvant le créer sans abaisser sa dignité, a tiré du néant le Verbe, son intermédiaire, pour qu'il fût l'instrument de la création du monde. Cette créature plus parfaite que toutes les autres, est tellement rapprochée de Dieu qu'on peut l'appeler Dieu, si l'on veut, et l'adorer. Elle s'est élevée à un degré de vertu incomparable en se faisant homme et en mourant pour nous.

— C'est une sorte de Minerve sortant de la cuisse de Jupiter, dit Cléobule.

— Ne mêle donc pas tes plaisanteries à une si importante discussion, dit Métrodore.

— Hélas ! la raillerie de mon père, dit Théonas, a cette fois un sens profond. Arius en déclarant d'un côté qu'il adore Jésus-Christ, et d'un autre côté que Jésus-Christ n'est pas Dieu, est-il autre chose qu'un idolâtre ? Qu'est-ce que l'idolâtrie sinon l'adoration de la créature ?

— Ce que j'admire dans le système d'Arius, dit Thalie, c'est sa simplicité. Il fait disparaître du symbole chrétien le dogme de la Trinité si difficile à comprendre.

— Il remplace ce dogme révélé par des hypothèses de son invention bien plus inintelligibles. Comprenez-vous la matière produisant ce défaut spirituel qu'on appelle le mal? Comprenez-vous un Dieu qui désire l'existence de la matière malgré le mal qu'elle doit produire, qui n'ose pas la créer de peur de se souiller, qui tire du néant un intermédiaire et le charge de produire le monde? Comprenez-vous une simple créature accomplissant un acte essentiellement divin, faisant exister par la seule puissance de sa volonté ce qui n'existait pas auparavant?

— Malgré ces petites difficultés, dit Métrodore, le système d'Arius me paraît très-ingénieux.

— Il serait trop long de le réfuter en détail et de montrer comment il détruit non-seulement la notion de la Trinité des personnes divines dans l'unité de substance, mais encore la notion de l'Incarnation, en niant l'union de la nature divine et de la nature humaine en Jésus-Christ. Je ne ferai qu'une observation. Si les dogmes chrétiens étaient un système de philosophie, chacun aurait le droit d'y ajouter ou d'en retrancher quelque chose. Ils seraient une œuvre humaine et chaque homme pourrait travailler à leur perfectionnement. Mais ce ne sont pas les théories d'un philosophe plus ou moins profond qui sont l'objet de notre foi. Nous croyons uniquement les vérités que Jésus-Christ a enseignées à ses apôtres, que les apôtres ont transmises à l'Eglise, que l'Eglise est chargée de répandre jusqu'aux extrémités de la terre et de maintenir intactes jusqu'à la fin du monde. Nous repoussons tout ce qui est contraire à ces vérités. Qu'importe pour nous qu'un système soit in-

génieux? Chrétiens, nous ne voulons croire que la
doctrine révélée par Jésus-Christ, et nous ne pouvons
connaître exactement cette doctrine que par l'enseignement de l'Eglise.

— Par Jupiter et par tous les dieux que l'espèce
humaine invoque ici-bas, c'est assez philosopher, dit
Cléobule. Je réclame quelque chose de plus amusant.
Que Métrodore nous lise un de ses discours, qu'Arius
nous chante une de ses chansons, que Thalie prenne
en mains la lyre à sept cordes. Remplissez vos coupes
de vin de Chypre, et buvons à la santé de la muse que
les Gaules nous ont rendue.

— Je bois au succès d'Arius, dit Thalie.

Théonas leva pour la première fois ses yeux sur la
jeune fille. Son regard était plein de tristesse et de
compassion. Les yeux d'Arius étincelèrent au contraire de joie et d'orgueil.

— Si les femmes sont pour nous, dit-il, qui sera
contre nous?

— Athanase, répondit Théonas.

Les jours suivants, Arius eut de fréquentes con-
férences avec Métrodore, en présence de sa fille. Il
développa largement son système, il l'appuya sur des
textes de l'Ecriture qu'il expliquait à sa manière. Il l'assura que la plupart des évêques d'Egypte partageaient
ses idées sur le Verbe ; qu'il avait reçu des principaux
évêques de Palestine et de Syrie des lettres de félicita-
tion. Il lui prédit que dans quelques années, la nouvelle doctrine aurait partout remplacé l'ancienne. Il
lui promit de le faire nommer évêque d'une ville importante lorsque ses amis seraient assez nombreux pour
gouverner l'Eglise et disposer à leur gré des élections.

— Je serais au comble de mes vœux, dit Métrodore, si je pouvais être évêque de Cyrène ou de Cébuse.

— Il nous sera difficile de disposer des sièges
épiscopaux de l'Egypte, tant que le patriarche d'Alexandrie aura auprès de lui cet intraitable Athanase, mais
nous pouvons t'offrir des villes plus considérables,
Antioche, Césarée, Chalcédoine.

— Que ne ferais-je pas pour être un jour évêque
d'Antioche ?

Parmi les femmes et les jeunes filles qui venaient
chaque dimanche entendre ses homélies dans l'église
de Baucalis, Arius en avait remarqué plusieurs qui
pouvaient servir à ses desseins. Il flatta leur amour-
propre, surexcita leur imagination et leur persuada
qu'elles étaient appelées à faire triompher la vérité.
Lorsqu'il put compter sur leur dévouement aveugle,
il les mit sous la conduite de Thalie. Elle fut heureuse
de commander cette petite armée féminine. Rien
ne pouvait l'attacher plus fortement à l'hérésie que
le rôle qu'Arius lui fit jouer pour satisfaire sa vanité.
Elle se regarda comme la prophétesse de la religion
nouvelle, parla d'un ton inspiré aux disciples d'Arius
et leur communiqua son enthousiasme. Les habitants
d'Alexandrie ne s'étonnaient de rien. Ils étaient
accoutumés aux plus singuliers spectacles, aux fêtes
bruyantes de Cérès ou d'Apollon, aux processions
des prêtres d'Horus ou d'Isis. Cependant ce ne fut
pas sans surprise qu'ils virent passer dans les rues
Thalie et ses compagnes chantant des hymnes en l'honneur d'Arius. Les enfants, les ouvriers des ports, les
oisifs suivirent cette troupe exaltée en répétant ses
chants. Toute la ville fut en émoi. Ces manifestations

étranges se répétèrent chaque semaine, tantôt dans un quartier, tantôt dans un autre. Arius marchait quelquefois au milieu de ses belles disciples que sa présence exaltait jusqu'au délire. Jusqu'alors le patriarche d'Alexandrie avait traité Arius avec ménagement, espérant le ramener par la douceur ; mais après ce tumulte, excité par des femmes insensées, il comprit qu'il devait agir avec vigueur. Arius méritait assurément d'être excommunié. Pour éviter toute apparence de partialité, le patriarche résolut de convoquer tous les évêques d'Egypte et de déférer la cause de l'hérésiarque à leur jugement.

Un soir qu'Arius était venu souper chez Métrodore, le rhéteur le félicita du succès des processions féminines organisées par Thalie.

— Le patriarcat d'Antioche sera le juste prix de ton zèle pour la bonnne doctrine, lui dit Arius, mais comment pourrons-nous récompenser ton incomparable fille ?

— Je n'ai d'autre ambition que le triomphe de la vérité, dit Thalie.

— Je voudrais pouvoir immortaliser votre nom. J'ai écrit un long poème dans lequel j'ai exposé tout mon système plus clairement que je n'avais pu le faire dans quelques chansons composées pour le peuple. Permettez-moi de vous dédier ce poëme et de lui donner pour titre votre gracieux nom.

— Que je serais fière de passer ainsi à la postérité !

Arius déroula un long papyrus, et, aussi content de lui-même que s'il eut fait un chef-d'œuvre, il débita avec une emphase puérile le début de sa *Thalie*, dont le style ne différait pas sensiblement de celui de ses chansons :

> Voici l'auguste science
> Qu'il faut répandre en tout lieu !
> Voici la pure croyance
> Des saints, des élus de Dieu.
> Ils suivent la droite voie,
> Guidés par le Saint-Esprit
> Dans la lumière et la joie.
> Ecoutez ce qu'ls m'ont dit :
> Ils possèdent a sagesse
> Personne n'es plus instruit :
> Devant eux leciel s'abaisse
> Le Saint-Esprt les conduit.
> Moi, j'ai marché sur leurs traces ;
> Ce qu'ils savent, je le sais.
> J'ai reçu les mêmes grâces,
> Malheur si je ne taisais !
> Moi, célèbre entre les sages
> J'ai souffert baucoup d'outrages,
> Pour la gloire du Seigneur.
> Vous qui lirez ce poème
> Vous verrez que Dieu lui-même
> M'inspire et remplit mon cœur.

Arius ne disait pas à la fille de Métrodore que les débauchés d'Alexandrie donnaient le nom de *Thalie* soit à des réunions bachiques de jeunes gens, soit aux couplets destinés à être chantés à la fin d'un repas joyeux. Un obscur poëte, nommé Sotades, avait déjà publié sous le nom de *Thalies* des chansons dont l'obscénité faisait tout le mérite, et le nouveau poême d'Arius rappelait par son rhythme, et quelquefois par son style, les strophes honteuses de Sotades.

Arius avait prévu qu'en donnant le nom de *Thalie* à son exposition en vers de ses systèmes théologiques, il exciterait l'amour-propre de la fille du rhéteur, et qu'elle lui prouverait sa reconnaissance en propa-

geant son poème avec un zèle infatigable. En peu de
temps toutes les femmes d'Alexandrie eurent entre
les mains la *Thalie* d'Arius. Elles en apprirent par
cœur de nombreux passages; elles les chantèrent
sur l'air des chansons de Sotades.

Thalie triomphait. La voilà donc immortalisée par
un poème qui sera célèbre ! Elle est étroitement associée à l'œuvre d'Arius. Elle sort de l'obscurité qui
enveloppe la vie des autres femmes ! Une autre joie
lui était réservée. Elle reçut de Valérien la lettre suivante :

« Soyez heureuse, ma chère Thalie, vos prévisions
se réalisent. Notre gracieux empereur vient de me
charger du commandement d'une légion dans l'armée de son fils Crispus. Nous allons combattre les
Francs révoltés. C'est à moi de me montrer digne de
votre affection et de me signaler par une action d'é-
clat. Je quitte sans regret cette ville d'Arles, où tout
m'attristait depuis votre départ. Puisse le Dieu que
nous servons me conduire bientôt à Alexandrie.
Rappelez-moi au souvenir de votre père et n'oubliez
pas celui qui ne cesse de penser à vous. »

— Merci de tes faveurs, ô fortune ! s'écria Thalie.
Quel avenir se prépare pour moi ! Cette main de
femme portera un sceptre et forcera le monde à lui
obéir. Malheur à qui repoussera la doctrine d'Arius !

Tout à coup, elle se demanda si Valérien consenti-
rait à renoncer à ses croyances et à refuser à Jésus-
Christ ses adorations. Cette pensée la troubla un
moment, mais elle secoua son inquiétude et murmura :

— S'il m'aime, il partagera ma foi.

VI

A L'ÉGLISE ET AU THÉATRE.

Théonas était profondément affligé des progrès de l'arianisme. Il voyait avec douleur la fille de l'ami de son père prendre une part active à la propagation de l'hérésie. Il évitait ordinairement avec la plus scrupuleuse réserve la société des femmes, qu'Arius recherchait avec toute l'ardeur d'un chef de secte, désireux de gagner à sa cause des auxiliaires faciles à séduire et à dominer. N'écoutant que son zèle, il résolut de voir Thalie pour essayer de lui inspirer de meilleurs sentiments. Elle crut que le fils de Cléobule était enfin sensible à sa beauté. Elle n'aurait pas craint de s'en faire aimer, dans l'espoir de lui faire accepter les doctrines d'Arius. Elle ne se doutait pas que Théonas n'était touché que de l'égarement de son âme.

— Vous m'avez causé avant-hier un profond étonnement, lui dit-il, après avoir échangé avec elle quelques paroles banales.

— Qu'ai-je donc fait pour vous étonner ?

— Je vous ai vue à la tête de cette troupe de femmes qui parcouraient la ville en chantant les louanges d'Arius.

— Vous auriez pu m'y voir la semaine dernière et vous m'y reverrez dans quelques jours.

— Ce n'est point là votre place.

— Pourquoi donc ?

— La fille du rhéteur Métrodore ne doit pas se

donner ainsi en spectacle dans les rues et esl places
publiques.

— Parce que nous sommes femmes, faut-il que
nous restions inactives, lorsque la vérité demande à
tous ceux qui la connnaissent de concerter leurs efforts pour la faire triompher ?

— Ne craignez-vous pas de vous tromper, en prenant pour la vérité de vains systèmes contraires à la
doctrine de l'Eglise ?

— Ma raison me dit que je ne me trompe pas.
Il ne peut pas y avoir deux incréés, le Père et le Fils.

— Il ne peut y avoir deux natures différentes également incréées, mais il peut y avoir, dans la même
nature divine, plusieurs personnes distinctes ; de
même qu'il ne peut y avoir en vous deux âmes, tandis qu'il peut y avoir dans votre âme plusieurs fa-
cultés distinctes.

— Mais si une des personnes divines est engendrée, elle ne peut pas être aussi ancienne que l'autre.

— Pourquoi pas, si elle est engendrée nécessairement et par conséquent éternellemement ? Mais je
ne suis pas venu entamer avec vous une discussion
théologique. Laissez-moi seulement vous demander si
vous ne montrez pas trop de partialité pour les opinions nouvelles qui agitent les esprits. Allez-vous
entendre les prédications d'Athanase, dans l'église de
Saint-Marc, aussi souvent que celles d'Arius, dans
l'église de Baucalis?

— Je suis obligée d'avouer que je n'ai pas encore
entendu ce jeune orateur, dont ses amis font un
grand éloge.

— Nous admirons encore moins son rare talent

que l'orthodoxie de sa doctrine. Il n'invente rien. Il expose uniquement ce qui a été cru partout et toujours dans l'Eglise.

— S'il parle aussi bien qu'on le dit, comment peut-il se résigner à rester dans un même cercle d'idées et à répéter ce que d'autres ont dit avant lui ?

— Le talent ne consiste pas à dire des nouveautés, mais à présenter, sous des formes nouvelles, des vérités qui ne changent pas, précisément parce qu'elles sont des vérités.

— C'est un champ trop borné pour le génie.

— D'ailleurs, le prédicateur ne parle pas pour faire briller son talent, mais pour remplir une mission et continuer l'enseignement de Jésus-Christ.

— Athanase prêchera-t-il dimanche prochain ?

— Assurément, et je vous engage vivement à vous mêler à la foule de ses auditeurs, ne fût-ce que pour prouver que vous n'avez pas de parti pris et que vous cherchez sincèrement la vérité.

Théonas obtint de Thalie la promesse qu'elle irait, avec son père, entendre Athanase le dimanche suivant. Il se félicita du succès de sa démarche, convaincu que le rhéteur et sa fille ne pourraient pas résister à l'éloquence persuasive de son ami et à la vigueur de ses raisonnements. Il n'avait pas encore assez d'expérience pour savoir avec quelle opiniâtreté on s'attache à l'erreur. Thalie avait trop entendu parler d'Athanase pour n'être pas désireuse de le connaître et d'apprécier par elle-même l'énergie, la précision, la limpidité de sa parole. Mais elle ne devait écouter qu'avec prévention le jeune secrétaire du patriarche. On lui avait dit qu'il était revenu du

désert avec des habitudes d'austérité excessives ;
qu'il était très-sévère pour les femmes et qu'il ne
leur permettait pas de lui témoigner leur admiration.
Métrodore voulait savoir si Athanase observait fidèlement tous les préceptes de la rhétorique, s'il ter-
minait habilement les diverses parties de son discours par une phrase à effet, si sa déclamation était
modulée comme celle des acteurs, s'il perdait la voix
de temps en temps, comme suffoqué par l'enthousiasme. Il aurait dû savoir que les orateurs chrétiens en général, et Athanase en particulier, ne se
piquaient pas de ressembler aux rhéteurs. Ils préféraient la simplicité à l'emphase, et leurs homélies
n'étaient que des conversations graves et familières
avec leurs auditeurs.

Métrodore et sa fille eurent quelque peine à trouver place dans l'Église de Saint-Marc, trop petite
pour contenir la foule qui était venue entendre Athanase. Un assez grand nombre de païens étaient mêlés aux chrétiens. On ne leur permettait de rester dans
l'église que jusqu'au renvoi des catéchumènes. Il ne
restait alors que ceux qui avaient reçu le baptême et
qui pouvaient assister à la célébration des saints
mystères. Lorsqu'on eut chanté les psaumes accoutumés ; lorsque le peuple eut entendu la lecture des
fragments du livre des épîtres et du livre des évangiles marqués pour ce dimanche, Athanase parut à
l'ambon. Il sembla d'abord à Thalie que son extérieur n'avait rien de remarquable. Il était de taille
moyenne, maigre et légèrement voûté. Ses traits
étaient fins et délicats. L'intelligence brillait dans
ses grands yeux. Ses épais sourcils indiquaient l'é-

nergie de sa volonté, l'ensemble de sa physionomie exprimait la douceur et la bienveillance de son âme. Lorsqu'elle vit sa tenue modeste, son geste sobre et majestueux, lorsqu'elle entendit sa voix claire et vibrante, sa phrase nette et précise, prononcée non pas avec l'art des rhéteurs, mais avec la chaleur que donne la conviction, Thalie comprit l'influence qu'exerçait sur le peuple chrétien cet orateur, qui s'oubliait lui-même pour ne penser qu'à la doctrine qu'il était chargé d'enseigner.

Athanase s'adressa d'abord aux païens. Il traça rapidement l'histoire de l'idolâtrie et en démontra la fausseté. Il exposa ensuite la doctrine chrétienne. Il établit la spiritualité de l'âme et son immortalité, puis il s'éleva de la connaissance de l'âme à la connaissance de Dieu.

« L'âme peut puiser dans la contemplation des objets qui frappent nos regards la juste notion de Dieu. Car les choses créées, disposées avec un ordre et un accord admirables, sont comme des lettres qui nous révèlent le Seigneur et le Créateur. Elles ont, en quelque sorte, une voix qui nous parle de lui. Dieu, qui est très-bon et qui aime les hommes, a pris soin des âmes qu'il a créées. Comme par sa nature il ne peut être ni vu ni saisi, comme il surpasse infiniment toute substance créée, il a disposé si merveilleusement par son Verbe toute la nature matérielle, que si les hommes ne peuvent pas le voir lui-même, ils peuvent du moins le connaître par ses œuvres. Souvent c'est par ses œuvres que l'on connaît un artiste dont on ne peut voir la personne. C'est ainsi que l'on sent le génie du statuaire Phidias, dans la perfection de ses sculptures, quoique lui-même soit absent. On le voit en voyant ses œuvres. Dieu ne peut pas être aperçu par les yeux du corps, mais le monde, qui est son œuvre, révèle aux yeux de l'âme sa puissance créatrice et sa sagesse infinie... Qui peut contempler l'immense voûte du ciel, le cours du soleil et de la lune, les révolutions des autres astres, leurs rapports, leurs différences, l'ordre invariable qu'ils observent tous, sans être persuadé qu'ils ne se dirigent pas eux-mêmes et qu'ils sont gouvernés par celui qui les a créés ? Qui peut voir le soleil se lever au point du jour, la lune se montrer la nuit, les jours croître et décroître pendant un temps déterminé, d'après une loi immuable, les planètes tracer leur orbite dans le ciel, les étoiles demeurer à la même place au firmament, sans être convaincu que celui qui a tout créé fait tout mouvoir avec sagesse ?... Puisque dans l'univers règne l'ordre et non la confusion, puisqu'il n'y a nulle part du trouble et du désaccord, puisque tout est disposé avec régularité et que tout s'harmonise avec une justesse parfaite, nous sommes obligés de nous élever par la pensée jusqu'à Dieu, qui a coordonné des éléments si nombreux et si variés, et les a tous fait concourir à une même fin. Quoique Dieu ne puisse pas être vu par nos yeux, cependant il nous est facile de comprendre, suivant l'ordre et la concorde des choses les plus contraires, qu'elles ont toutes le même créateur, le même maître, le même gouverneur... »

Comment Dieu gouverne-t-il le monde, demanda saint Athanase. Il répondit :

« Dans un chœur composé d'un grand nombre de
personnes, d'enfants, de femmes, d'adolescents, de
vieillards, un seul chef préside et dirige le chant; et
tandis que chacun chante selon la nature de sa voix,
tous ensemble forment un concert harmonieux. Dans
notre corps, notre âme fait agir à propos tous nos
sens. C'est par l'impression de notre âme qu'en présence d'un objet, l'œil voit, l'oreille entend, la main
touche, l'odorat flaire, le goût savoure, les pieds
marchent. Dans une grande ville, administrée par le
prince qui l'a bâtie, tous les habitants sentent sa présence et obéissent à ses ordres. Les uns vont culti-
ver les champs, les autres se hâtent d'aller aux aque-
ducs puiser de l'eau, ceux-ci se dirigent vers le sénat, ceux-là entrent dans l'église. Le juge s'assied
sur son tribunal, l'artisan s'applique à son métier,
le médecin va prendre soin des malades, l'archi-
tecte va bâtir des édifices. Tout se fait par la présence et le commandement du prince. Voilà de faibles images de ce qui se passe dans l'univers gouverné par une intelligence divine. Par la vertu et l'action du Verbe qui régit tout ce qui existe, le ciel
tourne, les astres se meuvent, le soleil luit, la lune
trace son orbite, les vents soufflent, les hautes montagnes restent debout, la mer agite ses flots, les fontaines jaillissent, l'homme est formé, vit et meurt...
Le tout-puissant Verbe de Dieu meut et gouverne par
son action toutes ces choses et une foule d'autres
que nous ne pouvons énumérer tant elles sont nombreuses. Il répand la lumière et la vie et maintient
le monde dans l'unité. Les forces invisibles n'échap-
pent pas à son action. Il est leur créateur. Sa Pro-

vidence leur donne la vie et les gouverne. C'est par
elle que croissent nos corps, c'est par elle aussi que
l'âme raisonnable est douée d'intelligence et d'activité. Ainsi le Verbe de Dieu, par un acte simple de
sa puissance, met en mouvement le monde visible et
les forces invisibles... »

Athanase exposa ensuite le mystère de l'incarnation
et dit comment, par amour pour nous, le Verbe s'est
fait chair et s'est uni à notre nature, déchue de son
innocence primitive :

« C'était au Verbe qu'il appartenait d'établir de
nouveau, hors de la corruption, ce qui s'était cor-
rompu et de sauver tout ce qu'il convenait au Père
de sauver. Car comme il est le Verbe du Père, élevé
au-dessus de tout, lui seul pouvait restaurer toute
chose, souffrir pour tous et nous représenter tous
auprès de son Père. Voilà pourquoi le Verbe, qui est
incorporel, qui n'est pas uni à la matière ni sujet à
la corruption, est venu parmi nous dont il n'était pas
éloigné auparavant, car aucune partie du monde
n'était vide de sa présence. Il existait avec son Père
et remplissait tout. Il vint donc à cause de sa bonté
pour nous et se montra au milieu de nous. Voyant
périr le genre humain, dominé par la mort et la corruption, voyant que la sentence portée par Dieu nous
condamnait à mourir et désirant que ce qu'il avait
lui-même créé ne fût pas détruit, il eut pitié de notre
race et de notre infirmité. Il prit un corps semblable
au nôtre. Il ne voulut pas seulement être ou paraître
dans un corps, mais il prit notre corps. Il le prit pur
et sans tache, dans le sein d'une vierge que nulle
souillure n'avait pu atteinrde. Etant tout-puissant et

le créateur de toute chose, il se construisit dans le sein de la vierge un temple, c'est-à-dire un corps qui fut comme son instrument, dans lequel il habita, et avec lequel il se fit connaître. Lorsqu'il eut pris un corps pareil au nôtre, comme tous les hommes étaient sujets à la corruption de la mort, il offrit ce corps à son Père, et le livra à la mort pour tous les hommes avec une bonté infinie. Ainsi tous les hommes sont morts en lui, et la sentence de mort portée contre les hommes a été exécutée. Elle a épuisé toute sa force sur son corps divin et ne peut plus atteindre les hommes qui sont devenus ses semblables. C'est ainsi qu'il a fait sortir de la corruption les hommes qui s'y étaient plongés. Il les a rappelés de la mort à la vie avec le corps qu'il a pris. La grâce de sa résurrection a éloigné d'eux à jamais la mort, comme le feu consume la paille... Le genre humain aurait péri, si le Fils de Dieu, maître et sauveur de toute chose, n'était venu mettre fin à la mort... »

Athanase prouva la divinité de Jésus-Christ en rappelant les miracles qu'il a opérés pendant sa vie et en montrant son triomphe sur la mort et sur l'idolâtrie.

« Depuis que le Sauveur est ressuscité, la mort n'est plus terrible. Tous ceux qui croient au Christ aiment mieux mourir que de renier leur foi. Ils savent avec certitude qu'en mourant ils ne périront pas, mais qu'ils vivront et seront rendus incorruptibles par la résurrection... Ils méprisent si fortement la mort qu'ils courent vers elle avec une merveilleuse promptitude et deviennent les témoins de la résurrection par laquelle le Sauveur a vaincu la mort. De

jeunes enfants, eux-mêmes, se hâtent de mourir. Ce
ne sont pas seulement les hommes, mais aussi les
femmes qui sont aguerries contre la mort. Oui, les
femmes qui, les premières, ont été trompées par la
mort, se moquent d'elle comme n'ayant plus ni force
ni puissance. Quand un tyran, vaincu par un roi lé-
gitime, a les pieds et les mains liés, tous ceux qui
passent se moquent de lui et ne craignent plus sa colère. Or, le Sauveur sur la croix a lié les pieds et les
mains à la mort. Tous les chrétiens qui passent la
foulent aux pieds ; ils rendent témoignage au Christ,
ils bravent la mort et lui crient avec l'accent du triomphe : O mort, où est ta victoire ? ô enfer, où est ton
aiguillon...

« Quand les hommes ont-ils commencé à abandonner les superstitions idolâtriques, si ce n'est
lorsque le vrai Dieu, le Verbe divin s'est fait homme?
Quand les oracles ont-ils cessé en Grèce et partout,
si ce n'est lorsque le Sauveur s'est montré au monde?
Quand les dieux et les héros chantés par les poètes
ont-ils été méprisés comme des hommes vulgaires, si
ce n'est lorsque le Seigneur a fait de sa mort un tro-
phée, en ressuscitant, pour le rendre incorruptible,
le corps qu'il avait pris ? Quand la fraude et la fureur
des démons ont-elles été dédaignées, si ce n'est
lorsque le Verbe, ayant pitié de la faiblesse des
hommes, est apparu parmi nous ? Quand la sagesse
des Grecs est-elle devenue une vraie folie, si ce n'est
lorsque la vraie sagesse de Dieu s'est fait connaître
à la terre ? Autrefois, dans toutes les contrées, les
hommes n'adoraient que des idoles, maintenant ils
abandonnent partout ce culte insensé. Ils accourent

vers le Christ qu'ils vénèrent comme Dieu, et ils arrivent par lui jusqu'à la connaissance du Père qu'ils ignoraient. O prodige plus admirable encore ! jadis chaque pays avait son idole qui n'était pas adorée hors de ses frontières, et qu'il regardait cependant comme le souverain seigneur de toutes choses. Seul, le Christ est adoré partout et chez tous les peuples. Il n'y a pas de frontières pour son culte. Il a fait ce que ne pouvaient faire des idoles impuissantes. Il s'est imposé au monde entier. Il s'est fait adorer comme Dieu et comme le seul Dieu, et par lui il a fait adorer son Père..... »

On écoutait avec un religieux silence ces preuves de la divinité de Jésus-Christ exposées avec tant de clarté et tant d'élévation. Tout-à-coup, ce silence fut troublé. Une voix de femme interrompit l'orateur et poussa ce cri qui fit frémir les fidèles :

— Le Christ n'est pas Dieu ! le Christ n'est que la plus parfaite des créatures !

Les audacieuses exclamations de Thalie produisirent une confusion inexprimable. Les femmes qui étaient près d'elle reculèrent d'horreur. Les hommes la montrèrent du doigt avec indignation.

— Hors du saint lieu les blasphémateurs !

— Il ne faut pas livrer aux chiens nos mystères sacrés !

— Que les femmes se taisent dans l'église !

Métrodore, épouvanté de la hardiesse de sa fille, craignait que la foule ne se précipitât sur elle avec une fureur aveugle. Il tendait ses mains vers elle comme pour la protéger.

— Pardonnez-lui, c'est ma fille... sa raison est égarée.

Thalie, fière du tumulte qu'elle excitait, demeurait immobile et, loin de s'excuser, continuait à braver la foule.

— Je défends l'honneur du Dieu tout-puissant. Arius, seul, enseigne la vérité... C'est Arius qu'il faut croire.

Athanase ordonna au diacre de renvoyer les catéchumènes. Les paroles du renvoi, prononcées d'une voix forte, du haut de l'ambon, purent à peine dominer le bruit. Dès qu'ils les entendirent, les catéchumènes sortirent consternés. Les païens les suivirent et formèrent des groupes devant l'église. Les uns vantaient le courage de la jeune fille, les autres s'indignaient de son impudence. Thalie était assez obstinée pour vouloir rester jusqu'à la fin de la célébration des saints mystères, dût-elle les troubler par le scandale de sa présence, mais son père la supplia de sortir et l'entraîna comme malgré elle. Lorsqu'elle passa devant eux, quelques jeunes païens la suivirent, soit pour admirer sa beauté, soit pour la défendre si les chrétiens la menaçaient. Mais elle put traverser la ville d'un pas lent et superbe et arriver chez elle sans danger.

Après la sortie des catéchumènes le silence se rétablit dans l'église. Athanase termina son discours en conjurant les fidèles de ne pas se laisser séduire par la nouvelle hérésie et en leur exposant les manœuvres d'Arius. Il ne fit aucune allusion à ce qui venait de se passer, mais l'émotion donnait à sa voix un accent qui faisait frissonner son auditoire. Il parla de l'hérésiarque avec une éloquente indignation.

« Arius tient parmi ses partisans la place de Jésus-Christ. Il est pour eux ce qu'est Manichée pour la secte des manichéens. Au lieu de Moïse et des autres saints, ils ont trouvé pour chefs je ne sais quel Sotades dont rougissent les païens eux-mêmes, et la fille d'Hérodiade. Arius a imité la dissolution et l'esprit efféminé de ce poète profane, en composant comme lui des thalies, c'est-à-dire des chansons faites pour être chantées dans des festins, et il a pris pour modèle cette danseuse, en menant lui-même la danse pour se joüer du divin Sauveur, par les blasphèmes qu'il fait chanter contre lui... Certes, il y a lieu de s'étonner que tant d'auteurs ecclésiastiques, ayant composé des traités et prononcé un très-grand nombre d'homélies sur l'ancien et le nouveau Testament, il ne se soit rencontré personne parmi eux qui ait publié des thalies et qui ait expliqué nos mystères par ces sortes de chansons. Les païens eux-mêmes, qui ont eu quelque retenue, ne s'en sont jamais servi. Il n'y a que les ariens qui les chantent pour s'en divertir, parmi les pots et les verres, et qui s'excitent à rire par le bruit et le tumulte qu'ils font dans leurs danses criminelles. Cet admirable Arius ne s'est proposé pour objet de son imitation rien de grave et de majestueux, mais faisant profession d'ignorer tous les exemples que les hommes vertueux pouvaient lui fournir, et dérobant aux autres hérésies ce qu'elles ont de plus pernicieux, il n'a eu de l'émulation que pour les honteux poëmes de Sotades... Arius a découvert ainsi à tout le monde la mollesse de son âme efféminée et la corruption de son esprit, car les hommes, selon l'oracle de la Sa-

gesse, font connaître ce qu'ils pensent par la manière
dont ils parlent. »

Théonas ne pouvait se consoler d'avoir été la cause
involontaire du scandale dont gémissaient les fidèles
qui n'avaient pu entendre sans horreur les blasphèmes de Thalie. Voilà donc ce qu'il avait gagné à
sortir de sa réserve accoutumée ! Désolé de l'inutilité
de son zèle, il raconta humblement à Athanase que
c'était lui qui avait décidé Thalie à venir l'entendre
dans l'espoir qu'elle se laisserait éclairer par sa prédication.

— Cessez tout rapport avec cette orgueilleuse jeune
fille, lui dit Athanase. Plus vous discuterez avec elle,
plus vous fortifierez son opiniâtreté. Il n'y a que le
malheur qui puisse la ramener à la vraie foi.

Dès qu'Arius eut appris ce qui s'était passé à l'église
de Saint-Marc, il vint féliciter Thalie d'avoir donné
une preuve publique de son esprit d'indépendance.
Mais il lui recommanda d'être plus prudente à l'avenir.

— Nous avons besoin de concerter habilement tous
nos efforts. Le synode convoqué par le patriarche va
bientôt s'ouvrir. Déjà près de cent évêques d'Egypte
sont arrivés à Alexandrie. Athanase va sans doute me
peindre à leurs yeux des plus noires couleurs. Votre
interruption si hardie a dû blesser vivement son amour
propre, c'est sur moi qu'il se vengera.

— Ne comptez-vous pas de nombreux amis parmi
ces évêques ?

— Ils n'oseront pas se déclarer pour moi. Si le synode
se tenait dans une autre ville, ils auraient peut-être plus
de courage, mais ici ils seront presque tous de l'avis
du patriarche. Il y a cependant deux évêques de Lybie

qui ne m'abandonneront pas, mais qu'est-ce que deux voix sur cent?

— Que va faire le synode ?

— Il voudra m'obliger à me rétracter.

— Y consentirez-vous ?

— Jamais.

— Alors ?

— Alors le synode m'excommuniera.

— Et que ferez-vous ?

— Je protesterai et je demanderai d'être jugé hors de l'Egypte. Je ferai du bruit et je gagnerai du temps.

Le synode d'Alexandrie, présidé par le patriarche, s'ouvrit solennellement. Près de cent évêques d'Egypte et de Lybie y prirent part. On fit comparaître Arius et on l'interrogea. L'hérésiarque ne désavoua aucune de ses erreurs. Il déclara qu'il ne regardait pas le Verbe comme une personne divine égale au Père en toute chose, mais comme une créature tirée du néant avant toutes les autres ; que Jésus-Christ n'était pas véritablement Dieu, mais qu'on pouvait lui donner ce titre à cause de ses rapports particuliers avec la divinité. En entendant de la bouche d'Arius des propositions si contraires à la doctrine catholique touchant la trinité des personnes divines et l'incarnation du Verbe, les pères du synode prononcèrent l'excommunication contre Arius. Ils anathématisèrent également ses partisans qui formaient déjà une secte nombreuse. On comptait parmi eux sept diacres, autant de prêtres et deux évêques de Lybie. Arius eut l'art de se faire plaindre comme une victime condamnée injustement. Avec quelle tranquillité apparente et qu'elle résignation affectée il annonça au rhéteur et à

sa fille le résultat des délibérations du concile d'A-
lexandrie !

— Ne craignez-vous pas de recevoir dans votre
maison un excommunié ?

— Vous serez toujours pour nous un ami, dit
Metrodore.

— Et un grand homme ! s'écria Thalie.

— Ils ont donc osé te condamner !

— Athanase l'a emporté. Qui aurait pu prévoir que
cette assemblée de vieillards se laisserait entraîner
par un jeune homme ? Je n'ai eu pour moi que deux
évêques de Lybie.

— Mon pauvre ami, je te plains sincèrement.

— Je ne suis pas à plaindre. Il est écrit : Bienheureux ceux qui souffrent persécution pour la justice.

— Ne prêcherez-vous plus à Baucalis ?

— L'entrée de l'église m'est interdite. Mais nous
tiendrons des assemblées secrètes. Nous enseignerons
dans l'ombre ce que nous ne pouvons pas enseigner
au grand jour.

— La ville entière se soulèvera en apprenant une
pareille iniquité, dit Thalie. Elle ne se résignera pas
à ne plus entendre son plus éloquent orateur.

— Athanase ne craint pas d'irriter les nombreux
amis que je me suis fait dans le bas-peuple ; quelque
jour il paiera cher son imprudence.

L'excommunication d'Arius fit bouillonner dans le
cœur de Thalie le dépit, la colère, la haine, les plus
mauvais sentiments. Son exaltation allait jusqu'au
délire. Elle se sentait personnellement humiliée par
la condamnation de celui dont elle avait publiquement proclamé l'orthodoxie en face de ses adversaires.

Métrodore jugeait la situation avec plus de sang-froid.
Il craignait de s'être engagé dans une voie fausse et
il pensait aux moyens d'en sortir honorablement.

— Il pourrait se faire après tout, dit-il à sa fille,
qu'Arius fût dans l'erreur.

— Comment ! vous aussi, mon père, vous l'aban-
donneriez ? C'est surtout lorsqu'ils sont malheureux
qu'il faut rester fidèle à ses amis.

— Ma maison lui sera toujours ouverte, mais il
me semble que cent évêques n'auraient pas condamné
ses doctrines si elles n'étaient pas contraires à l'enseignement de l'Église catholique.

— Ces cent évêques se sont cru obligés de donner
raison à leur patriarche qui se laisse mener par
Athanase. Pour que la sentence d'un concile exprime
réellement la foi de l'Église, il faut qu'Arius soit jugé
hors de l'Egypte.

— Si on pouvait en appeler sans cesse d'un jugement à un autre, les disputes n'auraient plus de fin.

— Qu'on ne condamne personne, qu'on laisse
chacun exposer ses opinions, et il n'y aura pas de
disputes.

— Comment l'Église peut-elle laisser enseigner
comme doctrine chrétienne ce qui n'est qu'une opinion personnelle, ce qui contredit la vérité révélée
par Jésus Christ?

— Athanase n'est pas l'Église. Tant que l'évêque
de Rome et un concile composé d'évêques venus de
toutes les provinces de l'empire n'auront pas condamné
Arius, il faut rester fermement attaché à son système.
Il faut exiger qu'Arius ait toute liberté de l'enseigner.

Ce n'était pas en de vaines paroles que Thalie de-

vait exhaler son ressentiment. Les partisans d'Arius
tinrent des assemblées secrètes pour aviser au moyen
de venger leur chef et de provoquer une grande manifestation. Il fut décidé qu'on soulèverait le bas peuple
et que deux processions imposantes, l'une d'hommes,
l'autre de femmes, parcourraient les quartiers les
plus populeux en se plaignant de l'injustice du
patriarche d'Alexandrie. Carponas fut chargé d'or-
ganiser l'agitation parmi les ouvriers du port et
les désœuvrés qui passaient leur vie sur les places
publiques, et pour qui une émeute était une distraction. Mais il ne recruta qu'une poignée d'hommes
qui s'efforcèrent de faire autant de bruit que s'ils
eussent été dix mille. Ils répétèrent de toute la force
de leurs poumons les cris que poussa Carponas.

— Arius est innocent !
— Les délibérations du concile n'ont pas été libres.
— Nous garderons Arius malgré le patriarche.

Cependant la procession dirigée par Carponas,
loin d'agiter la ville, n'aurait servi qu'à couvrir de
ridicule Arius et ses partisans, si les femmes, sous
la direction de Thalie qui les fanatisait, n'étaient
venues apporter aux hommes le secours de leur nombre
et de leur enthousiasme. Jamais Alexandrie, même
lorsque les fêtes d'Isis se célébraient avec le plus de
pompe, n'avait vu ses rues et ses places publiques
parcourues par une masse si compacte de femmes et
de jeunes filles. La foule grossit promptement sur leur
passage. Les curieux s'attroupaient, les oisifs suivaient cette procession désordonnée. Toute la ville
fut en mouvement. On entendait de tout côté ces cris

poussés par les femmes et répétés par la foule qui s'enivrait du bruit qu'elle faisait :

— Arius est le guide de nos âmes !

— Les ennemis d'Arius sont les ennemis du vrai Dieu !

— Nous ne laisserons pas consommer l'injustice !

Cette innombrable armée de femmes s'arrêta devant la demeure de chaque magistrat, en poussant des gémissements plaintifs.

— Protégez Arius contre la tyrannie du patriarche !

— C'est aux juges qu'il appartient de s'opposer à l'injustice !

— Qu'on laisse Arius enseigner librement dans l'église de Baucalis !

Les magistrats hésitaient devant ce soulèvement général. Les uns, fatigués du tumulte, trouvaient qu'il aurait été plus simple de laisser chacun enseigner ses systèmes, dans une ville où toutes les religions et toutes les philosophies avaient leurs représentants. Les autres comprenaient que si Arius était libre de sortir de la société chrétienne et d'en combattre les dogmes, il ne pouvait pas être libre de rester dans cette société malgré elle. Le concile avait le droit de l'excommunier, c'est-à-dire de déclarer qu'il n'était plus en communion de croyance avec la société chrétienne. Il le laissait libre de fonder une secte ou une religion nouvelle, mais il devait lui défendre l'entrée de l'Église où Jésus-Christ, dont il niait la divinité, était adoré comme Dieu.

Le gouverneur d'Alexandrie ne savait comment disperser cette émeute, provoquée surtout par des femmes. Il craignait que leur obstination ne fît couler

le sang s'il employait la force armée. Il jugea prudent de les laisser crier librement tout un jour. Il
pensa que la nuit les obligerait à rentrer dans leurs
demeures et calmerait leur fiévreuse ardeur. Mais
l'agitation cessa longtemps avant la nuit. Un seul
homme suffit pour dompter l'émeute. Une grande
nouvelle passe en un moment de bouche en bouche.
Toute la ville est émue, Arius est oublié, les rangs de
la double procession se dispersent, les femmes sont
abandonnées par la foule et condamnées à se taire, le
flot de la population se dirige vers l'enceinte méridionale de la ville.

— Qu'est-il arrivé? demanda Thalie, irritée de voir
finir si subitement sa manifestation en faveur d'Arius.

On lui répond :

— Le grand solitaire Antoine est ici !

Curieuse de voir cet homme extraordinaire qui
mettait la ville entière en mouvement chaque fois
qu'il s'y montrait, Thalie ordonna aux femmes qui
la suivaient de se disperser. Elle suivit la foule dans
l'espoir de s'approcher du solitaire, mais déjà des
milliers de personnes se pressaient autour de lui. Les
païens eux-mêmes et leurs prêtres se mêlaient aux
chrétiens en disant :

— Nous voulons voir, nous aussi, l'homme de Dieu !

C'était le nom que tout le monde lui donnait. Plusieurs s'efforçaient d'arriver jusqu'à lui afin de toucher son manteau, persuadés qu'une vertu devait en
sortir. Les solitaires qui l'avaient accompagné voulaient
faire écarter la foule qui s'amassait sur son passage
et l'empêchait de marcher, mais il leur dit d'un
visage tranquille :

— Ils ne sont pas en plus grand nombre que les démons que nous avons à combattre sur la montagne.

Lorsqu'il vit une immense population entassée autour de lui de tout côté, il étendit la main pour demander le silence, puis il prononça d'une voix vibrante
ces paroles qui arrivèrent jusqu'à l'oreille de Thalie :

— « Quelle folie s'est emparée de vous, habitants
d'Alexandrie? A-t-on jamais vu des hommes sages
suivre en tumulte des femmes insensées? Faut-il qu'un
vieillard vienne vous faire rougir de votre conduite?
Ne me forcez plus à descendre de ma montagne pour
vous reprocher votre légèreté. Ne vous laissez pas
tromper par les sophismes d'Arius, et par les intrigues de ses partisans. N'écoutez pas ce que ce blasphémateur ose dire du Verbe. Le Fils de Dieu n'est
pas une créature : il est la sagesse du Père. On ne
peut dire sans impiété qu'il fut un temps où il n'existait pas. N'ayez jamais aucune communication avec
les Ariens, parce qu'il ne peut pas y avoir d'alliance
entre la lumière et les ténèbres. Vous êtes chrétiens
et en adorant le Christ vous êtes dans la véritable
piété et la véritable religion ; mais les Ariens, en disant que le Fils de Dieu est une créature, ne diffèrent
en rien des païens qui adorent la créature au lieu d'a-
dorer le Créateur. Comment pourriez-vous embrasser
l'erreur lorsque Dieu vous a donné, pour vous instruire de la vraie doctrine, un ange de lumière, mon
très-cher fils, le diacre Athanase, qui sera un jour
votre patriarche? Ecoutez-le, aimez-le, défendez-le
contre ses ennemis.

— Vive Athanase, l'apôtre de la divinité du Christ!
dit une voix dans la foule.

Aussitôt un peuple immense répéta ce cri :

— Arius est un blasphémateur !

— Malheur à ceux qui divisent l'Eglise par des schismes et des hérésies !

On présenta au solitaire un grand nombre de malades et de malheureux qui avaient perdu la santé de l'esprit. Il invoqua sur eux le nom de Jésus-Christ et les rendit à leurs parents, délivrés de tout mal. On le remerciait de tout côté. On le conjurait de ne plus quitter Alexandrie, mais tous les efforts des chrétiens et des païens pour le retenir furent inutiles.

— J'ai rempli ma mission auprès de vous. L'esprit de Dieu m'a conduit hors de la solitude pour vous reprocher un égarement passager. Vous ne vous joindrez plus à ceux qui se révoltent contre l'autorité du concile qui a condamné Arius. Vous confesserez la divinité du Sauveur. Ne venez-vous pas d'être témoins de la puissance de son nom ? Si Jésus-Christ n'était pas Dieu, aurais-je pu guérir des malades en invoquant sur eux son nom sacré ? Je retourne sur ma montagne, rentrez en paix dans vos demeures.

La foule s'écarta devant le vénérable vieillard avec un religieux respect. Suivi des solitaires qui l'avaient accompagné, Antoine reprit le chemin du désert. Dès qu'il se fut éloigné, l'immense multitude qui l'entourait se dispersa. Elle remplit les rues d'Alexandrie de cris bien différents de ceux qui retentissaient quelques heures auparavant.

— Antoine l'a dit, il faut écouter Athanase ! Arius est un blasphémateur !

Thalie était confondue. Cette journée qui devait être si glorieuse pour Arius avait fini à sa honte. Au

lieu d'augmenter le nombre de ses partisans elle avait
rendu plus hardis ses adversaires. Qui avait déjoué
les plans de la secte et attiré à lui tout le peuple, au
moment où il se soulevait en faveur d'Arius? Un inconnu, un vieillard sans éloquence, dont la barbe est
inculte, le visage brûlé par le soleil, les vêtements
aussi misérables que ceux des stoïciens les plus austères. Par quel prestige cet homme qui n'a pour lui
ni la richesse, ni la science, ni le pouvoir, parle-t-il
au peuple avec autorité? Cette multitude qui ne se
laisserait pas convaincre par Arius écoute Antoine
avec respect et lui obéit avec bonheur. O populace, ô
vil troupeau! s'écriait Thalie avec colère. Elle oubliait
qu'Antoine avait aux yeux du peuple deux mérites
auxquels Arius ne pouvait prétendre. Dans sa jeunesse Antoine était riche. Il entra un jour dans une
église au moment où le diacre lisait à l'ambon ces
paroles de l'Evangile : « Si tu veux être parfait, vends
ce que tu as et donne-le aux pauvres. » Comme il
aspirait à la perfection, il vendit tous ses biens, en
distribua le prix aux pauvres et se retira dans le
désert. Là, Dieu le favorisa du don de prophétie et
du don des miracles. Arius n'a jamais donné tous ses
biens aux pauvres et il n'a jamais fait de miracles;
comment pourrait-il parler au peuple avec autant
d'autorité qu'Antoine le solitaire?

Thalie devait subir une humiliation plus poignante. Des mimes donnaient alors à Alexandrie,
comme dans toutes les grandes villes de l'empire,
des représentations dramatiques, qui n'avaient rien
de commun avec les tragédies de Sophocle et d'Eu-
ripide. C'étaient de grossières bouffonneries, pleines

d'allusions aux événements contemporains et de hardies personnalités. Les plus beaux vers n'auraient pas amusé le peuple autant que ces farces triviales. Il accourait à ce spectacle où les mimes, improvisant à moitié leurs rôles, provoquaient sa gaîté par les gestes les plus grotesques et les plaisanteries les plus hasardées. Les mimes firent savoir au public, par des affiches et des distributions d'annonces, qu'ils joueraient bientôt une pièce nouvelle, la *Thalie des Thalies,* où l'on verrait la querelle des Ariens et des chrétiens. Ils ne craignirent pas de mettre en scène Arius et la fille du rhéteur. Les mimes, chargés de représenter ces deux personnages, poussèrent si loin l'étude de la ressemblance, qu'à leur apparition les spectateurs firent retentir le théâtre de leurs cris de joie et de leurs applaudissements.

On vit d'abord entrer en scène Arius, conduit par Thalie. La jeune fille poussait des hurlements de douleur.

— Mon père a perdu la raison, je viens consulter le grand prêtre d'Osiris.

L'hiérophante paraît. Il dit à Thalie que son père sera guéri s'il peut dérober dans le temple des chrétiens le petit dieu Logos. Arius et Thalie se dirigent vers le temple des chrétiens. La jeune fille en sort tenant entre ses bras un petit enfant. Mais le bruit se répand parmi les chrétiens qu'on a dérobé dans leur temple le dieu Logos. Ils se mettent à la recherche du voleur. Arius et Thalie sont très embarrassés de leur larcin. Ils veulent le cacher dans le temple de Jupiter, mais les prêtres de ce dieu ne veulent pas le recevoir. Ils l'offrent aux prêtres d'Isis, qui n'en veulent pas davantage. Ils vont le jeter dans le Nil, mais ils rencontrent le poète Sotades à moitié ivre.

— Ma fille ! ma fille ! s'écrie Sotades, en poursuivant Thalie, qui essaie de fuir. Je te retrouve enfin ! Jette-toi dans les bras de ton père.

— Misérable ! lui répond Arius, cette fille est à moi et non pas à vous.

— Oh ! je la reconnais bien, poursuit Sotades, elle s'appelle Thalie. Je suis le père de toutes les Thalies.

Arius le menace de son bâton.

— Au secours ! crie Sotades, ce vieillard m'a volé ma fille.

Des chrétiens arrivent. Ils retrouvent leur Logos entre les bras de Thalie.

— Voilà celle qui a dérobé notre Dieu !

— Voilà celui qui a dérobé ma fille ! leur dit Sotades.

Il saisit Thalie par la main droite, Arius la saisit par la main gauche. Elle laisse tomber le Logos qui se brise en mille pièces. Les chrétiens, indignés, assomment Thalie à coups de bâton, tandis qu'Arius et Sotades essaient en vain de la défendre. Lorsqu'elle est morte, ils s'enfuient épouvantés. Sotades et Arius pleurent l'un et l'autre sur le cadavre de la jeune fille, puis ils s'accablent d'injures, se prennent à la gorge et s'étranglent mutuellement.

Telle était la bouffonnerie qui passionna pendant un mois la populace d'Alexandrie. Thalie fut blessée jusqu'au fond du cœur par l'audace des mimes, qui avaient osé la mêler aux risées de la foule. Elle s'étonnait de ce qu'Arius, qui n'avait point été épargné, loin d'en témoigner du déplaisir, en paraissait plutôt satisfait.

— Comment pouvez-vous supporter avec tant de calme une si grave injure?

— Tout ce que je dois désirer, c'est qu'on parle de moi et de ma doctrine. Les moqueries des mimes ne me rendent pas moins célèbre que les invectives d'Athanase. Il faut avant tout faire du bruit. Rien ne serait plus nuisible à ma cause que le silence.

—Raillé sur le théâtre, excommunié par les évêques, comment pourrez-vous vivre heureux à Alexandrie?

— Je ne compte pas rester ici.

— Vous nous quitteriez!

— C'est par ma fuite que doit commencer ma victoire. Je vais me retirer auprès d'un évêque plus puissant que le patriarche.

— Allez-vous à Rome?

— Ce serait imprudent. Il est impossible de faire accepter une opinion nouvelle par l'évêque de Rome. Je vais à Nicomédie. Eusèbe est entièrement dévoué à mes doctrines. Il saura me protéger malgré tous les conciles. Je ne connais pas d'homme plus habile et plus remuant.

— Que ne puis-je vous suivre?

— Il vaut mieux que vous restiez ici. J'ai besoin qu'un ami dévoué m'instruise de tout ce qui arrivera de favorable ou de funeste à ma cause en Egypte. Dès qu'Eusèbe se sera prononcé en ma faveur, il sera bon de susciter ici quelque nouvelle émeute contre Athanase.

—Comptez sur la soif de vengeance qui me dévore, après toutes les humiliations que j'ai subies.

Avant de quitter Alexandrie, Arius promit de nouveau à Métrodore qu'il lui ferait donner le patriarchat d'Antioche, dès que son parti serait le plus puissant, ce qui, disait-il, ne pouvait pas tarder beaucoup. Mais le rhéteur perdait de plus en plus ses illusions. Il ne pouvait, comme Thalie, se roidir contre l'évidence. Sans l'obstination de sa fille, il aurait abandonné le parti d'Arius. Il sentait combien elle était attachée au sectaire et à sa doctrine ; mais elle était sa dernière affection sur la terre, et il n'osait pas élever entre elle et lui une barrière infranchissable. Un public assez nombreux assistait à ses déclamations. Pour ne blesser aucun de ses auditeurs, il évitait prudemment de se prononcer pour ou contre l'arianisme. Il lui semblait qu'on ne lui savait pas assez gré de ses efforts pour contenter tout le monde, et qu'on ne l'écoutait qu'avec une médiocre admiration. Il regrettait le sympathique auditoire qui entourait sa chaire dans la Rome des Gaules.

— Ma fille, n'étions-nous pas plus heureux à Arles ? demanda-t-il un jour à Thalie avec tristesse.

— Ce n'est pas moi qui vous ai tourmenté pour revenir ici.

— Ah ! si l'on pouvait prévoir l'avenir.

— Ne vous laissez pas aller au découragement. Nous aurons l'un et l'autre ce que nous avons rêvé. Pour être digne des faveurs de la fortune, il faut supporter sans se plaindre ses rigueurs.

— Je sens se dissiper en moi les fumées de l'ambition ; je ne demande plus rien à la fortune.

— Et moi je lui demande toujours un trône.

VII

VICTOIRE

Arius ne s'était pas exagéré le secours qu'Eusèbe de Nicomédie devait prêter à sa doctrine. L'arianisme aurait bientôt disparu si cet évêque ne l'eût pas adopté et n'eût pas employé jusqu'à la fin de sa vie son influence et son habileté pour le faire prévaloir. Eusèbe de Nicomédie était, au quatrième siècle, le type achevé du prélat ambitieux et courtisan. Déjà, près d'un siècle avant le triomphe définitif du christianisme, lorsque l'Église et l'Etat étaient complétement séparés, lorsqu'on ne pouvait briguer l'épiscopat sans s'exposer aux rigueurs de la persécution, les honneurs publics rendus à l'épiscopat, comme à la dignité religieuse la plus élevée, avaient séduit plus d'une ambition vulgaire. On avait vu des hommes, tels que Paul de Samosate, faire de la religion le marchepied de leur orgeuil, arriver par l'intrigue à l'épiscopat et ne chercher dans les fonctions les plus sacrées que les satisfactions de l'amour-propre. Lorsque la paix et la liberté eurent été données à l'Église, on vit un plus grand nombre d'ambitieux aspirer aux charges ecclésiastiques pour se faire une grande position dans le monde. Depuis l'édit de Constantin, les évêques étaient entourés de beaucoup plus d'honneurs et de beaucoup moins de dangers.

Eusèbe de Nicomédie était issu d'une famille que ses alliances avaient rapprochée de la famille impériale. Esprit remuant et dominateur, caractère à la fois

souple et opiniâtre, il était naturellement éloquent et
possédait à un rare degré le génie de l'intrigue. Il en
donna une première preuve en se faisant nommer évêque de Béryte, en Phénicie, sans se conformer aux
règles ordinaires des élections. Mais il était trop désireux de jouer un grand rôle sur la scène du monde
pour se contenter d'un siége aussi modeste que celui
de la petite ville de Béryte, appelée aujourd'hui Bey-
routh. Pour arriver plus sûrement à ses fins, il s'em-
para par la flatterie de l'esprit vaniteux de l'impératrice Constantia, épouse de Licinius et sœur de Constantin. Lorsque le siége de Nicomédie devint vacant,
les fidèles et le clergé de cette ville ne furent pas
libres de donner leurs suffrages au prêtre le plus
digne, par sa science et ses vertus, d'être élevé à l'é-
piscopat. Grâce au crédit dont il jouissait à la cour
d'Orient, Eusèbe, violant une seconde fois les règles
de la discipline ecclésiastique, abandonna l'humble
église de Béryte, pour monter sur le siége de Nicomédie, un des plus importants de l'empire. Poussé hors
de Rome par cette force mystérieuse qui en éloignait
les Césars, Dioclétien avait fixé sa résidence à Nicomédie. Il avait embelli et renouvelé cette ville avec
une promptitude et une magnificence dont les récentes
transformations de Paris ne peuvent donner qu'une
faible idée. « Ici des palais, nous dit Lactance, là un
cirque, là une monnaie, là un arsenal, là une habita-
tion pour l'impératrice et une autre pour sa fille. Une
grande partie de la ville dut tout-à-coup être abattue.
Les habitants émigrèrent avec femmes et enfants,
comme dans une prise d'assaut. Et quand toutes ces
constructions étaient achevées par la ruine des pro-

vinces : Cela n'est pas bien! disait l'empereur; faisons
d'une autre manière. On démolissait de nouveau et
l'on changeait pour démolir encore. » L'histoire ne
nous dit pas quel était le préfet chargé des embellis-
sements de Nicomédie ; il n'a donné son nom à aucun
boulevard.

Depuis la victoire qu'il avait remportée sur Maximin, Licinius, maître de l'Orient, résidait ordinairement à Nicomédie. Cette ville resta la seconde
capitale de l'empire jusqu'au jour où Constantin
transforma Byzance et lui donna son nom. Eusèbe,
rapproché de l'empereur et de Constantia, jouissant
de tous les avantages d'un prélat de cour, crut aisément qu'il était le plus haut placé des évêques d'O-
rient, qu'il avait le droit d'accueillir avec faveur ceux
que le patriarche d'Alexandrie avait exclus de sa communion. Il invita donc Arius à se rendre à Nicomédie. Soutenu par un tel évêque, Arius se persuada
qu'il pourrait désormais lutter à armes égales contre
Athanase, et obliger le patriarche à lui permettre l'entrée de l'Église. Eusèbe ne fit pas un choix dans les
systèmes d'Arius; il les adopta tous comme s'ils étaient
son œuvre: leur nouveauté lui plaisait. Il y trouvait
un moyen de se distinguer des autres évêques, de se
faire chef de parti et de dominer l'Église. L'hérésiarque et son protecteur cherchèrent ensemble les
moyens d'imposer leurs doctrines au monde chrétien.

— Tant qu'on se laissera égarer par les sophismes
d'Athanase, disait Arius, on ne comprendra pas l'originalité de ma théorie.

— Un concile vous a condamné, ajoutait Eusèbe,
ais vous faire absoudre par un autre concile.

Homme d'action plutôt que de parole, Eusèbe se hâta de réunir en concile tous les évêques de Bithynie, qui le redoutaient trop pour s'opposer à ses désirs. Ils écrivirent au patriarche d'Alexandrie et à la plupart des évêques de la Palestine et de l'Asie-Mineure : Ils demandaient qu'on levât l'excommunication prononcée contre Arius et ses adhérents et qu'on les reçût dans l'Église. Ils voulaient que l'impunité accordée à leurs personnes s'étendît jusqu'à leurs erreurs. Lorsque le patriarche d'Alexandrie vit l'effrayante activité que déployaient les Ariens pour surprendre la bonne foi des uns et abuser de la légèreté des autres, il leur opposa une activité plus merveilleuse encore. Il rédigea un mémoire qu'il fit signer par tous les évêques d'Egypte et de Cappadoce. Il écrivit en outre une centaine de lettres qui se répandirent dans les plus lointaines provinces de l'empire et firent connaître à toute la chrétienté le véritable état de la question. Il raconta comment la conduite des Ariens l'avait obligé de les retrancher de l'Église. « La sainte doctrine des apôtres, disait-il, est devenue la matière de leur censure. Ils ramassent des armes pour faire la guerre à Jésus-Christ, à sa divinité, à la gloire ineffable qu'il possède avec son Père. Ils semblent n'avoir d'autre but que d'acquérir de la réputation auprès des juifs et des païens, tant ils prennent soin de faire prévaloir leurs erreurs.... Ils s'efforcent d'établir tout ce qui excite les railleries des ennemis de notre religion. Ils fomentent tous les jours contre elle des séditions et des persécutions. Ils remplissent les tribunaux du bruit que font les misérables femmes qu'ils ont séduites. Ils rendent notre religion ridicule par

10

l'agitation qu'ils provoquent, en faisant faire cent
tours et cent détours au milieu des places publiques
aux jeunes filles de leur cabale.... Ils ne peuvent souffrir qu'on leur compare les anciens et qu'on leur
égale ceux qui ont été nos maîtres et nos docteurs
dès notre enfance. A les en croire, il n'y a qu'eux qui
soient sages, qui soient pauvres, qui aient trouvé la
véritable doctrine. Ils se vantent d'avoir eux seuls la
révélation des plus grands mystères, que nul homme
n'a pu découvrir, en quelque lieu que ce soit sous le
soleil. Orgueil impie! fureur extrême! vanité pleine
d'extravagance!.... »

Arius fut un peu déconcerté par cette lettre quand
Eusèbe la lui montra. Il se demandait quelle impression elle ferait sur Thalie. Voilà donc ces processions de femmes qu'elle dirigeait avec tant de zèle
signalées au monde entier. Les païens s'en sont mo-
qué, les chrétiens vont s'en indigner.

— Je reconnais dans cette lettre, dit-il à l'évêque de
Nicomédie, l'inspiration d'Athanase. Tous nos efforts
échoueront tant que nous n'aurons pas chassé d'A-
lexandrie cet ardent défenseur de la divinité du Christ.

— Nous avons opposé concile à concile, répondit Eusèbe. Il faut maintenant recourir aux grands moyens,
mettons notre doctrine sous la protection de Licinius.
Il sera bientôt seul maître de l'empire et obligera
l'Eglise universelle à croire ce que nous croyons.

Eusèbe donna le premier exemple du recours au
pouvoir temporel contre l'autorité spirituelle. Tous
les schismes, toutes les hérésies devaient par la suite
suivre cet exemple. Mais le triomphe des Ariens était
pour le moment le moindre souci de Licinius; il as-

pirait à de bien autres victoires. Jaloux de la supériorité de Constantin, en qui les chrétiens mettaient leur espérance et qu'ils saluaient comme leur libérateur, Licinius, déjà incapable d'administrer sagement les provinces orientales, songeait à devenir seul maître de tout l'empire. Il ne pouvait se rappeler sans frémir sa honteuse défaite à Cibalis et il voulait tenter de nouveau le sort des armes, dans l'espoir d'une revanche glorieuse. Il redoutait son collègue autant qu'il le haïssait. Volontiers il se serait débarrassé de lui par un meurtre, mais Constantin, entouré de l'affection des peuples, adoré par ses soldats, ne craignait pas le poignard des assassins. En attendant une occasion favorable pour déclarer la guerre, il tramait de ténébreux complots pour mettre de son côté l'avantage du nombre au moment de la lutte. Il s'appuya sur les païens, mécontents de la liberté donnée aux chrétiens par Constantin. Ses mœurs aussi bien que sa politique le poussaient à se faire le défenseur du vieux polythéisme greco-romain.

Si Eusèbe avait eu des sentiments dignes d'un évêque, il aurait rougi d'implorer la protection d'un empereur qui, pour plaire aux païens, pratiquait publiquement l'idolâtrie et faisait couler à flots le sang chrétien dans plusieurs provinces soumises à sa domination. Licinius publia des édits de proscription qui, dans quelques villes, furent exécutés avec une atroce cruauté. Pendant cette nouvelle persécution, qui ne devait pas être de longue durée, les chrétiens montrèrent un courage digne des plus illustres martyrs. Le récit des souffrances et de la mort des principales victimes de Licinius passa de bouche en bouche. On raconta surtout avec admiration l'émouvante histoire des quarante martyrs de Sébaste.

Le gouverneur de cette ville, Agricola, indigne de porter un nom immortalisé par Tacite, réunit tous les soldats qu'il avait sous ses ordres, et leur dit :

— « J'ai reçu de notre empereur, le divin Licinius, des édits sévères que je dois faire exécuter rigoureusement. Il est interdit à tout soldat de professer la religion chrétienne. S'il en est parmi vous qui ont abandonné le culte de leurs pères, qu'ils se repentent de leurs folies et qu'ils adorent à l'avenir les dieux protecteurs de l'empire. »

Lorsqu'il eut achevé la lecture de l'édit de Licinius, quarante légionnaires sortirent des rangs, se présentèrent devant lui, et, après s'être inclinés avec le respect dû à leur chef, lui dirent :

— Nous sommes chrétiens !

— Adorez les mêmes dieux que notre divin empereur, ou je vous ferai périr dans les tourments les plus affreux

— Nous sommes chrétiens !

— Qu'on les fouette jusqu'au sang !

Les quarante soldats chrétiens endurèrent le supplice de la flagellation sans proférer aucune plainte.

— Sacrifierez-vous maintenant à Jupiter, très-bon et très-grand ?

— Nous resterons fidèles jusqu'à la mort à Celui qui est mort pour nous.

— Qu'on leur déchire le corps avec des ongles de fer !

Des crochets de fer labourèrent leurs corps. Leur sang ruissela et rougit la terre.

— Voilà le profit que vous retirez de votre obstination, leur dit Agricola ; renoncez donc aux superstitions chrétiennes et offrez de l'encens à nos dieux.

— Il ne pouvait rien nous arriver de plus heureux
que de verser notre sang pour Jésus-Christ.

— Je vous ferai jeter dans les flammes d'un bûcher.

— Nous ne craignons que le feu de l'enfer.

Par un raffinement de cruauté, Agricola aima mieux
condamner ces courageux soldats au supplice du froid.
On était en hiver. La neige couvrait les montagnes
qui entouraient Sébaste. Près des remparts s'étendait
un vaste étang couvert d'une glace si épaisse qu'elle
ne se brisait pas sous les roues des chariots pesam-
ment chargés. Le gouverneur fit exposer sur cet
étang les quarante soldats, dépouillés de leurs vêtements. Autour de l'étang, il fit placer des baignoires
pleines d'eau tiède.

— Quand vous serez fatigués de souffrir le froid
pour votre Galiléen, leur dit-il, vous entrerez dans
ces baignoires. Ce sera une preuve que vous comprenez votre folie et que vous revenez aux dieux de
l'empire.

— Tandis que nos corps seront glacés, l'amour
de Jésus-Christ réchauffera nos âmes.

Une cohorte reçut l'ordre de veiller toute la nuit
autour de l'étang. Les soldats se dépouillèrent avec
joie de leurs vêtements et s'étendirent sur la glace
les yeux tournés vers le ciel.

— Une nuit de souffrances nous obtiendra une
éternité de délices. Seigneur, nous sommes entrés
quarante au combat, faites que nous soyons quarante
à recevoir la couronne.

Leurs membres grelottaient, le sang se glaçait dans leurs veines, les pulsations de leur cœur se ralentissaient. Leurs gardiens avaient pitié de leurs souffrances.

— Obéissez aux ordres de l'empereur, leur criaient-ils ; venez vous réchauffer dans l'eau tiède.

Un des quarante soldats, vaincu par la douleur, au moment où il allait moissonner avec ses frères d'armes la palme du martyre, se traîna hors de la glace et se jeta dans une baignoire ; mais dès qu'il y fut entré, il expira.

Un des gardiens qui veillaient autour de l'étang, vit dans le ciel des anges qui tenaient au-dessus des martyrs quarante couronnes. Pourquoi quarante, se dit-il, maintenant qu'ils ne sont plus que trente-neuf ? Mais la quarantième pourra aussi être déposée sur une tête victorieuse. Il se dépouille de ses vêtements et se précipite sur la glace, en s'écriant : « Et moi aussi, je suis chrétien ! » Il y eut ainsi quarante martyrs. Le lendemain, on entassa leurs corps sur des chariots pour les porter au bûcher qui devait les réduire en cendres. Les bourreaux s'aperçurent que le plus jeune respirait encore. Ils eurent pitié de lui et le laissèrent. Mais sa mère ne put supporter la pensée que son fils serait privé de la couronne du martyre. Elle le prit dans ses bras et le plaça elle-même sur un chariot en lui disant : « Mon fils, achève avec tes compagnons cet heureux voyage : il ne sera pas dit que tu t'es présenté à Dieu le dernier ! » Le fils de cette héroïque mère expira sur le chariot. Le même bûcher brûla son corps et ceux des compagnons de son martyre. Une partie de leurs cendres fut jetée dans le fleuve, une autre fut achetée aux bourreaux par les chrétiens.

Eusèbe de Nicomédie ne pouvait pas ignorer avec quelle atrocité les chrétiens étaient mis à mort par ordre de Licinius; il osa pourtant supplier cet empereur de se déclarer le protecteur de l'arianisme. Il se présenta dans le somptueux palais, bâti par Dioclétien, qui n'en avait pas joui longtemps. Il vit Licinius entouré de femmes perdues, de prêtres de tous les dieux, de devins, d'augures, de magiciens. Ces représentants du paganisme expirant lui prédisaient les plus brillantes destinées s'il rétablissait l'idolâtrie et abolissait le nom chrétien.

— Vous pouvez déclarer la guerre à Constantin, lui disait l'un; quelques sacrifices à Mithra vous assureront la victoire.

— Jupiter tonnant, lui disait un autre, écrasera de ses foudres ceux qui renversent ses autels.

— J'ai consulté le vol des oiseaux, j'ai interrogé les entrailles des victimes, tous les présages sont favorables.

— Les hiérophantes égyptiens ont évoqué les dieux inférieurs et ont écouté les oracles des dieux supérieurs : tous annoncent un triomphe éclatant.

— L'Olympe n'est plus divisé comme au temps de la guerre de Troie ; Vénus et Junon se sont liguées pour perdre les impies qui les outragent.

— Iris et Osiris, Ormuz et Ahrimane, Baal et Astarté, tous les dieux de l'Egypte, de la Perse et de la Phénicie s'uniront aux dieux de la Grèce et de l'Italie, pour protéger le restaurateur de leur culte.

Eusèbe joignit ses flatteries à celles des devins, des augures et des prêtres des faux dieux.

— Très-puissant empereur, dit-il à Licinius, le ciel vous accordera la victoire, si vous honorez la divinité sous quelque nom qu'on l'invoque. Il ne faut persécuter aucun des cultes qui sont pratiqués dans votre empire, mais les fondre peu à peu en un seul.

— Les chrétiens sont trop exclusifs ! s'écria Licinius. Je ne puis accepter leur Dieu tant qu'ils n'accepteront pas les miens.

— C'est vrai, mais les plus éclairés parmi les chrétiens, et je puis me flatter d'être du nombre, se proposent de modifier leur religion de manière à ce que toutes les autres puissent se fondre en elle.

— Comment s'y prendront-ils ?

— C'est bien simple. Toutes les religions reconnaissent un Dieu supérieur aux autres. Nous sommes d'accord avec elles, nous adorons un seul Dieu, tout-puissant, éternel. La différence n'est que dans les noms. Celui que nous appelons Dieu, vous l'appelez Zeus, c'est-à-dire le principe de la vie, ou Jupiter, c'est-à-dire Dieu le Père. Il suffit, pour s'entendre, de ne plus discuter sur les noms.

— Mais Neptune, Apollon, Mars, Junon, Diane, Cérès et tous nos autres dieux !

— Nous pouvons les accepter en les considérant comme les noms divers des créatures supérieures à l'homme, que nous appelons des anges. La créature la plus parfaite est celle que nous nommons le Verbe, le Fils de Dieu. Si vous voulez lui donner le nom d'Apollon ou de Mars, faites-le jusqu'à ce que vous

reconnaissiez avec noūs que le nom de Verbe ou de
Fils est plus simple et plus convenable.

— Votre culte n'est pas ce qui me choque le plus.
Aurez-vous toujours une morale aussi sévère? Con-
damnerez-vous toujours le plaisir? Prêcherez-vous
toujours la pénitence?

— Notre morale est encore plus simple que notre
dogme. Chaque homme, croyons-nous, n'est tenu
qu'à faire le bien dont il se sent capable. C'est la matière qui est le principe du mal. Il ne dépend pas de
nous d'avoir un corps matériel, par conséquent tout
ce que désire et accomplit ce corps matériel ne dépend pas de nous.

— Voilà un christianisme raisonnable. Si c'est
vous qui avez eu l'idée de cette simplification, je vous
en félicite.

— Le premier auteur de ce système est un prêtre
lybien, nommé Arius, que je recommande à votre
bienveillance. Il a été chassé d'Alexandrie pour avoir
enseigné ce que je viens d'exposer à Votre Divinité.

— Il faut en faire un évêque.

— Ce serait un excellent choix. Il travaillerait
avec ardeur à la conciliation de tous les cultes.

— Mais il y a bien des choses que je voudrais
modifier dans l'organisation de la société chrétienne.

— Il est probable que nous pourrions accepter ces
modifications.

— D'abord je défendrai aux évêques de se visiter
réciproquement et de se réunir en conciles.

— En effet, un évêque ne doit jamais quitter son
troupeau ; il n'a pas besoin de ses confrères pour le
gouverner.

— Je publierai un décret par lequel j'interdirai aux femmes d'assister en même temps que les hommes aux saints mystères.

— On pourrait bâtir des églises pour les femmes et des églises pour les hommes ; ce serait peut-être plus convenable.

— Pourquoi ne pas tenir les assemblées chrétiennes en plein air? De vastes plaines conviennent mieux que des temples étroits pour rendre à la divinité un culte public.

— Qui empêcherait, à certains jours de fête, de célébrer le culte en plein air ?

— Je vois que nous pouvons nous entendre. Je vais être obligé de déclarer la guerre à Constantin. Si je suis vainqueur...

— Vous le serez.

— Je vous promets de faire accepter par le monde entier votre nouveau christianisme. Que tous ceux qui pensent comme vous se déclarent pour moi et m'aident à triompher de mon rival.

— Comptez sur notre dévouement.

La guerre ne tarda pas à être déclarée entre les deux moitiés du monde. Constantin, dans une campagne contre les Goths, poursuivit ces barbares à travers la Mésie et la Thrace, provinces limitrophes des deux empires. Licinius se plaignit à son collègue de ce qu'il avait envahi son territoire. Constantin lui répondit qu'au lieu d'égorger lâchement les chrétiens, il ferait mieux de l'aider à repousser les incursions des barbares. Les hostilités commencèrent.

L'impératrice Constantia était désolée. Le sort des armes devait être fatal ou à son époux, ou à son

frère, qu'elle aimait tendrement. Constantin avait été
généreux après la bataille de Cibalis, mais ne sera-
t-il pas irrité par cette nouvelle attaque ? Et si Licinius est vainqueur, quel sort réservera-t-il au libérateur des chrétiens ? Eusèbe de Nicomédie fut plus
assidu que jamais auprès de Constantia. En homme
prudent, il voulait se ménager une protection auprès de Constantin, dans le cas où Licinius serait
trahi par la fortune. Il servit de tout son pouvoir les
intérêts de son protecteur, mais sans faire parade
de son zèle et en cachant ses démarches, de peur de
se trouver plus tard compromis. Il exhorta tous ses
amis à réveiller autour d'eux le patriotisme. Il serait honteux, leur disait-il, que l'Orient fût vaincu
par l'Occident. Il ne se demandait pas s'il ne serait
pas encore plus honteux que le christianisme, représenté par l'armée de Constantin, fût vaincu par
le paganisme, représenté par l'armée de Licinius.
Aveuglé par son intérêt personnel, il faisait des vœux
pour le triomphe d'un empereur idolâtre, qui venait de publier contre les chrétiens des édits de persécution. Il travaillait secrètement à lui procurer
des soldats. Il soudoyait des espions qui le rensei-
gnaient sur les mouvements de l'armée de Constantin.

Thalie reçut d'Arius la lettre suivante :

« O la plus chère et la plus illustre de mes disciples, de grands événements se préparent. Grâce à la
prodigieuse habileté de l'évêque de Nicomédie, nous
avons trouvé en Licinius un zélé protecteur. Il vient
de déclarer la guerre à Constantin, dont les troupes,
au mépris des traités, ont envahi les provinces de
son empire, sous prétexte de poursuivre les barbares.

Cette guerre, qui sera formidable, ne doit pas nous effrayer ; elle est nécessaire au triomphe de notre cause. Si vous entendez dire que Licinius combat pour les païens, n'en croyez rien ; c'est pour nous qu'il combat. Dès qu'Eusèbe lui a exposé mon système sur le Verbe, il a été frappé de cette simplification si originale et si claire du dogme chrétien. Il a compris que mon système pouvait seul amener les païens à la connaissance du vrai Dieu et produire dans le monde l'unité de religion. Dès que la victoire aura réuni sous son sceptre l'orient et l'occident, il professera ouvertement ma doctrine et forcera toutes les églises à l'accepter. L'orgueil du patriarche d'Alexandrie sera humilié. Athanase n'osera plus discuter contre moi. Je retournerai triomphant dans cette Egypte d'où je suis sorti excommunié. Je ne pourrai jamais assez me louer de l'accueil que m'a fait l'évêque de Nicomédie. On ne peut être plus hospitalier et plus amical. Mais c'est un homme d'action, et il n'entend rien à la poésie. Il n'a pas apprécié le poème qui porte votre nom et qui est assurément mon chef-d'œuvre, autant que je l'espérais. Je ne lui ai pas communiqué deux nouvelles chansons que j'ai faites, l'une pour les laveuses, l'autre pour les corroyeurs, où j'exprime très-nettement le point fondamental de ma doctrine. Je vous les montrerai lorsque la victoire de Licinius m'aura permis de vous revoir. Si vous appreniez quelque chose touchant les mouvements de l'armée de Constantin, faites-le-moi savoir. Notre cause touche à un moment décisif et réclame tout notre dévouement. Je vous souhaite d'avoir autant de santé que moi et autant de calme d'esprit.

« ARIUS. »

Thalie, en lisant cette lettre, n'éprouva pas toute la joie qu'Arius voulait lui inspirer. Elle était plus que jamais attachée à ses doctrines. Elle détestait à la fois les païens et les chrétiens. Les uns et les autres l'avaient humiliée. Elle soupirait avec toute l'énergie de son orgueil, après le jour où Arius reviendrait en Egypte escorté par les soldats de l'empereur, imposerait silence aux païens et forcerait Athanase de s'enfuir à son tour d'Alexandrie. Mais elle pensait à Valérien et n'osait pas faire des vœux pour le succès de Licinius.

— Est-il donc impossible, se disait-elle, que tous mes beaux rêves se réalisent? Ne serai-je donc jamais impératrice? Qu'arrivera-t-il si Constantin est vainqueur? Il gardera pour lui seul le commandement suprême, et s'il consent à le partager, ce ne sera qu'avec ses fils. Qu'arrivera-t-il si Constantin est vaincu? Jamais un de ses généraux ne sera nommé César par Licinius. Si Valérien servait dans l'armée de l'empereur d'Orient, la pourpre lui serait assurée. On ne peut pas lui proposer d'abandonner les drapeaux de Constantin; il aimerait mieux mourir que de se déshonorer par une trahison. Après tout, il vaut mieux qu'il reste où il est. Si Licinius est vainqueur, il accueillera favorablement un si vaillant chef de légion, grâce à l'appui d'Arius et de l'évêque de Nicomédie.

Pendant que Thalie souffrait tous les tourments de l'anxiété, elle reçut une lettre de Valérien :

« Je me rapproche de vous, ma chère Thalie. J'ai quitté les bords du Rhin depuis un mois et je m'éloignerai bientôt des plaines de Thessalonique, où je suis campé en ce moment, pour me diriger vers les

11

bords de l'Hèbre. S'il plaît à Dieu, nous nous reverrons bientôt sur les bords du Nil. Votre père, couvert des lauriers de l'éloquence, me permettra de me présenter à lui couvert des lauriers de la guerre. Puissé-je aussi me présenter sans de trop graves blessures. Jusqu'à présent le fer ennemi, que j'ai pourtant bravé jusqu'à l'imprudence, n'a entamé que mon bouclier. Je dois sans doute ce bonheur aux ferventes prières que vous adressez chaque jour à Jésus-Christ, notre Sauveur et notre Dieu.

« Les jours que j'ai passés au camp de Crispus compteront dans ma vie parmi les plus heureux de ceux que votre présence n'aura pas réjouis. Ce jeune prince a toutes les qualités de son père sans en avoir les défauts. Il est impossible de le connaître sans l'aimer. On sent que son aïeule, la pieuse impératrice Hélène, a élevé sa première enfance. La fermeté de sa foi édifie toute l'armée. Il doit beaucoup à son maître, le célèbre Lactance, que Dioclétien avait appelé à Nicomédie, pour y enseigner la rhétorique et à qui Constantin a confié l'éducation de son fils aîné. Je remercie le Ciel de m'avoir fait rencontrer Lactance au camp de Crispus, qui ne veut pas se séparer de son maître, disant qu'il aura toujours quelque chose à apprendre. Personne, en ce moment, ne parle latin plus purement que lui ; aussi l'a-t-on surnommé le Cicéron chrétien. Chaque soir, Crispus réunissait sous sa tente ses généraux, et Lactance nous lisait quelques fragments d'un beau livre qu'il va publier sur la mort des persécuteurs. Ses récits nous faisaient frissonner. Nous admirions comment la justice de Dieu punit, au moment de leur mort, ces tyranniques empereurs qui, pendant leur vie, abusent de leur pouvoir et font égorger les adorateurs du Christ. Licinius a osé renouveler les cruautés de Galérius et de Maximin : il sera puni comme eux. Je me réjouis à la pensée que je combattrai au premier rang de l'armée qui va marcher contre lui et accomplir les décrets de la justice de Dieu. Lactance travaille à un grand ouvrage sur le christianisme. Il sera impossible aux païens qui le liront avec bonne foi de ne pas se convertir à l'Evangile. Que de pensées sublimes dans ce livre et quel magnifique langage ! Maintenant que l'ère des persécutions est finie, l'esprit chrétien, après avoir transformé les mœurs, va relever l'éloquence et la poésie que le paganisme a laissé déchoir si tristement. Nos écrivains ranimeront les belles-lettres mourantes en leur faisant respirer un air plus pur.

« J'ai aussi rencontré au camp de Crispus le poète Optatien, que le jeune prince aime beaucoup et avec qui je me suis promptement lié d'amitié. Je ne crois pas qu'Optatien, malgré son talent, devienne jamais célèbre. Il abuse de sa prodigieuse facilité et perd son temps à faire des tours de force au lieu de s'élever jusqu'à la grande poésie. Personne ne réussit mieux que lui à composer des acrostiches, des anagrammes, des vers qu'on peut lire indifféremment de gauche à droite ou de droite à gauche. Il fait très-bien les énigmes, ce que Lactance lui pardonne volontiers, attendu qu'il en a écrit lui-même un assez grand nombre dans sa jeunesse. Que de fois, après souper, nous avons passé des heures entières à deviner des énigmes ! Ces amusements litté-

raires nous délassaient un moment des rudes travaux
de la guerre. Notre campagne contre les Francs a été
des plus laborieuses. Il n'est pas facile de vaincre ce
peuple belliqueux. Il nous a fallu déployer une vigilance continuelle et un indomptable courage. Si jamais l'empire cesse d'être gouverné par une main
ferme, les Francs passeront le Rhin et s'établiront
dans les Gaules. Animés par l'exemple de Crispus,
nous avons fait des prodiges de valeur et forcé les
Francs, quoique plus nombreux, à fuir devant nous.
Ils ont demandé la paix, et, au lieu d'abuser de notre
victoire, nous les avons traités comme des ennemis
dignes de combattre les Romains. Avec quel orgueil
paternel Constantin a pressé son fils dans ses bras,
lorsque Crispus est venu lui raconter son triomphe
et lui rapporter les dépouilles des ennemis vaincus !
Toute la cour était émue en entendant son récit fait
avec une modestie touchante. Seule, l'altière Fausta
semblait n'écouter qu'avec dépit le fils de Minervina,
la première femme de Constantin. Je crains bien que
cette marâtre jalouse ne pardonne pas à Crispus
d'avoir acquis si jeune tant de gloire et de s'être fait
tant aimer de son père qui en est justement fier. Une
médaille a été frappée pour éterniser le souvenir de
la victoire de Crispus sur les Francs. Sur la face, le
jeune prince est représenté tenant un aigle, symbole
de sa victoire ; sur le revers, le Christ, assis sur une
chaise, tient de la main gauche une croix et élève sa
main droite pour bénir le monde. On lit ces mots
gravés sur le bord : « Le Christ est le salut et l'espoir de la république. » Ces mots expriment la foi et
la reconnaissance du prince et de tous ses soldats.

C'est en invoquant le Christ que nous avons vaincu les barbares, c'est en invoquant le Christ que nous vaincrons Licinius.

« Sans la guerre que ce cruel persécuteur a déclarée si injustement à Constantin et qui mettra fin à sa tyrannie, je serais retourné dans les Gaules, dont Crispus a été nommé gouverneur. Mais ce prince est allé prendre, à Athènes, le commandement de la flotte, et j'ai dû me rendre à Thessalonique, où est campée toute l'armée chrétienne, attendant le signal du départ. Cent vingt mille fantassins et dix mille cavaliers vont marcher vers Andrinople, où Licinius a rassemblé toutes ses forces. Il aime mieux nous attendre que de venir nous combattre ; mais il saura bientôt ce que peut une armée vaillante qui porte sur son labarum la croix du Sauveur. Priez, ma chère Thalie, pour que notre victoire ne soit pas achetée trop cher et pour qu'elle hâte le moment où j'aurai le bonheur de vous revoir. VALÉRIEN. »

Cette lettre ne diminua pas les angoisses de Thalie. La lutte entre son orgueil qui l'attachait à l'arianisme et son amour qui l'attachait à Valérien devenait de plus en plus poignante.

— Il m'aime encore tendrement, disait-elle, mais que fera-t-il quand il saura que nous n'avons plus la même foi ? Il adore le Christ et je ne le reconnais pas pour mon Dieu. Renoncera-t-il à son erreur ou s'obstinera-t-il à y croire, avec autant de force que je m'obstinerai à rester fidèle à la vérité ? Rien au monde ne me fera renier ce que ma raison a reconnu vrai. C'est à Valérien à se convaincre. Il ne peut

pas mieux me prouver son amour qu'en recevant de
moi sa croyance.

Thalie n'était plus chrétienne depuis qu'elle s'é-
tait éprise des sophismes d'Arius. Elle ne sentait
plus que l'amour de Jésus-Christ enchaîne l'âme avec
des liens à la fois si forts et si doux que l'amour
d'une femme ne peut les rompre.

La lettre de Valérien contenait l'indication du
nombre des soldats qui devaient combattre sous les
ordres de Constantin. Thalie se souvint qu'Arius
l'avait priée de lui faire savoir tout ce qu'elle appren-
drait touchant les troupes ennemies. Devait-elle lui
livrer ce que Valérien lui avait confié ? Elle hésita
longtemps, mais enfin elle se persuada que tout était
permis pour servir la bonne cause. Puisqu'elle avait,
trahi sa foi, pourquoi n'aurait-elle pas trahi l'amitié ?
Elle écrivit donc à Arius pour lui apprendre de quelles
forces disposait Constantin et pour lui dire que son
armée allait quitter les plaines de Thessalonique et
marcher sur Andrinople. Arius transmit ce rensei-
gnement à l'évêque de Nicomédie qui se hâta de le
communiquer à Licinius, pour lui montrer avec quel
zèle il servait ses intérêts.

Licinius avait rassemblé sur les hauteurs qui domi-
naient Andrinople cent cinquante mille fantassins et
quinze mille cavaliers. Sa position était si avantageuse
qu'il se croyait être sûr de vaincre si son rival osait
l'attaquer. Mais rien ne pouvait arrêter Constantin.
Il résolut de livrer bataille, persuadé que la croix de
Jésus-Christ assurerait encore une fois la victoire à
son armée. Il forma un bataillon d'élite dont il confia
le commandement à Valérien. Ce bataillon était uni-

quement composé de soldats chrétiens. Il était chargé
de la garde du labarum et devait se porter là où la
lutte serait le plus acharnée. Lorsque cet étendard
sacré fut promené à travers les rangs de l'armée,
elle poussa des cris de joie et demanda le combat.

— Vive le Christ! Vive notre empereur! La victoire
est à nous!

Licinius se moquait de la piété de Constantin, au
milieu des généraux païens qui l'entouraient, des
magiciens, des devins, des pythonisses, des prêtres
des faux dieux qu'il avait fait venir des temples les
plus célèbres.

— De quel secours lui sera l'image de ce gibet sur
lequel a été crucifié le juif dont ils ont fait leur Dieu!

— Constantin serait moins hardi s'il connaissait
l'oracle rendu récemment par Apollon Pythien :

> Quand sur ses bords l'Hèbre verra
> Cent mille combattants paraître,
> Le sacrilège périra,
> Le monde n'aura plus qu'un maître.

— J'ai vu en songe le fils de Constance-Chlore
percé par le javelot d'un cavalier numide.

— Hier, un aigle a plané longtemps sur Andrinople, puis il a fondu sur un corbeau qui venait du
camp de Constantin, et l'a déchiré de ses serres
puissantes.

— Pour achever de nous rendre les dieux favorables,
immolons une hécatombe à Jupiter victorieux.

Pendant la nuit qui précéda la bataille, Licinius,
qui représentait en ce moment le paganisme couronné, à la veille de livrer son dernier combat, se
rendit dans un bois sacré, entouré de son cortège

d'augures, de magiciens et d'hiérophantes. Des torches sans nombre furent allumées. Cent bœufs furent égorgés, selon les rites antiques, par les prêtres de Jupiter. Lorsqu'il eut achevé ce sacrifice idolâtrique, Licinius se tourna vers ses généraux et leur dit:

« Amis et compagnons d'armes, nous venons de rendre un solennel hommage aux dieux de nos pères. Le sacrilége que nous allons combattre a insulté les dieux protecteurs de l'empire, il a méprisé les saintes coutumes de nos aïeux. Il offre son encens à une divinité étrangère, dont la honteuse image est tracée sur son étendard. C'est moins contre nous que contre nos dieux qu'il a pris les armes. Jupiter va punir cet impie. C'est nous qu'il a choisis pour être les instruments de sa vengeance. Montrons à l'univers ce que peuvent des Romains fidèles à leur culte, à leurs lois et aux coutumes de leurs aïeux.

— Mort au traître qui a renoncé à nos dieux paternels pour adorer un juif crucifié ! s'écrièrent les généraux, dont les acclamations furent répétées par les tribuns et les centurions.

— Jupiter combattra pour nous !

— L'Occident sera soumis à Licinius !

Les deux armées étaient séparées par le cours de l'Hèbre. Constantin avait découvert un gué assez favorable pour faire franchir le fleuve à ses troupes. Pour tromper l'ennemi, il fit jeter un pont au point où l'attaque paraissait le plus difficile. Une partie de son armée passa le fleuve sur ce pont. Les troupes de Licinius se précipitèrent sur les assaillants. Le bataillon d'élite qui portait le labarum fut enveloppé de toutes parts et combattit avec un courage surhu-

main. Il allait plier sous le nombre et déjà le vexil-
laire qui tenait l'étendard reculait comme pour donner
ner le signal de le retraite. Valérien le lui arracha
des mains et porta le labarum en avant, au milieu
d'une grêle de traits qui ne pouvaient l'atteindre.
Pendant que ce valeureux bataillon opposait une
héroïque résistance aux efforts de l'ennemi, Constantin remontait l'Hèbre et le passait à gué avec le
reste de son armée. Il prit en flanc les troupes de
Licinius, qui ne s'attendaient pas à cette attaque. En
un moment, le désordre se mit dans leurs rangs.
La défense du pont fut abandonnée. Les soldats de
Constantin poussèrent des cris de victoire. L'ennemi se dispersa épouvanté. Licinius, voyant la
déroute de son armée, s'enfuit d'abord à Byzance,
puis à Chalcédoine. Constantin le poursuivit et le
vainquit dans une seconde bataille. Constantia s'in-
terposa entre son frère et son époux. Ses larmes
obtinrent le pardon de Licinius, qui vint à Nicomédie
s'incliner devant Constantin victorieux. Relégué à
Thessalonique, il ne put se résigner à son humiliation. Il essaya de nouer de nouvelles intrigues et de
soulever les barbares. Pour en finir avec ses trahi-
sons, Constantin le fit étrangler. Dans sa colère, il
égorgea aussi le fils de Licinius, un jeune enfant de
onze ans, qui n'aurait pas dû périr victime des tra-
hisons de son père. Hélas ! Constantin, voyant le
monde entier lui obéir, ne sut pas se soustraire à la
terrible ivresse du pouvoir absolu.

Eusèbe de Nicomédie voyait tous ses projets ren-
versés par la défaite et la mort de Licinius, mais il
n'était pas homme à se décourager facilement. Il

était toujours dans les bonnes grâces de Constantia, et il sut, par son entremise, se mettre en faveur auprès du vainqueur. Il aurait dû, ce semble, partager le sort de Licinius, dont il était le complice; mais son habileté le sauva. Constantin, après sa victoire, fixa d'abord son séjour à Nicomédie. Eusèbe se trouvait donc aussi rapproché de la cour qu'auparavant. Il n'y avait de changé que l'empereur. Il ne craignit pas de flatter son nouveau maître comme il avait flatté l'ancien. Constantin n'ignorait pas qu'Eusèbe avait été son ennemi, mais sa sœur l'avait disposé au pardon, et l'adulation acheva de le rendre clément. Il ne fut pas fâché d'entendre les protestations de dévouement de l'évêque de Nicomédie; et il prêta même une oreille trop favorable à ses paroles astucieuses.

Après un court séjour à Nicomédie, Constantin alla triompher à Rome, mais il ne monta pas au Capitole pour rendre grâce aux dieux. La plupart des grandes villes de l'Orient envoyèrent à Rome des députés pour féliciter Constantin de sa victoire, qui l'avait rendu seul maître de l'empire.

— Mon cher Métrodore, vous ferait-il plaisir d'aller à Rome? demanda Cléobule au rhéteur, lorsqu'il fut question à Alexandrie de choisir un député.

— Qu'irai-je y faire?

— Haranguer l'empereur au nom de notre province.

— Oh! oui, mon père, s'écria Thalie, allons à Rome. Quittons cette ville, où il est permis à des bouffons de se moquer d'une femme sans défense, et où la vraie doctrine ne rencontre que des ennemis

— Mais je ne puis aller à Rome que si Alexandrie veut bien me choisir pour son délégué auprès de l'empereur.

— Elle vous choisira, j'en réponds. On m'a offert cet honneur, mais rien ne me répugne plus que d'aller complimenter un homme que l'on accablerait d'injures s'il avait été vaincu au lieu d'être vainqueur. On m'a prié de désigner un orateur digne de se faire entendre à Rome, j'ai répondu que je ne connaissais que vous.

— Vous êtes vraiment un ami dévoué.

Métrodore fut en effet choisi pour aller prononcer à Rome un panégyrique de Constantin, au nom de l'Egypte. Thalie oublia tous ses ennuis passés.

— J'irai voir Rome, la ville aux grands souvenirs, la Ville Éternelle ! Je verrai de près un empereur, une impératrice. Régner à Rome, que peut-on rêver de plus beau ?... Valérien y sera sans doute. Je désire et je crains de le revoir. Il saura que je n'ai plus les mêmes croyances ; je saurai s'il a toujours le même amour.

VIII.

CRISPUS ET FAUSTA.

Métrodore ouvrit de nouveau son âme aux rêves ambitieux lorsque ses concitoyens l'eurent chargé d'aller en leur nom féliciter Constantin de sa victoire. La fortune semblait lui sourire. Elle lui offrait une occasion de s'illustrer, c'était à lui d'en profiter.

Avec quel soin il composa sa harangue ! Que de
peines il se donna pour être à la hauteur de son
sujet ! Dès qu'il avait arrangé une phrase, il la dé-
clamait à haute voix, pour juger de son harmonie.
Quand son oreille n'était pas satisfaite, il ajoutait un
mot ici, en retranchait un autre là, jusqu'à ce que
la période fût bien arrondie. Il délibérait longuement
sur le choix d'une épithète, sur le moyen de remplacer une expression commune par une périphrase
ingénieuse, sur l'à-propos d'une citation d'un vers
d'Homère, d'une exclamation de Démosthène, d'une
maxime de Platon. Il voulait surpasser en élégance
tous les autres orateurs. Il savait que Constantin
parlait très-bien le grec et il tenait à être loué par
celui dont il allait prononcer l'éloge.

Dès qu'Arius eût appris que Métrodore devait se
rendre à Rome et haranguer l'empereur, il lui écrivit
pour le complimenter et pour lui apprendre où en
étaient ses affaires depuis la défaite de Licinius.
« Ne crois pas, lui disait-il, que nous soyons décou-
ragés. Eusèbe, dont j'admire de plus en plus l'habileté,
a su se mettre au mieux avec le nouveau maître du
monde. Il espère se servir de Constantin pour le
triomphe de nos doctrines comme il se serait servi
de Licinius. Il a noué une nouvelle intrigue dont le
succès amènerait le nôtre. Il te prie instamment de
ne pas ménager les louanges à l'impératrice Fausta,
si tu veux qu'on te trouve éloquent. C'est l'idole du
jour ; il faut l'encenser pour réussir. Eusèbe est en-
chanté de l'empire que Constantin a laissé prendre à
Fausta. Il prétend qu'il sera facile de tout obtenir de
la fille de Maximien Hercule. Réjouis toi. »

Métrodore s'empressa de mettre à profit l'avis qu'Arius lui transmettait de la part d'Eusèbe de Nicomédie. L'éloge de Fausta fut la partie la plus soignée de son discours. Il compara tour à tour l'impératrice à tout ce qu'il y a de plus précieux dans les trois règnes de la nature, aux plus grandes déesses de l'Olympe, et aux anges qui président, sous les regards du Seigneur, au gouvernement des sphères célestes. Il pensa que sur tant de comparaisons, il y en aurait au moins une dont l'amour-propre de l'impératrice serait flatté. Lorsqu'il eut achevé sa harangue, lorsqu'il l'eut revue et corrigée, lorsqu'il fut content de toutes ses phrases, Métrodore partit pour Rome avec sa fille. Ils emmenèrent avec eux leurs deux esclaves, qu'ils traitaient avec assez de douceur pour ne pas leur faire désirer leur affranchissement.

Dès que Valérien fut informé de l'arrivée du rhéteur et de sa fille, il se hâta d'aller leur offrir ses services dans l'*Ile* où ils avaient loué des appartements pour le temps qu'ils devaient rester à Rome. La maison était située dans le voisinage du mont Quirinal. Comment peindre la joie de Valérien lorsqu'il se retrouva, comme à Arles, entre Métrodore et sa fille, Ils allaient donc passer encore ensemble de douces heures. Il remerciait le ciel qui lui accordait le bonheur de revoir Thalie plus tôt qu'il n'espérait. Il ne trouvait rien de changé en elle. Sa majestueuse beauté n'avait rien perdu de son éclat. Ses yeux jetaient toujours les mêmes flammes, sa voix avait toujours le même accent mélodieux. Mais elle semblait plus sérieuse qu'autrefois. Le sourire entr'ouvrait moins

souvent ses lèvres et un léger nuage de tristesse
voilait par moments son front gracieux. Mais Valérien n'aperçut pas ces signes d'une secrète inquiétude. Il était si heureux qu'il ne pouvait soup-
çonner la souffrance cachée de Thalie. Il ne se lassait
pas d'admirer par quelle suite d'événements inatten-
dus ils avaient quitté l'un les frontières des Gaules,
l'autre les rivages d'Egypte pour se retrouver à Rome.
Il aimait à croire que la Providence protégeait son
amour en même temps qu'elle veillait au salut de
l'empire romain.

Métrodore n'eut pas besoin de presser longtemps
Valérien pour lui faire raconter tous les détails de sa
vie, depuis le jour où il leur avait dit adieu sur le
navire qui allait les ramener dans leur patrie. Il fit
battre le cœur de Thalie, en lui disant combien, après
son départ, le séjour d'Arles lui était devenu pénible.
Il donna un souvenir à Rhodania, de qui les traits lui
rappelaient celle dont l'absence l'attristait. Il dit avec
quel art cette jeune enfant ciselait la pierre et il montra
le camée qu'il avait reçu d'elle avant de s'éloigner
d'Arles. En l'examinant, Thalie éprouva-t-elle un sentiment de jalousie? Pourquoi n'aurait-elle pas craint
un changement dans les affections humaines, elle dont
l'affection pour Dieu était si tristement changée? De
même qu'elle a cessé d'être fidèle à Jésus-Christ, pourquoi Valérien ne pouvait-il pas cesser un jour de
lui être fidèle?

Pour le moment, elle ne pouvait pas douter de
l'amour du jeune tribun militaire. C'était pour l'é-
mouvoir qu'il racontait les plus curieux épisodes de
sa campagne contre les Francs et des deux combats

livrés à Licinius avec une hardiesse justifiée par le
succès. Il rappelait ses conversations avec Lactance
et Optatien. Il vantait le courage, la pureté de mœurs,
la solide piété de Crispus.

— J'espère, cher Métrodore, que vous verrez de
près ce jeune prince. Vous serez séduit par la grâce
de ses manières et vous avouerez avec moi qu'il est
accompli.

— Apprécie-t-il un peu mieux l'éloquence que ne
le font ordinairement les hommes de guerre?

— S'il n'avait pas le goût des belles-lettres, Lactance, son maître, ne dirait pas de lui qu'il est son
meilleur ouvrage.

Lorsque Valérien eut raconté sa vie avec la verve
expansive que lui donnait son bonheur, il pressa
Thalie de lui dire ce qui l'avait occupée depuis leur
séparation. Elle pensa que ce n'était pas le moment
de déclarer qu'elle avait abandonné l'Eglise catholique pour se faire l'active propagatrice des doctrines
d'Arius. Pourtant, elle s'était promis de tout dire à
Valérien dès le premier instant de leur entrevue,
mais ce fier courage dont elle avait donné tant de
preuves dans les rues d'Alexandrie défaillit subitement. Elle se sentait dominée par Valérien, aussi
fidèle à Dieu et à son prince qu'à celle qu'il avait cru
digne de recevoir l'aveu de son amour. Quand elle
aura fait ce fatal aveu, il lui faudra peut-être renoncer
à la douceur d'être si tendrement aimée. Il lui en
coûterait trop de troubler maintenant cette pure affection qui se présente à elle avec tant de charmes, après
de si longs jours de séparation. Elle ne fit que des
réponses évasives aux questions de Valérien.

— Notre vie a été calme et uniforme. L'Egypte s'est peu ressentie de la guerre qui a livré l'Orient à Constantin. Les habitants d'Alexandrie n'ont pas de plus agréable distraction que d'entendre déclamer les rhéteurs ou discuter les philosophes.

— J'ai entendu dire qu'il s'était élevé là-bas un nouveau sophiste ; il se nomme, je crois, Arius. Il paraît que ce blasphémateur renouvelle l'hérésie de Paul de Samosate et méconnaît la divinité de notre Sauveur. A-t-il troublé toute l'Egypte, comme on l'a dit ? Le connaissez-vous, l'avez vous entendu ?

— C'est un des amis de mon père.

— Vraiment ! Vous devez savoir alors si c'est un homme dangereux.

— Il faut se défier de ce que raconte la renommée, répondit Thalie en rougissant. Il lui semblait qu'elle agissait lâchement en ne disant pas toute sa pensée, en ne prenant pas plus vivement la défense d'Arius. Mais elle ne pouvait se décider à faire si promptement une déclaration qui pouvait avoir pour elle des conséquences qu'elle redoutait. Elle voulait préparer lentement Valérien à un aveu complet. Elle ajouta avec un violent effort pour dissimuler son émotion :

— Que de fantômes paraissent terribles quand on les voit de loin et cessent d'effrayer dès qu'on les voit de près.

— Quelles sont au fond les doctrines d'Arius ?

— Il me serait difficile de les exposer complétement. Je sais seulement qu'il enseigne que Dieu ne peut pas avoir créé le mal...

— C'est ce que nous croyons tous.

— Et que le Verbe est au-dessus de toutes les créatures.

— C'est aussi notre foi.

— Qu'il ne peut y avoir qu'un seul Dieu.

— Nous ne disons pas autre chose.

— Vous voyez donc qu'il n'est pas très-dangereux.

Métrodore commençait à s'inquiéter. Il sentait que si les questions de Valérien devenaient plus précises, sa fille serait très-embarrassée pour lui répondre. Il se hâta de détourner la conversation.

— Avant de prononcer ma harangue devant l'empereur, je serais bien aise, mon cher Valérien, de la soumettre à votre jugement.

— Je l'entendrai bien volontiers. Elle me rappellera le temps où j'allais applaudir vos déclamations au théâtre d'Arles.

— Vous me direz franchement votre opinion ?

— J'estime trop votre talent pour ne pas joindre, s'il le faut, la critique à l'éloge.

Métrodore lut sa harangue avec son emphase accoutumée, faisant valoir chaque expression, s'arrêtant après les morceaux qui lui paraissaient le mieux réussis.

— Qu'en pensez-vous? demanda-t-il d'un air satisfait, lorsqu'il eut achevé sa lecture.

— C'est un beau morceau d'éloquence, et je suis sûr que la cour en sera charmée. On y retrouve votre élégance ordinaire, vos comparaisons ingénieuses, vos phrases habilement cadencées. J'aurais préféré un peu plus de simplicité, mais ce style pompeux est peut-être de circonstance quand on s'adresse à l'empereur. Je ne vous ferai que deux observations : vous ne dites rien de Crispus, et vous parlez trop de Fausta. Vous faites de l'impératrice un éloge exagéré.

— On dit qu'elle aime les louanges.

— Ce n'est pas une raison pour les lui prodiguer. Croyez-vous qu'elle mérite d'être portée aux nues ?

— Comment ne pas la flatter un peu, si c'est elle qui règne et gouverne ?

— Il n'est que trop vrai qu'elle a su prendre sur l'esprit de Constantin un empire dont nous gémissons tous. Si je croyais aux opérations magiques, je dirais qu'elle a dû lui faire boire quelque philtre préparé avec le secours des démons. Mais ce n'est pas en exaltant son orgueil par des louanges excessives que nous combattrons sa funeste influence.

—Une autre fois, je serai plus réservé, mais je gâterais mon discours si je retranchais quelque chose de ce passage que j'ai travaillé avec un soin tout particulier.

— Faites-moi du moins le plaisir d'ajouter quelques lignes en l'honneur de Crispus. L'empereur vous saura gré de tout le bien que vous direz de son fils.

— Je tâcherai de trouver deux ou trois jolies phrases. Je puis le comparer au jeune Astyanax, fils d'Hector, ou à Jonathas, fils de Saül...

— Comparez-le à qui vous voudrez, mais n'oubliez pas de parler de lui. Vous mécontenteriez tous ceux qui ont combattu à ses côtés.

Dès que tous les députés qui devaient haranguer Constantin au nom des provinces furent arrivés à Rome, on leur fit savoir le jour fixé par l'empereur pour entendre toute cette rhétorique. Lorsque les orateurs, introduits par un chambellan, entrèrent dans la grande salle du palais impérial, un spectacle imposant frappa leurs regards. Constantin, revêtu de la pourpre impériale, était assis sur un trône. Il avait à sa gauche son fils Crispus et à sa droite l'impératrice Fausta, autour de laquelle étaient rangés ses trois jeunes fils : Constantin, Constance et Constant.

— Quel regret, se dit Métrodore, de n'avoir pas songé à ces trois enfants ! J'aurais ajouté à mon discours une phrase en l'honneur de chacun d'eux. Comme leur mère serait flattée ! J'aurai peut-être le temps de réparer cet oubli, si je parle le dernier.

A droite et à gauche de la famille impériale se tenaient debout les dignitaires de la cour, des clarissimes, des perfectissimes, des illustres, les employés supérieurs du fisc, le préfet du prétoire, les généraux, les tribuns militaires. Valérien était perdu dans la foule. Il avait à ses côtés Optatien, qui, de temps en temps, lui glissait dans l'oreille quelque méchante épigramme sur la tenue embarrassée des orateurs.

Métrodore parla le dernier. Il n'eut pas le temps de composer une phrase pour chacun des fils de Fausta, mais il en arrangea une qui pouvait compter pour trois. Parmi ceux qui parlèrent avant lui, les uns félicitèrent Constantin d'avoir donné aux chrétiens la liberté religieuse; ils déplurent à l'impératrice. Les autres exprimèrent l'espoir que les dieux protecteurs de Rome ne seraient pas abandonnés, et que la liberté accordée à une religion nouvelle ne diminuerait pas l'éclat du vieux culte national; ils déplurent à Constantin. Métrodore ne parla ni du christianisme ni du paganisme. Il était là pour complimenter et il ne fit pas autre chose. La satisfaction se peignit sur

tous les visages à mesure qu'il déroula ses intermi-
nables louanges enchaînées l'une à l'autre comme les
fleurs d'une guirlande. Constantin ne sourcilla pas
lorsque l'orateur, avec beaucoup de périphrases, lui
dit qu'il était plus vaillant qu'Alexandre, plus prudent qu'Annibal, plus habile politique que César-
Auguste. L'impératrice était dans le ravissement.
Jamais on n'avait fait fumer devant elle un encens
plus enivrant. La phrase sur ses trois fils acheva de
la transporter de bonheur. Mais elle pâlit en entendant
l'éloge de Crispus. Son mécontentement fut si visible
que Métrodore se troubla un moment et regretta d'a-
voir suivi le mauvais conseil de Valérien.

Constantin répondit brièvement mais en excellents
termes aux députés des provinces. Il les remercia des
paroles flatteuses qu'ils venaient de lui adresser. Il
rassura tour à tour les païens et les chrétiens. Il garantit aux uns et aux autres la même liberté. Il dit que
le christianisme, après avoir été persécuté pendant
trois siècles, n'aspirait pas à devenir à son tour persécuteur. Il ajouta qu'il punirait sévèrement ceux qui,
sous prétexte de religion, troubleraient la paix
publique.

Avant de retourner dans sa province, chaque rhéteur reçut de Constantin un présent digne de sa
munificence. Métrodore fut le mieux traité. Il fut
nommé orateur de la cour et largement pensionné.
Cet honneur inattendu lui persuada qu'il était l'homme le plus éloquent de la terre. Il aurait dû seulement lui prouver la puissance de la flatterie, car
l'impératrice lui fit savoir que c'était elle qui avait
déterminé Constantin à garder auprès d'eux un homme

qui les avait si bien loués. Quand il connut d'où lui venait un tel bienfait, il déclara que son dévouement pour celle qui lui faisait de si honorables loisirs ne connaîtrait plus de bornes.

Thalie ne fut pas moins reconnaissante. Grâce à la nouvelle position de son père, elle pouvait, croyait-elle, passer plusieurs années à Rome et ne retourner en Egypte que lorsqu'Arius obligerait ceux qui l'avaient excommuniés à le recevoir avec honneur. C'était à l'impératrice qu'elle devait le bonheur d'habiter la Ville éternelle pendant que Valérien y était retenu par les devoirs de sa charge. Mais ne le devait-elle pas à l'évêque de Nicomédie, qui avait recommandé si à propos à son père de ne pas oublier Fausta dans ses éloges? Elle associait dans sa gratitude Eusèbe et Fausta. Elle était heureuse d'avoir reçu un bienfait de celle en qui les partisans d'Arius mettaient toutes leurs espérances.

Maintenant que le rhéteur et sa fille, obligés de fixer à Rome leur séjour, ne songeaient plus à retourner en Egypte, Valérien soupirait après le moment où il pourrait s'unir à Thalie par les nœuds de l'hyménée. Il exprima ses désirs à Métrodore avec toute la chaleur d'un cœur épris. Le rhéteur était trop flatté de cette demande pour refuser d'accorder sa fille à un ami du fils de l'empereur, à un vaillant militaire à qui chacun prédisait un brillant avenir. Thalie aurait préféré retarder son mariage jusqu'au jour du triomphe d'Arius, mais elle ne pouvait pas accueillir froidement les prières de Valérien qui la suppliait de hâter son bonheur. Elle gagna du temps. On fixa aux prochaines fêtes de Pâques la célébration des fiançailles, qui devaient précéder le mariage de quelques mois.

Une nouvelle série de jours fortunés commença pour Valérien. Il lui semblait qu'ils ne finiraient plus et que désormais rien ne pouvait troubler la sérénité de sa vie. Il était heureux de faire connaître à Thalie les magnificences de Rome. Ils visitèrent ensemble les monuments de la Ville éternelle. Alexandrie était la reine de l'Egypte, mais combien sa beauté pâlissait, comparée à celle de Rome, la reine du monde ! Thalie, dont le sentiment du beau était très-vif, demeurait muette d'admiration devant le palais des empereurs, les thermes de Caracalla, les jardins de Fronton et de Pompée, le Panthéon d'Agrippa, le théâtre de Germanicus, le cirque de Néron, les portiques de la *Septa Julia*, élevés par Auguste, le *Septizonium* de Sévère. Valérien lui montra les monuments funéraires qui bordaient la voie appienne, le tombeau de Scipion, celui de Cécilia Métella, le môle d'Adrien qui devait devenir le château Saint-Ange. Il la conduisit à l'amphithéâtre de Vespasien, appelé aujourd'hui le Colisée. Un religieux silence avait remplacé les bruits horribles qui vingt ans auparavant retentissaient sous les galeries de ce gigantesque monument et allaient émouvoir les spectateurs assis sur les plus hauts gradins. L'arène n'était rougie ni par le sang impur des gladiateurs ni par le sang sacré des martyrs. Les bêtes féroces ne rugissaient plus dans leurs cages souterraines. Un peuple féroce n'applaudissait plus les belluaires, dont la forte épée abattait les lions à leurs pieds. On n'entendait ni les hymnes que chantaient les chrétiens déchirés par les léopards, ni les adieux à la vie des gladiateurs disant à César : « Ceux qui vont mourir te saluent. »

— Vous savez, dit Valérien, que les innombrables juifs, emmenés comme de vils esclaves, après la ruine de Jérusalem, ont été employés à construire cet amphithéâtre où tant de martyrs ont été égorgés. Les empereurs romains croyaient que ce monument colossal attesterait leur victoire sur les juifs et leur victoire sur les chrétiens ; mais jusqu'à la fin des siècles, il ne rappellera qu'une chose : le triomphe du christianisme. Le palais des Césars sera détruit, l'amphithéâtre de Vespasien restera debout. Jusqu'au dernier jour du monde, on viendra se prosterner avec respect sur ce sable qui a bu le sang des martyrs. Un jour sans doute une croix sera plantée au milieu de l'arène et personne ne traversera l'amphithéâtre sans s'agenouiller un moment au pied de cette croix.

Valérien montra aussi à Thalie les cimetières où les chrétiens ensevelissaient leurs morts et célébraient les saints mystères pendant les jours de persécution. Ces catacombes n'étaient déjà plus des souterrains impénétrables connus seulement des fidèles et soigneusement cachés aux païens. Maintenant que la liberté était donnée à l'Église, on honorait publiquement les martyrs déposés dans ces cimetières. La foule affluait vers leurs tombeaux au jour anniversaire de leur mort. On avait dressé un calendrier qui indiquait aux fidèles vers quel cimetière ils devaient porter chaque jour le tribut de leur iété et de quel martyr ils devaient vénérer les glorieux ossements. Des entrées commodes, des escaliers à pente douce rendaient plus faciles, pour les chrétiens du quatrième siècle, le pèlerinage aux tombeaux des martyrs ensevelis dans les catacombes. Au dessus de l'entrée de la plupart des cimetières, on érigeait une basilique en l'honneur du plus illustre des martyrs dont ils abritaient les reliques.

—Ces cimetières, disait Valérien, complètent l'enseignement que nous a donné l'amphithéatre de Vespasien. Qui a vaincu le monde, les persécuteurs ou les martyrs? La doctrine de ceux qui sont morts pour Jésus-Christ s'est propagée d'une extrémité du monde à l'autre, malgré les édits de Néron et de Galérius. Ces chrétiens, qui se laissaient égorger plutôt que de renier leur foi, seront éternellement honorés et le nom de leurs bourreaux sera maudit jusqu'à la fin des temps. Dans quelques années, on cherchera vainement les restes des maîtres de la terre qui se sont ligués contre le Seigneur et contre son Christ, mais les restes des martyrs, enchâssés dans l'or et les pierreries, seront exposés à la vénération des fidèles jusqu'au dernier jour du monde.

Les effusions de piété que Valérien ne pouvait contenir, lorsqu'il voyait dans les derniers monuments de Rome païenne et dans les premiers monuments de Rome chrétienne une preuve de la toute-puissance et de la divinité de Jésus-Christ, n'excitaient jamais dans l'âme de Thalie un égal enthousiasme. Il ne remarqua pas d'abord la différence de leurs sentiments. Mais peu à peu ses promenades avec Thalie à travers Rome devinrent plus rares. Elle avait fait de nouvelles connaissances dont elle ne lui parlait pas. Souvent elle paraissait préoccupée et ne répondait à ses paroles qu'avec distraction. Elle avait sans doute un secret qu'elle n'osait pas ou ne voulait pas lui confier. Il se rappela avec quelle vivacité elle avait défendu Arius, et un soupçon douloureux pénétra dans son âme, malgré tous les efforts qu'il fit pour le chasser.

Un jour, en sortant de sa maison, Thalie avait été abordée par un inconnu qui lui dit:

— Arius et l'évêque de Nicomédie présentent leurs hommages à la docte fille du rhéteur Métrodore.

— Comment me connaissez-vous et de quel message êtes-vous chargé? demanda Thalie avec étonnement.

— Arius compte à Rome un certain nombre de partisans dévoués; mais nul ne l'est plus que moi, qu'ils veulent bien reconnaître comme leur chef.

— Vous vous appelez?

— Artémonide.

— Etiez-vous en Egypte lorsqu'Arius y enseignait le vrai système chrétien?

— Je n'ai jamais quitté Rome, où je continue l'école fondée par Théodote de Byzance et par Artémon. Nous formons un groupe assez nombreux. Lorsque nous avons appris qu'Arius développait en Egypte une doctrine conforme à la nôtre, nous nous sommes mis en rapport avec lui et avec son protecteur, l'évêque de Nicomedie. Eusèbe nous a fait savoir que vous étiez à Rome et il nous a recommandé de vous associer à nos efforts. Il nous dit que personne ne peut nous être d'un plus grand secours.

— Je serais heureuse assurément de continuer ici l'œuvre que j'avais commencée en Egypte.

— L'impératrice vous récompensera de tout ce que vous ferez pour nous.

— Quoi ! vous êtes protégés par ma bienfaitrice !

— Nous servons ses intérêts, elle sert les nôtres.

— Je ne demande qu'à vous être utile.

— Nous allons tenir une de nos réunions ; voulez vous y assister ?

— Très-volontiers.

Artémonide conduisit Thalie dans une maison spacieuse, située au pied du mont Cœlius. Une centaine de personnes étaient rassemblées dans le *triclinium* ou salle à manger, transformée en salle de réunion. Les femmes y étaient en minorité.

— Voici la docte jeune fille, dit Artémonide, à laquelle Arius a dédié son fameux poème où nous avons trouvé, sur la Trinité, une doctrine si conforme à celle de nos maîtres.

Thalie aussitôt fut entourée par l'assemblée avec des signes expressifs d'admiration. Elle dut raconter en peu de mots l'histoire d'Arius, de sa lutte contre le patriarche et son diacre Athanase, de sa condamnation par le concile d'Alexandrie.

— Puisque vous avez eu l'avantage d'être instruite par Arius lui-même dit un des assistants, aidez-moi à convaincre ce partisan de la Trinité qui ne veut pas comprendre mes raisonnements.

— Je comprendrais encore moins le système d'Arius, qui fait d'une créature le créateur du monde sous prétexte que la matière est le principe du mal.

— Tu ne peux rester parmi nous si, après avoir fait profession de notre doctrine, tu vas consulter les catholiques.

— Je ne demande qu'à être éclairé.

— Ecoute donc bien mon raisonnement : Ou le Christ est Dieu, ou il est homme; or il est homme, puisqu'il est né de Marie et qu'il est visible : donc il n'est pas Dieu. Qui ne sait que Dieu est invisible?

— Ton raisonnement n'est pas logique. Tu ne fais que deux suppositions, tandis que l'on peut en faire trois. Tu dis : Ou le Christ est Dieu, ou il est homme. Il faut ajouter : Ou il est Dieu et homme tout ensemble.

— S'il est Dieu, il ne peut pas être homme, et s'il est homme il ne peut pas être Dieu.

— C'est ce qu'il faut prouver. Montre-moi clairement qu'il est impossible à la nature divine de s'unir à la nature humaine.

— Cessez toutes ces discussions, dit Artémonide, voici Corvinus, le grand chambellan de l'impératrice.

Il se fit un grand silence, et Corvinus entra dans la salle. C'était un homme d'une haute stature, au regard faux, aux lèvres plates, dont tous les traits annonçaient une âme basse et perfide.

— Commençons nos délibérations, dit Artémonide. Il n'y a pas ici de faux frères et je puis vous confier ce que m'écrit l'évêque de Nicomédie. Si vos doctrines font peu de progrès à Rome, il n'en est pas de même en Orient. L'Egypte, la Palestine, la Syrie, l'Asie-Mineure sont gagnées au système d'Arius, qui, vous le savez, diffère très-peu du nôtre. Dès que nous aurons pour nous l'appui du chef de l'État, personne ne croira plus aux trois personnes divines. Son Éternité l'impératrice ne demande qu'à nous protéger ouvertement.

Ici Corvinus inclina la tête en signe d'assentiment.

— Tant que la très-glorieuse et très-auguste Maxi-
mina-Fausta sera sur le trône, Constantin favorisera
nos efforts pour simplifier le christianisme. Mais
nous avons un ennemi redoutable en la personne de
son fils Crispus. Si jamais il devient empereur, il
persécutera ceux qui ne veulent pas reconnaître comme lui la divinité du Christ. Dans l'intérêt de la
cause que nous servons, il faut que nous empêchions
Crispus de régner. Il est temps d'agir. Tout serait
perdu si Constantin associait son fils à l'empire.

— Essayons d'ameuter le peuple contre lui, dit
une voix.

— Est-il défendu de faire tomber sous le poignard
un ennemi de la vérité ? demanda un autre.

— Il vaudrait mieux lui faire présenter par un
esclave un breuvage empoisonné, dit un troisième.

Corvinus prit la parole.

— J'espère que dans peu de temps Crispus ne sera
plus à craindre. Ne me demandez pas comment et
par qui vous serez délivrés du principal obstacle à vos
projets. Jurez seulement que vous êtes prêts à vous
dévouer jusqu'à la mort à l'impératrice et à ses enfants.

— Nous le jurons ! nous le jurons ! s'écrièrent
tous les assistants.

— Que personne n'oublie son serment lorsque le
moment sera venu de le lui rappeler.

Artémonide demanda si la doctrine qui repous-
sait l'incarnation du Verbe avait fait quelque progrès
dans Rome, depuis la dernière réunion de ses partisans. Chacun raconta les efforts qu'il avait faits pour
gagner des prosélytes.

—Nous réussirions plus promptement, dit l'un, si tous ceux qui nient la vérité savaient s'entendre, mais les *Patripassiens* et les Sabelliens prétendent qu'ils ne pourraient plus se dire chrétiens, s'ils n'admettaient pas la divinité du Christ.

— Adressons-nous de préférence aux juifs et aux païens, répondit Artémonide. Comme notre système est plus simple que celui des catholiques, ils l'accepteront plus facilement.

— Je m'étonne vraiment que, malgré la simplicité de notre système, nous fassions si peu de conversions parmi les juifs et les païens, tandis que les catholiques en font tant, quoiqu'ils les obligent à croire des dogmes qui heurtent la raison.

Après une courte délibération sur les moyens à prendre pour combattre avec plus de succès la doctrine des trois personnes en Dieu, l'assemblée se sépara. Artémonide reconduisit Thalie chez son père.

— Qu'est-ce donc, lui demanda-t-elle que ces Patripassiens et ces Sabelliens dont il a été question?

— Rome est le centre où viennent aboutir tous les systèmes, lui répondit Artémonide. Tous ceux qui, depuis un siècle, s'efforcent de remplacer la théorie de la Trinité des personnes divines, ou de *l'économie* en Dieu, par la théorie de l'unité absolue ou de la *monarchie*, sont venus exposer leur doctrine à Rome. Ils se sont divisés en deux grandes écoles. Les uns, pour détruire radicalement la théorie de la Trinité, ne veulent voir qu'un homme dans Jésus-Christ, que les catholiques adorent comme le Verbe incarné. C'est le système de Théodote de Byzance, de mon maître Artémon et d'Arius. D'autres ont imaginé un autre moyen de faire évanouir la théorie de la Trinité. Ils admettent que Jésus-Christ est Dieu et homme tout ensemble, mais ils ajoutent que ce n'est pas une autre personne que le Père qui s'est incarné et qui a souffert pour nous : de là vient qu'on les appelle les *Patripassiens*, parce qu'ils attribuent au Père l'Incarnation et la Rédemption. C'est le système de Praxéas, qui vint de l'Asie-Mineure à Rome, et de Noétus de Smyrne, dont ses disciples ont apporté la doctrine ici. Il y a cette ressemblance entre notre système et le leur que nous repoussons également la Trinité ; mais il y a cette différence qu'ils voient en Jésus-Christ un Dieu, tandis que nous n'y voyons qu'un homme. Sabellius a complété le système de Praxéas et de Noétus, qui ne s'étaient pas occupés du Saint-Esprit. Les trois personnes divines ne sont pour lui que trois manifestations différentes et successives de la divinité.« La monade en se développant est devenu triade» : tel est son axiome principal. Dieu, dit-il, s'est d'abord développé dans le monde : c'est alors qu'il a été Père. Il s'est ensuite développé dans l'humanité : c'est alors qu'il a été Fils; enfin il s'est développé dans l'Église : c'est alors qu'il a été Saint-Esprit.

— Ce système est ingénieux, mais il est trop subtil et trop compliqué.

— Vous avez raison : tenez-vous-en à ce que vous avez appris d'Arius.

Rentrée chez elle, Thalie ne put penser sans trouble à l'assemblée dont elle venait de faire partie. Ces défenseurs d'une doctrine semblable à celle d'Arius avaient des allures de conspirateurs. Thalie n'aimait pas Crispus, mais elle frissonnait à la pensée qu'un

fanatique était capable de l'égorger ou de l'empoi-
sonner. Qu'a voulu dire le chambellan de l'impératrice, en annonçant que bientôt Crispus ne serait plus
à craindre? Fausta pousserait-elle la haine jusqu'à
tramer un complot contre la vie du jeune prince?
Thalie ne peut pas le penser. Elle voudrait savoir ce
qui doit arriver à Crispus, mais comment connaître
l'avenir? Que n'est-elle plus instruite des opérations
magiques pratiquées en Egypte par les disciples de
Jamblique et de Porphyre! Elle n'ose offrir les sacrifices théurgiques ; ce serait une idolâtrie. D'ailleurs
ce n'est qu'après un long exercice qu'on parvient à
obtenir une réponse des bons génies. Elle se souvient
du mot de Jamblique : « Une divinité dont on a
oublié le nom, ou à laquelle on n'a point présenté
la pierre, l'herbe ou le parfum qui lui plaît, fait
manquer le sacrifice. » Elle n'est pas suffisamment
initiée aux mystères de la théurgie. Mais son esclave
sait peut-être comment on évoque les génies inférieurs
et malfaisants, comment on les force à révéler l'avenir. Elle interroge Baucis.

— Aucune magicienne, en Egypte, ne t'a-t-elle
appris l'art des évocations?

— Non, je ne sais pas faire parler les démons-
mais je puis composer des philtres avec de la man,
dragore et de la valérianne, et fabriquer des talismans avec des crapauds desséchés et le sang d'un
chien noir.

— Pourrais-tu me dire ce qui arrivera dans quelques jours ou dans quelques mois à une personne
dont la vie est menacée d'un grand danger?

— Mon talent ne va pas jusque-là. Je ne sais pas

même tracer le carré magique, mais je puis vous conduire chez une Egyptienne qui n'ignore aucun secret de la magie. Elle évoque les morts, elle fait apparaître des spectres, elle rend invisible, elle change les hommes en loups.

— Où demeure-t elle ?

— Dans une affreuse maison de la Suburra.

— Comment la connais-tu ?

— Je suis allée chez elle avec une esclave qui appartenait au même maître que moi lorsque Cléobule m'a achetée.

— Que lui as-tu demandé ?

— Je voulais savoir quand je serais affranchie.

— Que t'a-t-elle répondu ?

— Quand un vaisseau allant de Bythinie en Egypte verra une muse se précipiter dans les flots.

— Ce n'est pas très-clair. N'importe, nous irons voir ta magicienne.

La maison où Thalie fut conduite par son esclave était bien la plus noire et la plus délabrée de toutes celles qui cachaient leurs laideurs dans le quartier de la Suburra. La magicienne, vêtue de haillons, le visage ridé, la tête hérissée de cheveux blancs, était plus hideuse à voir que la Canidie dont Horace a décrit les maléfices. Dans son antre, étaient épars des ossements desséchés, des plantes vénéneuses, des figures de cire, des lames d'airain chargées de signes mystérieux.

— Que me voulez-vous ? demanda-t-elle à Thalie d'un ton brusque en jetant sur elle un regard qui la fit frissonner.

— Je voudrais savoir de vous quel est le sort réservé à une personne qui m'intéresse.

— Les démons ne répondent qu'à ceux qui les réjouissent par une offrande.

Thalie jeta une pièce de monnaie sur une table de pierre semblable aux autels domestiques des Romains.

— Parmi ces figures de cire, y en a-t-il une dont les traits rappellent celui pour qui vous m'interrogez?

— Vous avez son image sur cette pièce de monnaie.

— Ah! ah! le fils de l'empereur qui proscrit le culte de nos dieux! Vous voudriez peut-être vous faire aimer par ce chrétien qui déteste les démons?

— Je ne l'aimerai jamais et je mépriserais son amour, mais je voudrais connaître le sort qui l'attend.

La magicienne traça un cercle autour d'elle, égorgea sur l'autel une poule noire, écrivit sur un fragment de papyrus le nom de Crispus et l'entoura de caractères hiéroglyphiques. Elle alluma un feu de racines de lierre et de branches de cyprès, et brûla le papyrus devant un miroir d'acier poli semblable au disque de la lune, en nommant les trente-six génies qui, d'après les Egyptiens, présidaient au zodiaque. On entendit dans l'antre de la magicienne un gémissement plaintif, puis un murmure pareil à un bruit confus de syllabes prononcées à voix basse.

— Tryphon est puissant et tout ce qu'il annonce arrivera, dit l'Egyptienne. N'avez-vous pas entendu son oracle?

— Nous n'avons pu saisir toutes les paroles.

— Les profanes ne peuvent comprendre le langage des démons de l'air, des fleuves et des abîmes infernaux. Voici ce que Tryphon prédit du fils de l'odieux empereur qui protége les chrétiens :

Le coup fatal qui tranchera sa vie
Sera porté par une main chérie.

— Que signifie cet oracle?

— Malheur à moi, si j'osais interpréter les paroles de l'esprit qui a répondu à mes évocations !

En s'éloignant de l'antre de la magicienne, Thalie était encore plus agitée qu'en y entrant. Si l'oracle dit vrai, Crispus doit périr! On trame un complot contre lui! Mais quelle est la main chérie qui doit le frapper? Parmi les amis du jeune prince, quel est celui qui est capable de le trahir? Assurément, ce n'est pas Valérien. Thalie est tentée de lui révéler tout ce qu'elle a entendu dans la réunion où l'a conduite Artémonide. Mais peut-elle livrer un secret qui compromettrait plusieurs personnes et peut-être l'impératrice elle-même! En assistant à cette réunion, ne s'est-elle pas engagée à garder le silence? D'ailleurs, si la mort de Crispus doit hâter le triomphe d'Arius, elle ne doit rien faire pour l'empêcher. Elle résolut d'attendre les événements. Son attente ne fut pas longue.

Si Constantin régnait en maître absolu sur le monde, Fausta régnait en souveraine sur le cœur de Constantin. Mais Crispus jetait une ombre sur sa joie. Ses brillantes qualités, ses récentes victoires étaient pour elle autant de motifs de le détester. Elle frémissait à la pensée que le fils de Minervina serait un jour associé à l'empire, et, peut-être, hériterait seul du pouvoir suprême. Quel sera le sort des trois fils qu'elle a donnés à Constantin? Ils ne seront pas mieux partagés sans doute que les fils de la seconde femme de Constance-Chlore. Le fils d'Hélène ne les a pas fait asseoir avec lui sur le trône. Fausta ne connaît qu'un moyen d'assurer l'empire à ses fils : la mort de Crispus. Elle a juré de le faire périr. Corvinus s'est fait le complice de sa haine et de sa barbarie. Il est allé demander un breuvage empoisonné à la magicienne dont Thalie a visité l'antre hideux. Mais la coupe qui contenait ce breuvage s'est brisée au moment où Crispus allait la porter à ses lèvres. Il n'ose pas assassiner lui-même le prince. Volontiers il paierait un sicaire, mais il craint d'être trahi. La magicienne lui donne un affreux conseil.

— Constantin est tellement épris de l'impératrice qu'il est capable de tout dans un accès de jalousie. Qu'elle lui persuade que Crispus est brûlé de coupables désirs et qu'il a osé les lui déclarer.

Le sang de Maximien-Hercule ne coulait pas en vain dans les veines de Fausta. Elle était capable de jouer un rôle odieux pour faire peser sur Crispus les terribles soupçons de Constantin.

— Je vous en supplie, pour mon honneur et pour le vôtre, dit-elle à l'empereur, défendez à Crispus de me voir.

— Il me semble pourtant que vous n'avez pas à redouter sa haine.

— Je ne crains rien de sa haine, mais je crains tout de son amour.

— Qu'entends-je ? que voulez-vous dire ?

— Ne me forcez pas à m'expliquer davantage, mais comprenez que je ne puis plus le voir ni l'entendre.

Constantin hors de lui cherche son fils. Il parcourt toutes les salles du palais impérial. Il retourne dans l'appartement de l'impératrice. Il y trouve Crispus. Ignorant l'horrible intrigue dont il va être la victime, le prince qui, dans sa noble candeur, ne peut se résigner à la haine de sa marâtre, est venu la conjurer de lui pardonner ses torts involontaires et de le traiter comme un de ses enfants.

— Qu'ai-je fait pour que vous me détestiez.

— Vous me regardez comme une étrangère.

— Ne le croyez pas. Je vous aime comme si vous étiez ma mère et je serais trop heureux si vous daigniez agréer mon amour.

— Non, je ne puis pas vous aimer, je ne vous aimerai jamais ! s'écria Fausta qui entend un bruit de pas bien connu.

Constantin a entendu les derniers mots prononcés par son fils et par l'impératrice. Il écarte les rideaux qui ferment l'appartement et voit Crispus embrassant les genoux de Fausta. Il se précipite sur lui l'épée à la main.

— Misérable ! tu voudrais séduire l'épouse de ton père.

— Connaissez mieux votre fils ! . . .

Il ne peut s'expliquer davantage. Aveuglé par la jalousie et la colère, Constantin lui a plongé son épée dans le cœur ; il tombe baigné dans son sang, et il expiré en murmurant : Mon père . . . je suis innocent ! . . .

Devant le cadavre de son fils, Constantin subitement apaisé, resta muet d'horreur. Fausta se jeta dans ses bras et versa des larmes de joie en feignant un excès de douleur ; quelques moments après elle se réjouissait avec Corvinus du succès de sa perfidie. Rome entière fut dans la stupeur lorsque se répandit le bruit de la mort de Crispus. Les courtisans racontèrent qu'une maladie soudaine avait emporté le jeune prince ; mais, avant la fin du jour, chacun sut que son père l'avait percé de son glaive. Les chrétiens ne cachaient ni leur tristesse ni leurs appréhensions. Ils s'attendaient à de nouvelles persécutions ordonnées par Constantin, pour plaire à Fausta, son mauvais génie.

Le pape Sylvestre ne craignit pas de franchir le seuil du palais impérial et de reprocher à Constantin le sang innocent qu'il avait versé. Mais l'empereur ne l'écouta pas avec autant de repentir et d'humilité que David, après le meurtre d'Urie, écouta le prophète Nathan.

— Ces chrétiens abusent de la liberté que vous leur avez accordée, lui dit Fausta. Ce n'est pas le prêtre de Jupiter qui vous aurait parlé avec tant d'audace. L'évêque de Rome se croit le droit de juger les actions des empereurs comme celles de leurs sujets. On dirait que Rome lui appartient et que les Césars n'ont plus qu'à chercher ailleurs une autre ville impériale.

Constantin, poussé par Fausta, donna l'ordre à Valérien de s'emparer du pape Sylvestre et de l'enfermer dans la prison Mamertine. Valérien se hâta de faire prévenir le pape de l'ordre qu'il devait exécuter. Sylvestre quitta Rome et se retira sur le mont Soracte. On saisit un certain nombre de chrétiens qui avaient exprimé plus bruyamment que les autres les craintes que leur inspirait le meurtre de Crispus, et on les

13

mit en prison. Artémonide et ses disciples parcoururent la ville en criant : Vive Constantin ! Vive Fausta ! mais leur voix ne rencontra aucun écho.

Les amis de Crispus, l'infortunée victime de la haineuse Fausta, voyant que le gouvernement de Constantin tournait à la tyrannie, prenaient soin de dissimuler en public leur indignation, mais ils laissaient déborder toute l'amertume de leur cœur chez le consul Ablavius. Atterré par l'acte barbare de Constantin, le consul Ablavius soupçonnait l'intrigue qui avait amené le meurtre de Crispus, et il cherchait les moyens de la découvrir et de la punir.

— J'ai fait aujourd'hui une petite épigramme sur le règne de Constantin, qui tient si mal ce qu'il promettait, dit un soir Optatianus au groupe d'amis réunis chez Ablavius.

— Quelle forme as-tu donné aux vers de ton épigramme, demanda Valérien ? La forme d'un navire, d'un autel, d'une lettre grecque ?

— C'est un distique très-simple. Le voici :

Qu'on ne regrette plus l'âge d'or Saturnien ;
Le nôtre est de rubis, mais rubis Néronien.

— Cette nuit, dit Ablavius, cette épigramme sera affichée à la porte du palais de Constantin.

— Par qui ?

— Par moi.

— Quelle imprudence !

— Ou je réveillerai la conscience endormie de l'empereur ou je suivrai Crispus au tombeau.

Le lendemain, Constantin put lire sur la porte de son palais ces vers qui comparaient son règne à celui de Néron. Il frémit de colère et sentit l'aiguillon du

remords. On chercha l'audacieux qui avait osé porter
si près du trône l'expression de la douleur et de
l'effroi du peuple, on ne le trouva pas. Mais il ne fut
que trop facile de savoir qu'Optatien était l'auteur
de cette épigramme. N'écoutant que son amour-
propre de poète, il était allé la débiter partout. Constantin voulut le punir à la façon d'Auguste plutôt
qu'à la façon de Néron. Il l'exila en Bythinie. Le
départ de Lactance suivit de près celui d'Optatien.
Le maître de Crispus, qui avait fondé de si belles
espérances sur son élève, ne put se résigner à vivre
près du père qui l'avait égorgé: il alla cacher dans la
solitude sa vieillesse inconsolable.

Valérien aurait voulu imiter Lactance, tant sa
tristesse était profonde. Il se voyait privé de ses
amis par la mort et l'exil. Thalie fut touchée de son
abattement et redevint pour lui aussi affectueuse
qu'aux premiers jours. Elle lui raconta sa visite à la
magicienne de la Suburra et lui dit combien elle était
frappée de l'exact accomplissement de l'oracle obtenu
par ses incantations. Valérien ne croyait pas que les
magiciens fussent capables de prédire l'avenir. Il se
demanda si l'Egyptienne, en répondant aux questions de Thalie, ne savait pas ce qui devait arriver.
Il fit part de ses soupçons au consul Ablavius. Ils se
rendirent chez la magicienne pour lui arracher son
secret. Les menaces ne purent rien sur elle, mais elle
ne résista pas à la séduction de l'or. En saisissant
d'une main avide les sesterces que lui offrit Ablavius,
elle révéla toute la conjuration qui avait abouti à la
mort de Crispus. Le consul aussitôt courut au palais
impérial.

— Seigneur, on vous a trompé, dit-il à Constantin, on s'est joué de votre affection pour faire périr un innocent.

— Ne me parlez plus de Crispus, ou craignez ma colère.

— Tuez-moi si vous le voulez, mais écoutez-moi. Je mourrai volontiers si je puis vous faire connaître la vérité.

— Parle donc, mais veille sur tes paroles.

— Pour assurer à ses fils le pouvoir suprême, l'ambitieuse Fausta n'a pas craint d'accuser auprès de vous d'un crime dont il était incapable le malheureux Crispus, qu'elle craignait de voir un jour associé à l'empire.

— As-tu des preuves de ce que tu avances?

— Interrogez ses complices, Corvinus et la magicienne Afra.

— Je vais moi-même faire une enquête. Malheur à ceux qui m'auront trompé.

On chercha la magicienne, mais elle avait disparu et personne ne put savoir où elle était allée. Corvinus protesta d'abord de la vérité des accusations portées par l'impératrice, mais dès qu'on le menaça de la torture il avoua tout. Il donna des indications si précises que le doute ne fut plus possible. Lorsque Constantin fut convaincu de l'innocence de son fils et de la perfidie de Fausta, il ne put contenir ses sanglots. Il remplit le palais impérial de ce cri déchirant :

— Crispus ! Crispus ! qui me rendra Crispus !

L'impératrice accourut.

— Tigresse, lui dit-il, qu'as-tu fait de mon fils ?

Elle se jeta à ses genoux, il la repoussa du pied,

puis il appela les serviteurs les plus dévoués de Crispus.

— Vengez votre maître, leur dit-il. Remplissez d'eau bouillante une baignoire et vous y étoufferez cette Médée, cette Phèdre, ce monstre à visage de femme.

Fausta éperdue versait des larmes, poussait des rugissements d'effroi, implorait son pardon, nommait ses trois fils, accusait Corvinus : tout fut inutile. Les serviteurs de Crispus traînèrent l'impératrice dans la salle de bain obscurcie par la vapeur de l'eau bouillante qui tombait dans la baignoire de marbre. Elle demandait grâce, elle promettait de l'or, elle se cramponnait aux bras qui allaient l'étouffer. Les serviteurs la soulevèrent, la jetèrent dans la baignoire, et la poussèrent au fond de l'eau avec des crocs de fer. C'est ainsi que Constantin, expiant une cruauté par une autre, était délivré de son mauvais génie. Le même jour, Corvinus fut écartelé.

IX

AU PALAIS DE LATRAN

En apprenant la fin tragique de l'impératrice, Valérien ne voulut voir dans ce terrible châtiment qu'une preuve du repentir de Constantin, désespéré d'avoir égorgé lui-même son fils, et il espéra qu'il effacerait par la gloire de son règne les taches de sang dont il venait de se souiller. Thalie était accablée de douleur. Elle se reprochait la confidence qu'elle avait faite à Valérien. En lui faisant con-

naître la prédiction de la magicienne, n'avait-elle
pas fourni, sans le vouloir, aux ennemis de Fausta,
le moyen de découvrir sa fourberie ! Quelles seront
les conséquences de cette mort inattendue pour les
partisans d'Arius ? La vengeance de Constantin s'é-
tendra peut-être sur tous ceux qui ont reçu de l'impératrice quelque bienfait. Métrodore ne sera-t-il pas
obligé de quitter Rome ? Lui pardonnera-t on les
louanges qu'il a prodiguées à Fausta, ne prévoyant ni
ses funestes intrigues ni sa fin lamentable ?

Pendant que Thalie s'abandonnait à ses tristes pensées, de graves nouvelles circulèrent dans Rome et
firent oublier les scènes sanglantes dont le palais impérial avait été le théâtre. Valérien entra consterné
chez Métrodore.

— Vous paraissez tourmenté par un violent chagrin, lui dit le rhéteur.

— Comment ne serais-je pas désolé ? l'empereur
est malade !

— Dangereusement ?

— Mortellement.

— Il expie le meurtre de Fausta, s'écria Thalie.

— Dites plutôt celui de Crispus,

— Sait-on quelle est sa maladie ?

— Il est atteint, dit-on, de l'éléphantiasis. C'est
une sorte de lèpre hideuse qui couvre tout son corps
de pustules blanches et le fait cruellement souffrir.

— Que d'ambitions s'agiteraient de tout côté si
Constantin venait à mourir !

— Que le ciel nous préserve d'un tel malheur !
Les fils de Fausta sont trop jeunes pour succéder à
leur père. La pourpre serait usurpée par le plus

habile ou le plus hardi ; l'Orient se séparerait de l'Occident ; la guerre civile désolerait toutes les provinces ; les barbares envahiraient nos frontières ; nous assisterions à la ruine de l'empire romain.

— Nous n'aurions pas tant de dangers à redouter, si Constantin au lieu de répudier le système de gouvernement de Dioclétien, avait nommé un Auguste et deux Césars, après la défaite de Licinius. Il n'est pas bon que les destinées du monde reposent sur une seule tête.

— Si nous avions quatre chefs, ils seraient jaloux les uns des autres, et la guerre civile ne finirait jamais. Ce que nous devons désirer, c'est le rétablissement des droits du Sénat et du peuple romain.

— Ce seront probablement les soldats, dit Thalie, qui proclameront le nouvel empereur, à la mort de Constantin. J'espère que ceux qui ont fait la campagne contre les Francs se souviendront de l'ami de Crispus.

— Ils penseront d'abord à de plus dignes que moi, répondit Valérien en souriant ; d'ailleurs, si j'acceptais le trône, ce serait pour y faire asseoir les fils de Constantin.

La maladie de l'empereur se prolongeait et tout espoir de guérison était perdu. Les hauts dignitaires de l'empire se demandaient avec anxiété quel serait leur nouveau maître. Chacun voulait saluer le premier le soleil levant, et cherchait à savoir en quel lieu il pouvait surgir. Les païens songeaient à offrir la pourpre au général le plus attaché à leur culte, en lui faisant promettre de retirer l'édit de liberté publié par Constantin. Les chrétiens offraient à Dieu de continuelles

prières pour le salut du prince qui le premier avait
brisé la glaive émoussé de la persécution. La pieuse
Hélène, qui, seule maintenant, recevait le titre d'impératrice, ne cessait de répandre devant l'autel ses
supplications et ses larmes, pour obtenir la guérison
de son fils.

La souffrance irritait Constantin, mais ne le rame-
nait pas à des sentiments chrètiens. Il essayait de
cacher à ses sujets la gravité de sa maladie. Les
courtisans avaient ordre de répondre à ceux qui s'in-
formaient de la santé de l'empereur qu'il était entièrement rétabli et que bientôt il se montrerait en
public. Mais il ne sortait pas du palais impérial. Il
ne voulait voir personne et se faisait horreur à lui-
même. Ses serviteurs n'osaient s'approcher de lui de
peur que son contact ne leur communiquât sa lèpre.
Chacun à Rome s'entretenait de sa terrible maladie,
et dans les provinces on racontait qu'il avait été
changé en bête, comme Nabuchodonosor.

Constantin avait oublié le Dieu qui lui avait montré dans le ciel un signe de victoire avant la bataille
du pont Milvius. Peut-être ne se croyait-il plus
digne de ses faveurs depuis le meurtre de Crispus et
de Fausta. Si le Dieu des chrétiens ne lui avait pas
retiré sa protection, serait-il couvert de cette lèpre
hideuse? Il ne persécutait pas ouvertement ceux qui
venaient d'obtenir de lui la liberté de leur culte, mais
son affection pour eux s'était changée en ressentiment,
et il continuait à faire chercher le pape Sylvestre
pour le charger de chaînes.

Tous les remèdes employés pour combattre la ma-
adie de Constantin étaient impuissants et il ne lui

restait plus qu'à implorer un secours céleste. Ne voulant pas invoquer le Dieu des chrétiens, il s'adressa aux divinités adorées par les païens. Il renvoya les médecins qu'il avait fait venir de Marsique et consulta les plus fameux devins de l'Egypte et de la Grèce. Mais leurs eaux lustrales, sur lesquelles ils traçaient des signes magiques en invoquant leurs dieux, n'eurent pas plus d'efficacité que l'eau du Tibre. Ce fut en vain que Constantin s'y plongea, elles rendaient ses douleurs plus aiguës au lieu de les calmer. Il écrivit à Tiridate, roi d'Arménie, et le pria de lui envoyer les mages les plus habiles de la Perse et de l'Inde pour essayer les ressources de leur art. Ils se rendirent aux désirs de l'empereur et apportèrent leurs talismans, leurs pierres tombées du ciel, leurs coupes enchantées, tout ce qui pouvait servir à leurs opérations magiques. Ils conseillèrent à Constantin de s'envelopper d'une peau de veau marin et de rester pendant trois heures dans un bain de lait de chèvre sauvage, où ils versaient du suc de plantes sacrées cueillies la nuit, au renouvellement du mois lunaire. Les mages de la Perse et de l'Inde ne réussirent pas mieux à guérir la lèpre de l'empereur que les médecins de Marsique. Constantin sortit du bain de lait de chèvre qu'ils lui avaient préparé plus souffrant qu'il n'y était entré.

Les prêtres de Jupiter Capitolin se plaignirent de ce qu'on négligeait les anciens dieux de Rome pour implorer des divinités étrangères. Constantin les fit venir.

— Croyez-vous que Jupiter soit tout-puissant ? leur demanda-t-il.

— N'est-ce pas lui qui a étendu le pouvoir de Rome d'un bout du monde à l'autre? répondirent-ils.

— Peut-il me délivrer de ma lèpre?

— N'en doutez pas.

— Eh bien! guérissez-moi ou je vous fais tous mettre à mort.

Cette menace effraya les prêtres de Jupiter qui n'avaient pas une confiance absolue au pouvoir de leur Dieu.

— Nous n'avons, dit l'un d'entre eux, qu'un seul moyen d'échapper à la mort. Indiquons un remède impraticable. L'empereur, ne pouvant pas y recourir, nous laissera vivre. S'il continue à être malade, nous pourrons toujours affirmer que s'il avait fait le remède que nous indiquions, il serait sauvé.

Les prêtres de Jupiter déclarèrent à l'empereur qu'il serait infailliblement guéri s'il consentait à se plonger dans un bain de sang chaud tiré des veines de petits enfants encore à la mamelle. Ils assuraient que ce sang à peine formé aurait la vertu d'attirer à lui toute la corruption du sang de l'empereur. Ce remède fit d'abord frémir Constantin. Il crut voir le fantôme de Crispus se dresser devant lui et lui demander : N'as-tu pas assez versé de sang innocent? Mais, rendu comme insensé par la longueur de sa maladie et la continuité de ses souffrances, il résolut d'essayer ce dernier remède. Une nuit, Rome entendit les gémissements, les sanglots, les cris de désespoir, qui avaient retenti dans les vallées de Bethléem, lorsqu'Hérode fit égorger les enfants au-dessous de deux ans. Lorsque les soldats apportèrent sans pitié les enfants dont ils devaient ouvrir les veines

pour remplir de leur sang fumant la baignoire de
l'empereur, les mères éperdues remplirent de leurs
hurlements de douleur la cour du palais impérial.
En entendant les vagissements des enfants et les la-
mentations de leurs mères, Constantin fut effrayé de
l'acte barbare qui allait s'accomplir. Il fit rendre les
enfants à leurs mères, en déclarant qu'il aimerait
mieux mourir que de se baigner dans leur sang.

Pendant la nuit, Constantin eut une vision. Deux
vieillards lui apparurent. L'un tenait à la main un
glaive et l'autre des clés. — Pourquoi t'obstines tu, lui
dirent-ils à demander ta guérison à de fausses divinités? Ce ne sont pas des conjurations démoniaques
qui te délivreront de ta lèpre. C'est par la croix du
Sauveur que tu as vaincu tes ennemis; c'est par elle,
que tu vaincras les démons et que tu te vaincras toi-
même. La véritable eau lustrale qui doit purifier ton
âme et ton corps, c'est l'eau du baptême. Fais rentrer
dans Rome le pape Sylvestre, que tu as persécuté e
qui est allé se cacher dans une grotte du mont
Soracte. Supplie le de te faire descendre dans les
fonts sacrés du Baptême, tu sortiras de ces flots
régénérateurs, délivré de tout mal.

Les vieillards disparurent. Dans une région lointaine et lumineuse, Constantin entrevit le Sauveur bé-
nissant le monde. Auprès de lui, se tenait Crispus,
couronné d'un diadème plus brillant que celui des
Césars. Il s'approcha de son père et lui dit : Le Christ
est le salut et l'espoir de la république.

A son réveil, Constantin se sentit soulagé. Ses souffrances étaient moins aiguës et ses remords moins
poignants. Le repentir pénétra dans son âme et dis-

sipa l'ivresse du pouvoir absolu. Il résolut de se soumettre complétement à la loi de ce Christ tout-puissant qui avait éloigné de lui tout danger, tant qu'il avait observé ses préceptes. Il réunit autour de lui les plus illustres représentants de l'armée, du Sénat et de la magistrature. Les uns étaient chrétiens, les autres restaient attachés aux erreurs du paganisme. Il leur dit qu'il avait pris la résolution d'embrasser la religion chrétienne et leur demanda leurs avis.

— Seigneur, s'écria le philosophe Maxime, si vous vous déclarez chrétien, tout l'empire le sera.

— Que pourrait-il arriver de plus heureux? demanda Valérien.

— Vous allez ouvrir la porte à toutes les nouveautés. Si vous changez de religion aujourd'hui, vos successeurs, dans un siècle ou deux, s'autoriseront de votre exemple, pour en changer aussi. Le bon ordre de l'Etat exige une fixité immuable dans les choses religieuses.

— Si les Romains avaient été fidèles à ce principe, ils n'auraient pas admis dans leurs temples toutes les divinités des peuples qu'ils ont conquis.

— Le changement qui s'accomplit en ce moment dans les croyances religieuses du monde n'est pas l'œuvre d'un homme, dit Constantin; il est produit par une force divine. Le culte chrétien n'aurait pu résister aux persécutions qu'il a subies pendant trois siècles s'il n'était soutenu par une force surhumaine.

— Il n'y a qu'une doctrine révélée par Dieu lui-même et conservée par une Église infaillible, ajouta Valérien, qui puisse procurer aux hommes le double bienfait de l'unité et de la perpétuité des croyances religieuses.

— Quoi ! vous laisseriez les grands prêtres des chrétiens juger avec une autorité suprême les questions religieuses ?

— Comment ne pas leur reconnaître ce pouvoir, lorsque Dieu même les a établis pour remplir cette auguste mission ?

—Qui nous prouve qu'ils tiennent de Dieu l'autorité qu'ils s'attribuent !

— C'est le Christ qui a fondé l'Eglise catholique, or le Christ est Dieu.

—Pour les chrétiens.

—Pour toutes les créatures, pour les anges et les hommes, s'écria Constantin.

—A quel signe, Seigneur, reconnaissez-vous sa divinité ?

—Il a délivré le monde du joug des idoles, il a délivré les hommes du joug des passions, il a délivré Rome du joug de Maxence, il me délivrera de cette lèpre hideuse que les prêtres des faux dieux n'ont pu guérir.

—Quand je verrai ce miracle, je confesserai sa puissance.

Dans la grotte du mont Soracte, où il s'était retiré, en attendant que des jours meilleurs lui permissent de retourner à Rome, le pape Sylvestre, entouré de trois prêtres et de deux diacres, adressait au ciel de ferventes prières pour la paix de l'Eglise et la conversion de Constantin. Son asile, qu'il croyait un abri sûr est tout-à-coup environné de soldats. Comment les fidèles, si dévoués à leur pontife, ont-ils pu trahir le secret de sa retraite? Déjà les rochers sont escaladés, les soldats vont découvrir dans les flancs de la montagne la caverne où s'est réfugié le Souverain-Pontife et d'où il gouverne l'Eglise de Dieu. Le pape Sylvestre voit l'effroi des prêtres et des diacres qui l'ont suivi dans sa grotte.

— Voici le temps de la grâce, leur dit-il, voici le jour de salut. Rappelons-nous la fin glorieuse de nos prédécesseurs qui ont tous versé leur sang pour Jésus-Christ. Remercions le Seigneur qui nous accorde la grâce de moissonner à leur suite les palmes du martyre.

Soudain le prêtre Vitus pousse un cri de joie :

— Je reconnais le chef de ces soldats ! C'est Valérien, qui nous a déjà prouvé son dévouement.

— Il vient nous avertir, sans doute, que notre retraite est connue et nous engager à chercher ailleurs un refuge plus caché.

— Rentrons à Rome, et que l'empereur fasse de nous ce qu'il voudra.

Dès que Valérien aperçut le pontife sur le seuil de sa grotte, il courut à lui, s'inclina humblement et s'écria :

— Saint-Père, réjouissez-vous.

Il raconta la vision de l'empereur, l'entretien qu'il avait eu avec les grands de sa cour, la résolution qu'il avait prise d'embrasser pleinement le christianisme.

— Constantin vous attend dans son palais, ajouta Valérien, pour vous dire combien il se repent de ses fautes et désire se purifier dans les eaux régénératrices du baptême.

Le pontife leva vers le ciel ses mains et ses yeux mouillés de larmes de bonheur.

— O Dieu tout-puissant, nous vous louons, ô

Seigneur, nous vous bénissons, ô Père éternel, que la terre entière vous adore ! C'est en vous que j'ai mis mon espérance : je ne serai jamais confondu !

Le pape Sylvestre, accompagné par Valérien et le prêtre Vitus, traversa le palais impérial et entra dans la salle où l'attendait Constantin, cachant sous la pourpre les ravages de la lèpre.

— Que la paix et la victoire, filles du ciel, accompagnent toujours Votre Majesté ! dit le pontife à l'empereur.

— J'ai affligé naguère les chrétiens de Rome, dit Constantin, j'ai donné ordre à mes soldats de vous jeter en prison, je vous ai forcé à chercher un asile dans les montagnes ; me pardonnez-vous ?

— Puisse le Seigneur me pardonner toutes mes offenses, comme je pardonne à ceux qui m'ont offensé.

— J'ai vu en songe deux vieillards pareils à deux divinités augustes. Ils m'ont reproché la crédulité impie avec laquelle j'ai consulté les mages, les devins, les prêtres des idoles. Ils m'ont promis que je serai guéri du mal affreux qui me consume lorsque le pontife suprême des chrétiens m'aura plongé dans les eaux sacrées du baptême. L'un de ces vieillards portait à la main deux clés, l'autre un glaive étincelant. Pourriez-vous me dire quels sont ces dieux ?

— Ce ne sont point des dieux, ce sont les princes des apôtres, Pierre et Paul, choisis par le Christ pour fonder son Église. Pierre tenait à la main les clés du royaume des cieux et Paul le glaive de la parole évangélique.

— Avez-vous les portraits de ces deux apôtres ?

— Leurs chères images nous ont été laissées par Luc, disciple de Paul. Ce ne sont pas des œuvres d'art , mais elles sont plus précieuses pour nous que les plus célèbres peintures d'Apelles.

— Montrez-moi ces images, je verrai si elles ressemblent aux majestueux vieillards que j'ai vus en songe.

Le prêtre Vitus alla chercher les images des saints apôtres dans la maison qui , du temps de saint Pierre , appartenait au sénateur Cornélius Pudens. Elle était située dans le *Vicus patricius*. C'était là que résidaient les successeurs de saint Pierre, près de la plus ancienne église pontificale de Rome, celle qui portait le nom de sainte Pudentienne, une des deux filles du sénateur Pudens.

Lorsque les portraits des saints apôtres furent présentés à Constantin, il ne put contenir son émotion.

— Je reconnais bien là, s'écria-t-il, les deux vénérables vieillards qui me sont apparus. C'en est fait, ma résolution est prise ; je ne veux plus différer. Qu'on dispose tout pour mon baptême.

— Le Seigneur récompensera votre piété, si vous vous préparez dignement à renaître dans l'onde baptismale.

— Que dois-je faire pour être digne de recevoir le sacrement de la régénération ?

— Vous devez vous y préparer par sept jours de pénitence. Pendant sept jours, implorez le pardon des fautes que vous avez commises ; offrez à Dieu vos jeûnes, vos prières, vos veilles et vos larmes.

— Que le Dieu que j'ai offensé ait pitié de ma souffrance et de mon repentir !

L'affreuse maladie de l'empereur ne lui permettait pas d'accomplir en public les saintes cérémonies du baptême. On disposa pour cet acte solennel un des vestibules du palais qui fut connu depuis sous le nom de piscine de Constantin, *lavacrum Constantinianum*. Lorsque le premier empereur chrétien, dans sa reconnaissance, donna, par un édit solennel, au pape Sylvestre et à tous ses successeurs le palais de Latran, « le premier et le plus auguste des palais impériaux, » lorsqu'il érigea la basilique constantienne, connue depuis sous le nom de Saint-Jean de Latran, il donna à cette basilique la piscine sacrée où il avait été baptisé par le Souverain-Pontife. Le baptistère de Saint-Jean de Latran était digne, par sa magnificence, de rappeler à jamais le souvenir du baptême de Constantin. C'était un vaste bassin de porphyre, décoré à l'extérieur de plaques de métal richement sculptées. L'intérieur était revêtu de lames d'argent. Deux colonnes de porphyre s'élevaient au milieu de la piscine et supportaient un lampadaire d'or sur lequel on brûlait, aux fêtes pascales, deux cents livres d'huile de baume. Un agneau d'or massif versait l'eau baptismale dans le bassin. A droite, une statue d'argent représentait le Saveur du monde ; à gauche, une statue de même métal représentait saint Jean-Baptiste, portant une banderolle sur laquelle on lisait cette inscription : « Voici l'agneau de Dieu, voici celui qui ôte les péchés du monde. » Vis-à-vis s'élevait un autel des parfums d'or massif enrichi d'éméraudes et d'améthystes. Autour du bassin, des cerfs en argent figuraient les âmes qui soupiraient après le baptême comme le cerf soupire après l'eau des fontaines.

Au jour fixé pour le baptême, des prêtres imposèrent les mains sur l'empereur et l'emmenèrent au baptistère, où l'attendait le Souverain-Pontife. Il dut répondre aux questions adressées aux catéchumènes au moment où ils allaient être plongés dans l'eau sainte.

— Renonces-tu à Satan ?

— J'y renonce.

— Et à ses pompes ?

— J'y renonce.

— Et à ses œuvres, c'est-à-dire à toutes les vaines idoles fabriquées par la main des hommes ?

— J'y renonce.

Constantin dut faire ensuite sa profession de foi. Il déclara solennellement qu'il croyait en un seul Dieu, le Père tout-puissant créateur du ciel et de la terre, des choses visibles et invisibles, et en Jésus-Christ, son fils, notre unique Seigneur, qui a été conçu du Saint-Esprit et qui est né de la Vierge-Marie.

L'impératrice Hélène versait des larmes de joie, en entendant son fils proclamer avec tant de piété sa foi en Jésus-Christ. Les amis les plus intimes de Constantin et les hauts dignitaires de la cour, admis à l'honneur d'assister à cette touchante cérémonie, partageaient le bonheur de l'impératrice. Valérien était ému jusqu'au fond de l'âme ; il regrettait que Thalie ne fût pas témoin d'un spectacle si consolant.

Le Souverain-Pontife bénit l'eau du baptistères et plongea par trois fois dans l'eau sainte l'auguste catéchumène en prononçant sur lui les paroles sacramentelles. Lorsque l'empereur, après la troisième immersion, se releva et sortit de la piscine baptismale,

l'affreuse lèpre qui couvrait son corps avait disparu.
Les témoins de ce miracle s'écrièrent :

— Glorifions le Seigneur ! Son nom est saint et
sa toute-puissance opère les plus grands prodiges!

Dès que l'empereur eut été levé des fonds sacrés,
on le revêtit de la robe blanche des néophytes. Le
Souverain-Pontife l'oignit avec le saint chrême et lui
conféra la grâce septiforme du Saint-Esprit. Il traça
le signe de la croix sur son front en disant : — Que
Dieu te marque du sceau de sa foi, au nom du Père,
du Fils et du Saint-Esprit.

Tous les clercs répondirent : Amen !

Que la paix soit avec toi, dit le Pontife.

Tous les clercs répondirent : Amen !

Réconcilié avec Dieu et guéri miraculeusement de
la lèpre, Constantin donna au pape Sylvestre des témoignages expressifs de sa reconnaissance. Il voulut,
dans une circonstance solennelle, tenir lui-même,
devant tout le peuple, la bride du cheval que montait
le pontife. Il abandonna le palais de Latran, afin qu'il
devînt la résidence des successeurs de saint Pierre.
Il fit élever près de ce palais une église qui fut appelée la basilique de Constantin. Pendant qu'on en
creusait les fondations, il porta sur ses épaules, en
l'honneur des douze apôtres, douze corbeilles de la
terre qui en fut extraite.

La magnificence de la basilique de Latran fut une
preuve de plus du triomphe de l'Eglise. C'était la première fois que les richesses de la terre était publiquement consacrées à Jésus-Christ. Sur la façade de la
basilique, on voyait des statues d'argent représentant le Sauveur assis sur une chaire au milieu des douze

apôtres rangés autour de lui. Dans l'abside, le Sauveur était représenté sur un trône d'or, entouré de quatre anges d'argent portant une croix à la main. Au bas de la façade, était suspendue une lampe d'or pur formée par cinquante dauphins dont la bouche s'ouvrait pour laisser jaillir la lumière. La voûte de la basilique était ornée dans toute sa longueur et toute sa largeur de lames d'or imbriquées. Elle abritait sept autels d'argent travaillés au marteau. Un lampadaire d'or pur était suspendu dans le narthex en face de l'autel principal. On y brûlait constamment une huile de nard très précieuse, dont la flamme odorante ajoutait son éclat à la flamme des cierges de cire qui brûlaient sur cinquante candélabres d'argent. A l'intérieure de la basilique, on comptait dans la nef droite quarante lampadaires d'argent et dans la nef gauche vingt-cinq lampadaires du même métal. Devant tant de richesses consacrées à ce Dieu sauveur dont les adorateurs avaient été si longtemps obligés de se cacher, les païens étaient forcés de se dire : le Christ a vaincu, le Christ règne, le Christ commande.

Constantin n'attendit pas que la basilique de Latran fût achevée pour exciter ses sujets à imiter son exemple. Il convoque une assemblée du peuple romain dans le palais Ulpien, au Forum de Trajan. Il s'assit au fond de l'abside sur le siége du magistrat, étendit la main pour réclamer le silence. — « Que tout le peuple, dit-il, que toutes les nations de la terre se réjouissent avec nous, qu'elles unissent leurs voix à la nôtre pour rendre à notre Dieu et Sauveur Jésus-Christ d'universelles actions de grâces. Le grand Dieu qui réside au ciel et qui remplit le monde de son immensité, a daigné nous visiter en la personne de ses saints apôtres, et nous rendre la santé du corps, en même temps qu'il éclairait notre âme par le sacrement de baptême. Que ceux qui languissent encore dans les ténèbres de l'ignorance ouvrent enfin les yeux de l'âme Il est temps de connaître que les idoles si longtemps adorées comme dieux ne méritent ni ce nom auguste ni le culte qu'on leur a rendu. Renoncez tous à cette superstition, fille de l'erreur. Que le seul Dieu véritable qui règne dans les cieux soit le seul adoré. Quant à moi, par la grâce du Christ notre Dieu, j'ai déjà abjuré l'idolâtrie. Or, voici ma volonté. A l'avenir les pontifes de la loi chrétienne jouiront de tous les priviléges accordés aux prêtres des idoles. Nous accordons aux très-pieux clercs et ministres consacrés au service de l'Eglise de Rome, chacun dans leurs différents ordres, les priviléges d'honneur, de prééminence et d'autorité dont jouit notre très-ample sénat, et nous voulons qu'ils soient assimilés aux patrices, consuls et autres dignités impériales. J'adjure tous les empereurs qui doivent se succéder au pouvoir, tous les grands, les chefs de l'armée, le très-ample sénat et le peuple entier, de respecter notre volonté.

En entendant ces paroles, les païens qui se trouvaient dans l'assemblée inclinèrent la tête, couverts de confusion. Les chrétiens étaient les plus nombreux. Ils acclamèrent l'empereur, qui annonçait au monde entier son baptême et sa foi en Jésus-Christ.

— Longue vie à Constantin!

— Le Dieu des chrétiens est le seul vrai Dieu!

— Malheur à ceux qui n'adorent pas le Christ.

Ces cris d'un peuple exalté par le triomphe de

sa foi religieuse épouvantaient les païens. Les plus
hardis essayèrent d'opposer leurs acclamations à celles
des chrétiens.

— Jupiter est le protecteur du peuple romain.

— Nous ne laisserons jamais sans honneur l'autel
de Vesta et le feu sacré entretenu par ses prêtresses.

Mais les chrétiens reprenaient avec plus d'énergie :

— C'est le Christ qui a rendu l'empereur victorieux.

— Ceux qui n'adorent pas le Christ sont les ennemis de l'empire.

— Les serviteurs du Christ sont invincibles.

Quelques voix ajoutèrent :

— Qu'on bannisse de Rome les prêtres des idoles !

— Qu'on ferme les temples des faux dieux !

— Que les églises chrétiennes soient seules ou-
vertes !

Il n'entrait pas dans les vues de Constantin de
prendre des mesures de rigueur contre les païens.
Il voulait que tous ses sujets, quelle que fût leur religion, vécussent en paix. Il étendit de nouveau la
main, et quand le silence fut rétabli, il ajouta :

« Les chrétiens, habitués à rendre le bien pour le
mal, ne persécuteront pas ceux qui les ont si longtemps persécutés. Ils n'emploieront d'autre moyen
que la persuasion pour les arracher au joug de l'idolâtrie. Ce n'est point par des menaces, par la crainte
du pouvoir humain qu'il faut être poussé au culte
de Dieu, mais par la conviction et des réflexions sé-
rieuses. Imposer les croyances chrétiennes à ceux
qui ne veulent pas les admettre, serait une iniquité.
Telle est pour nous la règle de la justice. Que ceux
qui ne sont pas encore résolus à devenir chrétiens ne

craignent donc ni injure, ni châtiment. Nous désirons sans doute qu'ils imitent notre démarche, mais nous ne les forcerons jamais. Il me suffit de déclarer solennellement que tous ceux qui embrasseront spontanément la religion chrétienne réjouiront mon cœur et auront droit à mon amitié. »

Les païens, rassurés par ces paroles, relevèrent la tête. Les chrétiens louèrent la sagesse de l'empereur. L'assemblée se sépara pacifiquement au cri mille fois répété de : Longue vie à Constantin ! Un cortège innombrable accompagna l'empereur jusqu'à son palais de Latran, en répétant de joyeuses acclamations. Jamais l'allégresse populaire n'avait été plus vive et plus pure. Pendant la nuit, les rues de Rome étincelèrent de mille feux. Les places publiques furent entourées d'une couronne de cierges et de lampes. L'idolâtrie était vaincue, la foi chrétienne était assise sur le trône des Césars.

Valérien était au comble de la joie en racontant à Métrodore et à sa fille tous les détails du baptême de l'empereur et de l'assemblée du peuple tenue dans le palais Ulpien. Thalie était loin d'éprouver le même bonheur. Elle ne savait si Constantin, en faisant solennellement profession de christianisme, serait favorable ou hostile aux partisans d'Arius et à leurs doctrines. Elle écrivit à Arius tout ce qu'elle avait appris de la bouche de Valérien, mais déjà l'évêque de Nicomédie était instruit de tout ce qui venait de se passer à Rome. La réponse d'Arius rassura Thalie. — « Depuis la mort de Fausta, lui disait l'hérésiarque, la femme qui a le plus d'influence sur l'esprit de l'empereur, c'est Constantia, sa sœur. Cette princesse nous est entièrement dévouée. Constantin veut, avant tout, que ses sujets vivent en paix : il ne permettra pas qu'on nous anathématise pour une querelle de mots. Déjà Eusèbe lui a fait entendre que notre doctrine ne diffère de celle du patriarche d'Alexandrie que sur une question purement spéculative qui n'intéresse en rien la foi. Il espère que l'empereur donnera l'ordre aux catholiques de nous laisser exposer librement nos opinions. Eusèbe se flatte de gagner Constantin et même de le rebaptiser en lui faisant réciter notre symbole, qui n'admet pas que le Verbe soit égal à Dieu, éternel et tout-puissant. Continuez à servir la vérité, à Rome, avec votre zèle accoutumé. Aidez-nous à purifier le christianisme de toutes les idées fausses qui ont altéré sa simplicité primitive. Faites comprendre à tous vos amis qu'il ne peut y avoir qu'un seul créateur, et que le Verbe est une créature. Réjouissez-vous. ARIUS. »

Les fêtes de Pâques furent célébrées à Rome avec le plus fervent enthousiasme. Les chrétiens associèrent au triomphe de Jésus-Christ sortant vainqueur du tombeau celui de l'Église sortant victorieuse des catacombes. Le jour marqué pour les fiançailles de Valérien et de Thalie était venu, Valérien se préparait par la prière à prendre devant Dieu de solennels engagements. Métrodore persuadé qu'il assurait le bonheur de sa fille en l'accordant à Valérien, la félicitait de l'alliance avantageuse qu'elle allait contracter.

Thalie semblait heureuse de voir s'approcher ce moment décisif. Ses paroles étaient si affectueuses, ses regards s'attachaient si tendrement sur Valérien qu'on pouvait croire que son attachement était plus fort que jamais. Sa tête s'inclinait parfois sous le poids d'une tristesse soudaine, mais tout-à-coup elle la relevait fièrement, comme si elle venait de prendre une énergique résolution.

A cette époque, les fiançailles ou promesses de mariage (*sponsalia*) étaient simplement une cérémonie domestique. Ces engagements qui précédaient le mariage n'étaient pas contractés, comme ils le furent au moyen âge, dans une église et devant le curé ou son délégué. Valérien demanda au prêtre Vitus quels étaient les usages observés par l'Église romaine touchant les cérémonies qui précédaient et accompagnaient le mariage des fidèles.

— Voici la coutume que l'Église romaine a reçue des anciens, lui répondit Vitus. Peu de temps après leurs fiançailles les futurs époux sont conduits à l'église pour contracter l'alliance nuptiale. Ils font leur profession de foi devant l'évêque. L'époux saisit le bras de l'épouse au-dessus du poignet. L'évêque les bénit et demande à Dieu les grâces dont ils ont besoin pour se sanctifier mutuellement dans la vie nouvelle qu'ils vont commencer ensemble. Une couronne est placée sur leur tête, comme pour marquer que les chrétiens sont une race royale appelée à porter éternellement dans le ciel un diadème de gloire. Par horreur pour les superstitions païennes rattachées au *flammeum*, nous n'avons pas encore adopté l'usage du voile pour la cérémonie nuptiale. Mais l'idolâtrie aura bientôt disparu et cet usage pourra être adopté sans danger.

— Comment considérez-vous les fiançailles ?

— Ce sont des promesses échangées entre les futurs

époux, par lesquelles ils s'engagent à s'unir prochaine-
ment par les liens du mariage. Les fiançailles ne
doivent être célébrées qu'avec le consentement de ceux
qui s'engagent par des promesses et avec le consentement de ceux sous la puissance desquels ils se
trouvent placés. Le fiancé donne à la fiancée les arrhes
de l'alliance qu'ils doivent contracter, en mettant à son
doigt un anneau, symbole de sa fidélité. Il donne
ensuite, en présence des témoins invités par les deux
familles, la dot convenue, ainsi que l'écrit où sont
consi_nées les conditions du contrat.

Valérien pria Vitus d'assister à ses fiançailles. Thalie
n'invita d'autre témoin qu'Artémonide. Elle s'était
parée, pour cette fête de famille, de ses plus riches
vêtements. Une ceinture ornée de perles rares soutenait les plis ondoyants de sa tunique de soie bordée
de pourpre, des agrafes d'or étaient entrelacées dans
ses cheveux, l'émotion colorait son visage et donnait
à sa beauté un éclat inaccoutumé. Valérien essayait
en vain de modérer les battements précipités de son
cœur. Le tremblement de sa voix, la timidité de son
regard, le continuel sourire qui entr'ouvrait malgré
lui ses lèvres avec une grâce charmante, trahissaient
le bonheur dont son âme était inondée. Il remit à
M. Isidore le contrat qui stipulait la dot de Thalie.

— La femme assez heureuse pour s'unir à un
époux tel que vous, mon cher Valérien, n'a pas besoin d'autre richesse, lui dit le rhéteur.

Il offrit ensuite à la jeune fille, en signe de fidélité,
l'anneau d'or qu'elle devait porter jusqu'à la fin de
sa vie.

— Recevez, lui dit-il, ce gage du serment par lequel

je me lie à vous pour toujours, au nom de Jésus-Christ
notre Sauveur et notre Dieu.

— Vous voulez dire fils de notre Dieu et sa créature la plus parfaite, interrompit Artémonide.

— Comme homme, Jésus-Christ est l'œuvre de Dieu
la plus parfaite; comme Dieu, il est égal au Père en
toutes choses, dit Vitus.

— Le Père n'a point d'égal; c'est lui qui a créé le
fils, reprit Artémonide.

— Je suis chrétien, et Thalie est chrétienne, s'é-
cria Valérien. Nous croyons l'un et l'autre que le
Verbe était au commencement, que le Verbe étai
en Dieu, que tout a été fait par lui.

— Thalie croit-elle que le Verbe n'est pas une
créature ? demanda Artémonide.

Un terrible combat se livra dans l'âme de Thalie.
Une sueur froide mouillait son front devenu tout à coup
blanc comme du marbre. Elle sentait que le regard
de Valérien s'était fixé sur elle, après la question
d'Artémonide, et sollicitait une réponse. Le men-
songe en cette circonstance eut été à la fois inutile
et honteux. Le moment était venu pour Thalie de
faire connaître à Valérien toute la vérité. Elle résolut
de ne pas tarder davantage. S'appuyant sur le bras
de son père pour ne pas défaillir, elle retira la main
qu'elle avait tendue pour recevoir l'anneau des
fiançailles, et dit d'une voix étouffée :

— Je crois que le Verbe est une créature que Dieu
a tirée du néant, et qu'il a chargée de former le
monde.

— Malheureuse !... Elle a blasphémé ! murmura
Vitus.

— Arius l'emporte ! soupira Valérien, en cachant douloureusement sa tête dans ses mains.

— Ne troublons pas la joie de ce jour pour une dispute de mots, dit Métrodore. Que chacun de vous garde ses opinions.

— Il ne s'agit pas d'une opinion, répondit Vitus, il s'agit du dogme fondamental du christianisme. Si Jésus-Christ n'est pas Dieu, l'Église qu'il a fondée n'est qu'une institution humaine, les apôtres ont trompé le monde et le Sauveur lui-même n'a pas dit la vérité en affirmant qu'il était Dieu.

— Si le Verbe est Dieu comme son père, il y a deux dieux, ce qui est absurde, dit Artémonide.

— Vous savez bien ce qu'enseigne l'Église et pour quelle croyance sont morts les martyrs. Il n'y a qu'un seul Dieu en trois personnes distinctes. Le Père de toute éternité engendre son Verbe, sa sagesse, son Fils, distinct de lui comme personne divine, mais n'ayant avec lui qu'une seule et même substance. Du Père et du Fils procède éternellement le Saint-Esprit.

— Le système d'Arius simplifie ce mystère incompréhensible et en dissipe l'obscurité.

— Le système d'Arius est une invention humaine, la croyance de l'Église est une doctrine révélée de Dieu.

— Arius admet la doctrine révélée, mais il en donne une explication raisonnable.

— Arius a été excommunié par le Synode d'Alexandrie.

— Mais il a été justifié par le synode qui a été tenu en Bythinie, sous la présidence de l'évêque de Nicomédie.

— Cessons ces discussions, dit Thalie. Si vous m'aimez, Valérien, acceptez-moi telle que je suis, avec mes erreurs si je me trompe, avec mes lumières, si, comme je le crois, je possède la vérité. Pour moi, quand vos croyances seraient encore plus différentes des miennes, elles ne m'empêcheraient pas de vous accepter pour époux.

— Je suis prêt à tout sacrifier pour vous, tout, excepté ce que je dois à Dieu. Si ma foi était l'œuvre de mon imagination, j'y renoncerais volontiers pour vous plaire, mais je tiens ma foi de l'Eglise, qui la tient de Dieu. Vous ne tenez la vôtre que d'un homme.

— Et de ma raison...

— Qui vous égare.

— Qu'importe après tout mon égarement, peut-il m'empêcher de vous aimer et de vous rendre heureux ?

— Il est possible que vous m'aimiez encore en n'adorant plus le même Dieu que moi, mais il n'est pas possible que vous me rendiez heureux. Il n'y a pas de bonheur sans l'union des âmes, et comment cette union existerait-elle lorsqu'une âme blasphème ce que l'autre adore ?

— Nous prierons ensemble Dieu le Père.

— Mais nous ne bénirions pas ensemble le Dieu qui, pour nous hommes et pour notre salut, est descendu du ciel et s'est incarné.

— Je me faisais illusion, mais je reconnais maintenant que vous ne m'aimez pas autant que je le croyais.

— Je vous aime cent fois plus que moi-même, ô Thalie, mais moins que Jésus-Christ... Je me retire le cœur brisé. J'espère pourtant que vous reviendrez de votre erreur et qu'un jour cet anneau de fiançailles nous réunira dans l'amour du même Dieu sauveur.

Valérien retourna chez lui accablé de douleur. Il maudissait Arius, et ne comprenait pas comment Thalie s'était laissé fasciner par ses doctrines perfides ; il accusait Métrodore de n'avoir pas assez veillé sur sa fille. Vitus n'était pas moins affligé que Valérien. Il raconta au Souverain-Pontife comment l'arianisme avait franchi les frontières de l'Orient et menaçait d'envahir Rome. Le Pape Sylvestre pria l'empereur de prendre des mesures pour empêcher les progrès de la nouvelle hérésie. Constantin reçut en même temps une lettre d'Eusèbe de Nicomédie qui se plaignait du patriarche d'Alexandrie et une lettre des évêques d'Egypte qui se plaignaient des intrigues d'Arius et de ses partisans. Afin de pacifier les esprits, il écrivit une lettre qui portait ce titre : « Constantin à Alexandre et Arius. » S'il n'avait pas été trompé par Eusèbe, il n'aurait pas placé ces deux noms au même rang, comme s'ils désignaient des personnages d'égale valeur.

L'empereur fit porter sa lettre à Alexandrie, par un des hommes les plus illustres de cette époque, par Osius, évêque de Cordoue. Il était né en 257, en Espagne, et probablement à Cordoue même, dont il gouverna l'Eglise dès l'an 295. Il confessa glorieusement la foi pendant la persécution provoquée en 203 par l'édit de Maximien Hercule. Son courage l'avait rendu célèbre dans l'Eglise entière ; sa prudence consommée lui valut le respect et l'affection de Constantin. Osius, en apportant à Alexandrie la lettre de l'empereur, était chargé d'apaiser les troubles suscités par l'arianisme. Il s'acquitta de sa mission avec autant de zèle que de sagesse. Il assembla un concile où furent examinées toutes les questions qui se rapportaient à l'incarnation du Verbe et au mystère de la Sainte-Trinité ; mais les efforts d'Osius ne parvinrent pas à procurer la paix à l'Eglise. Les Ariens poussèrent la fureur jusqu'à mutiler à coups de pierre les statues de Constantin. Les courtisans de l'empereur l'excitèrent à punir sévèrement cet outrage, mais il leur fit une belle réponse que Flavien rappela plus tard à Théodose. Il porta la main à son visage et dit en souriant qu'il ne se sentait pas blessé par les pierres lancées contre ses statues. Il comprit du moins qu'Eusèbe de Nicomédie ne lui avait pas dit toute la vérité. A son retour d'Alexandrie, Osius lui apprit à mieux connaître les hérétiques. Voyant que son indulgence ne servait qu'à les rendre plus opiniâtres et plus emportés, il écrivit contre eux une circulaire qu'il fit afficher dans toutes les villes de l'empire. Dans cette circulaire, il traçait un portrait peu flatteur d'Arius, de son humeur sombre, de son corps décharné, de ses cheveux négligés, de son visage atrabilaire où se peignaient la colère et la vanité. Il exhortait l'hérésiarque à venir le trouver s'il se confiait en son innocence.

Cette circulaire, que deux officiers de Constantin apportèrent à Alexandrie et lurent publiquement, couvrit Arius de confusion, mais ne le convertit pas. Une lettre de l'empereur pouvait bien faire marcher toutes les légions et mettre en mouvement les préfets de toutes les provinces, mais elle n'avait aucun pouvoir dans le domaine des idées et ne parvenait pas à changer les opinions d'un sectaire. A une révolte des esprits il fallait opposer une autorité spirituelle. Un concile universel, composé d'évêques venus de toutes les parties du monde, pouvait seul proclamer la foi de l'Eglise et l'opposer, en Orient, aux systèmes arbitraires de l'hérésie. Constantin écrivit des lettres respectueuses à tous les évêques et les pria de se rendre à Nicée, une des principales villes de la Bythinie. Pour faciliter cette solennelle réunion il mit toutes les voitures de poste de l'empire à la disposition des évêques.

Arius écrivit à Thalie : « Enfin, le jour de notre victoire approche. Eusèbe a eu l'habileté de faire choisir par Constantin la ville de Nicée pour y tenir un grand concile. L'évêque de cette ville, située à quelques lieues de Nicomédie, nous est entièrement dévoué. Tous les évêques d'Orient sont pour nous. Alexandre et son cher Athanase n'auront pas beau jeu. Nous imposerons notre volonté au concile et nous lui ferons déclarer solennellement que le Verbe n'est qu'une créature. »

Dès que Valérien apprit la prochaine convocation d'un concile universel, il se rendit chez Métrodore qu'il avait cessé de voir depuis le jour qui aurait dû être si joyeux pour lui et qui avait été si douloureux.

— La voix de l'Eglise va se faire entendre à Nicée, dit-il à Thalie. Tous les évêques du monde, les partisans d'Arius aussi bien que les autres, sont invités à prendre part à un concile général. Si le concile déclare qu'on peut accepter le système d'Arius sans trahir la foi, je vous promets de l'accepter. De votre côté, me promettez-vous de renoncer à ce système si le concile déclare qu'il est contraire à la doctrine révélée par Jésus-Christ ?

— Je vous le promets, répondit Thalie.

— Je vous remercie de cette parole qui me rend l'espérance.

— Pensez-vous aller à Nicée? demanda Métrodore.

— Je suivrai l'empereur, qui va partir pour Nicomédie afin de se trouver à Nicée à la fin du concile. N'aurais-je pas le plaisir de vous y voir ?

— Je dois me trouver partout où se rend la cour ; je ne puis donc me dispenser d'aller en Bythinie.

— Au revoir donc, à Nicée.

X

LE PREMIER CONCILE GÉNÉRAL

L'empereur seul pouvait inviter les évêques du monde entier à se rendre à un jour déterminé dans une ville voisine de celle où il avait fixé sa résidence , Lui seul pouvait mettre à la disposition des augustes invités les chars et les relais de poste de l'empire. Lui seul pouvait faire payer par le Trésor les frais de voyage des évêques et leur entretien pendant la durée du concile. Lui seul pouvait les entourer d'une protection suffisante et obliger les peuples à leur donner tous les témoignages de respect dus à leur caractère sacré. Plus d'une fois déjà les évêques d'Italie ou ceux de l'Afrique romaine, de l'Egypte, de la Syrie s'étaient réunis et avaient tenu des assemblées locales, des conciles provinciaux, mais l'initiative d'un

concile œcuménique, c'est-à-dire d'une assemblée
à laquelle étaient appelés tous les évêques de la terre,
ne pouvait être prise en l'année 325 que par l'empereur lui-même.

Cependant, si Constantin seul avait appelé les évêques, si le Souverain-Pontife n'avait pas approuvé
cette convocation, s'il n'avait pas présidé par ses
légats les évêques réunis à Nicée, l'assemblée, quoique imposante par le nombre et la sainteté de ses
membres, n'aurait pas été un concile général. La
présence du chef visible de l'Église ou de ses représentants est absolument nécessaire pour donner la
valeur d'un concile œcuménique à une réunion d'évêques Lorsque la voix des pasteurs des âmes, se fait
entendre isolément, sans la voix de celui qui est la
pierre sur laquelle Jésus-Christ a bâti son édifice
spirituel, ce n'est pas l'Église universelle qui parle.

Les rapports de Constantin avec le Pape saint Sylvestre ne permettent pas de douter que l'évêque de
Rome n'ait été averti des intentions de l'empereur
avant tous les autres évêques. Nous ne connaissons,
à la vérité, aucune correspondance particulière entre
Constantin et Sylvestre, au sujet de la convocation du
concile de Nicée ; mais ce qui prouve que le Pape
donna toute son approbation à une mesure qui devait
manifester le triomphe du christianisme et arrêter les
progrès de l'hérésie, c'est que, ne pouvant aller présider lui même le concile, il se fit représenter par
Osius, évêque de Cordoue, qui jouissait, à si juste
titre, de la confiance de l'empereur, et par deux prêtres
de l'Église romaine, Vitus et Vincent, qui devaient

être comme d'autres lui-même, ses légats particuliers, pris à ses côtés (*a latere*).

Valérien se rendit à Nicée plutôt qu'il ne croyait. Dès que Constantin fut arrivé à Nicomédie, il chargea Valérien d'aller à Nicée avec sa légion pour maintenir l'ordre dans cette ville et veiller à ce que rien n'empêchât les évêques de délibérer librement. Au commencement du mois de juin, Valérien, à la tête de sa légion, touchait à la dernière borne milliaire de la voie militaire qui reliait Nicée à Nicomédie. A mi-côte d'une colline aux pentes douces, il voyait se dérouler à ses pieds la ville qui devait recevoir du prochain concile un renom immortel. Déjà le soleil s'abaissait vers l'horizon et l'ombre des collines s'allongeait vers la ville, mais les hautes murailles de l'église dédiée à l'éternelle Sagesse étaient encore inondées de lumière. Les temples en ruines de Junon, d'Apollon et de la Victoire, dressaient encore fièrement les colonnes de leurs portiques, images du paganisme vaincu qui s'efforçait de rester debout et de retarder l'heure de sa complète disparition.

—C'est donc ici, se disait Valérien, en arrêtant ses regards sur la ville qu'envahissait l'ombre grandissante des hautes collines, c'est donc ici que va se tenir une assemblée plus auguste que le sénat romain. C'est ici que va se faire entendre la voix infaillible de l'Eglise universelle. Si quelqu'un n'écoute pas cette voix, il doit être pour les fidèles comme un païen et un publicain. Thalie consentira-t-elle à l'écouter ? J'ai besoin de l'espérer pour ne pas m'abandonner à la douleur la plus amère. Mon Dieu, fléchissez son orgueil. O Christ, ô Sauveur, faites-lui sentir votre divinité. Arrachez aux séductions de l'hérésie une âme qui m'est si chère. Que les rêveries impies d'Arius ne lui fassent pas trahir plus longtemps sa foi et son amour. Epargnez à mon cœur un sacrifice trop douloureux.

La moisson de l'orge était déjà terminée lorsque Valérien vint remplir à Nicée la mission que lui avait confié l'empereur, mais les champs de blé ondulaient comme des flots d'or dans les campagnes qui s'étendaient autour de la ville. Tous les chemins étaient encombrés de marchands qui apportaient les denrées les plus variées. On s'attendait à un concours extraordinaire d'étrangers, et l'empereur avait donné l'ordre d'accumuler dans la ville d'abondantes provisions. Chaque jour entraient des chars remplis de fruits et de légumes, des troupeaux de bœufs et de moutons.

La foule qui accourait de tout côté, cherchant des logements, encombrant les rues, dépassa bientôt toutes les prévisions du peuple. Les évêques, comprenant la signification et la portée de l'appel que leur adressait Constantin, y répondirent avec empressement. Les Eglises de la plupart des provinces furent représentées à Nicée. Environ trois cent dix-huit évêques prirent part au concile. Un grand nombre de prêtres, de diacres, de clercs d'un ordre inférieur se joignirent aux évêques pour être témoins du plus magnifique spectacle qu'il fût possible de contempler dans le monde. Jamais plus auguste assemblée délibérante n'avait traité avec autant d'imposante majesté des questions d'un ordre aussi élevé. Quelle est la vie intime de Dieu? Comment s'est-il fait connaître à nous? Qu'est-ce que Jésus-Christ, qui vient renouvéler la face de la terre? Quels sont ses rapports précis avec les hommes et avec Dieu? Voilà sur quelles questions vont méditer plus de trois cents évêques. L'Eglise attend d'eux la formule exacte de sa foi, l'expression de sa reconnaissance et de son amour envers le Dieu qui s'est incarné pour notre salut.

Ces évêques étaient presque tous des vieillards qui avaient confessé la foi pendant la persécution. Les instruments de torture, les chaînes et les fers des cachots avaient déchiré leur corps sans abattre leur âme, et ils portaient les cicatrices de leurs glorieuses blessures. A cette époque, on choisissait en général pour évêques les hommes qui se distinguaient par la vivacité de leur foi, l'orthodoxie de leur science, la sainteté de leur vie, ou ceux qui, dans les temps de persécution, s'étaient signalés par leur courage, ou enfin ceux que Dieu avait favorisés du don des miracles. Il y avait çà et là quelques ambitieux qui étaient parvenus à s'imposer par l'intrigue au choix des fidèles, mais ils n'étaient pas nombreux parmi les Pères du concile de Nicée. Les Ariens ne pouvaient pas éblouir par les artifices de leur dialectique une telle assemblée d'évêques, dont quelques-uns sans doute ne se recommandaient que par leur piété, mais dont plusieurs se distinguaient par leur connaissance des saintes Ecritures, par leur talent de parole et leur perspicacité.

Valérien avait précédé à Nicée tous les évêques qui devaient prendre part au Concile. Lorsque les légats du Pape arrivèrent, il leur offrit l'hospitalité dans la maison qui lui avait été assignée près du palais que devaient habiter Constantin et les officiers de sa cour, pendant les derniers jours du concile. En recevant chez lui les représentants du Souverain-Pontife, Valérien eut la joie de voir de près la plupart des évêques. Tous ceux qui arrivaient venaient saluer le vénérable évêque de Cordoue et les deux prêtres romains qui l'accompagnaient. Ils le consultaient sur la conduite qu'ils devaient tenir envers Arius et ses partisans.

— Je suppose que le nom du diacre Athanase ne vous est pas inconnu, dit un jour Vitus à Valérien.

— Qui n'a pas entendu parler du plus redoutable adversaire de l'arianisme ?

— Seriez-vous bien aise de le voir ?

— Je n'ai pas de plus vif désir.

— Suivez-moi dans la salle que vous avez cédée à Osius, pour y recevoir ses visiteurs. Vous y trouverez l'évêque Alexandre et son secrétaire.

Avec quelle émotion Valérien contempla les traits vénérables du patriarche d'Alexandrie ! Aucun évêque n'attirait plus que lui l'attention. C'était dans son diocèse qu'avait pris naissance l'hérésie qui était devenue l'occasion du premier concile général. La majestueuse vieillesse du patriarche rendait plus touchante la jeunesse d'Athanase, qui se tenait modestement auprès de lui, comme un fils affectueux auprès de son père. Il gardait le silence, comme si son âge ne lui eût pas permis de mêler sa voix à celle des vieillards. Le patriarche raconta aux légats du Pape l'histoire des commencements et des progrès de l'arianisme. Il dit comment l'hérésiarque agissait sur l'imagination des esprits faibles, comment il s'adressait de préférence aux gens du peuple et aux femmes. Il parla du poëme de Thalie et de la jeune fille de ce nom qui s'était distinguée entre toutes les fanatiques admiratrices d'Arius. Il ne savait pas avec quel douloureux intérêt Valérien écoutait tout ce qu'il disait de Thalie. Il rappela les processions de femmes organisées par elle dans les rues d'Alexandrie et le scandale qu'elle avait donné aux fidèles dans l'église de Saint Marc, en interrompant l'homélie d'Athanase par des exclamations impies. C'était pour Valérien une révélation inattendue. Jamais Thalie n'avait osé lui dire tout ce qu'elle avait fait pour Arius. Il s'expliquait maintenant le funeste changement qui s'était opéré dans l'esprit de la fille du rhéteur et son attachement opiniâtre à la nouvelle hérésie. — Tiendra-t-elle du moins la promesse qu'elle m'a faite? se demandait-il avec anxiété. S'attachera-t-elle à la vraie foi lorsque l'Eglise aura parlé par la bouche des évêques qui vont, assistés par le Saint-Esprit, définir la doctrine révélée?

Vitus, qui sentait combien le récit du patriarche d'Alexandrie devait faire souffrir Valérien, détourna l'entretien dès que le respect le lui permit. Il obligea le diacre Athanase à sortir de son silence en le questionnant sur les solitaires de la Thébaïde. C'était un sujet dont il parlait toujours avec bonheur, et Valérien put juger de son éloquence. Athanase raconta plusieurs traits de la vie d'Antoine l'anachorète; il prit plaisir à exposer son entretien avec de prétendus sages, qui voyageaient pour découvrir la vérité.

— Des philosophes, dit-il, attirés par la réputation d'Antoine, se présentèrent devant la porte de sa cellule. — Pourquoi êtes-vous venus de si loin interroger un homme ignorant? leur demanda-t-il. —

Vous ne l'êtes pas, lui répondirent-ils, car tout le monde fait l'éloge de votre habileté.

Il leur proposa ce dilemme : ou vous me croyez insensé ou vous me croyez sage. Si vous me croyez insensé, vous avez pris inutilement beaucoup de peine, en venant jusqu'ici, mais si vous me croyez sage, vous devez faire ce que je fais et embrasser une vie semblable à la mienne, — L'un d'entre eux lui dit : Votre sagesse n'est pas parfaite, car vous n'avez étudié ni les sciences, ni les belles-lettres. Les sciences ont-elles existé avant la raison ? leur demanda-t-il. Ils répondirent que la raison avait précédé l'étude. — Il vaut donc mieux, ajouta-t-il, beaucoup de raison avec peu de science, que beaucoup de science avec peu de raison.

Les philosophes discutèrent ensuite avec Antoine sur le dogme fondamental du christianisme, la divinité de Jésus-Christ, que les Ariens osent méconnaître et que le concile de Nicée va proclamer. Ils s'étonnaient du mystère de l'incarnation du Verbe, mais le polythéisme greco-latin n'est pas autre chose qu'une application fausse et grossière de la croyance du genre humain, à l'union de la divinité avec notre nature. — Lequel est le plus raisonnable, demandait Antoine, de dire que le Verbe de Dieu a pris un corps humain pour le salut et le bonheur des hommes, afin que, par l'union de la nature divine avec la nature humaine, il rendît les hommes participants d'une nature spirituelle et divine, ou de vouloir qu'une divinité soit semblable à des animaux, et d'adorer pour cette raison des bœufs, des serpents ou des figures d'hommes ? car tels sont les actes de religion de ceux qui passent pour sages parmi vous.

Les philosophes païens ne comprenaient pas l'acte d'amour accompli sur la croix, et ils ne consentaient pas à adorer un Dieu fait homme qui s'était laissé crucifier. Mais avaient-ils le droit d'être choqués d'une mort subie généreusement pour le salut du genre humain, eux qui n'étaient pas choqués des crimes abominables qu'ils attribuaient à Saturne ou à Jupiter. — Cette croix que nous honorons, leur disait Antoine, est une marque de grandeur d'âme et de courage, puisque c'est une preuve indubitable du mépris de la mort, tandis que les actions de vos dieux sont déshonorantes. Leur histoire, telle que vos poètes la racontent, n'est qu'un tissu de honteuses scélératesses. Il leur prouva la divinité de Jésus-Christ par ses miracles accomplis devant d'innombrables témoins : — Pourquoi ne regardez-vous que la croix de Jésus-Christ? Comment n'admirez-vous pas sa résurrection? Comment ne dites-vous rien des morts qu'il a ressuscités, des aveugles dont il a ouvert les yeux, des paralytique et des lépreux qu'il a guéris, de tant d'autres miracles qui montrent qu'il n'était pas seulement homme et qu'il était aussi Dieu !

Jésus-Christ n'a pas prouvé sa divinité uniquement par les prodiges opérés durant sa vie mortelle. Il s'est survécu en Dieu. Il ne cesse d'accomplir des œuvres surhumaines, qui ont pour témoins tous les siècles et toutes les générations. N'est-ce pas un fait divin que l'établissement de la religion chrétienne malgré les persécutions des empereurs, malgré les révoltes de l'orgueil et des passions? Antoine dit aux philosophes païens, en leur montrant un miracle qu'ils avaient sous les yeux : L'adoration de vos fantastiques idoles commence à s'affaiblir parmi vous, au lieu que notre foi se répand de tout côté. Avec tous vos syllogismes, vous ne persuadez pas à une seule personne de passer du christianisme au paganisme, et nous, en enseignant la foi en Jésus-Christ, nous ruinons toute votre superstition. Ce n'est donc pas la croix qui mérite votre mépris, mais plutôt l'idolâtrie qu'elle fait disparaître. Admirez ceci : personne ne persécute votre religion ; elle est en honneur parmi vous dans toutes les villes ; les chrétiens au contraire sont persécutés. Cependant notre religion s'étend et la vôtre s'évanouit de plus en plus. Malgré tous vos efforts pour la soutenir, l'adoration des idoles s'affaiblit de jour en jour. Au contraire, la foi en Jésus-Christ, quoiqu'elle passe pour ridicule parmi vous, quoiqu'elle ait été souvent persécutée par les empereurs, s'est déjà répandue par toute la terre.

Antoine prouva ensuite aux philosophes païens la divinité de la religion chrétienne par ce fait incontestable qu'elle seule a fait éclore dans l'humanité les plus héroïques vertus. — Quand a-t-on jamais vu la connaissance de Dieu éclairer si vivement les âmes, la tempérance et la chasteté briller d'un si pur éclat, la mort si aisément vaincue, sinon depuis que la croix de Jésus-Christ s'est levée sur le monde ? Qui peut en douter, en voyant dans l'Église tant de martyrs mépriser la mort à cause de leur amour pour Jésus-Christ, tant de vierges se conserver chastes et pures ? Ne sont-ce pas là des signes évidents qui nous font connaître que la foi chrétienne est la seule religion véritable qui puisse honorer Dieu comme il doit être honoré ? »

Pendant qu'Athanase transportait ses auditeurs dans les déserts de la Thébaïde, autour de la cellule d'Antoine, au milieu des monastères fondés par Pacôme dans l'oasis de Tabenne, Valérien enviait le bonheur des anachorètes. Eloignés du monde et de ses déceptions, ils ont arraché de leur cœur toutes les racines de l'amour terrestre, et ils ne connaissent pas l'amère souffrance que fait éprouver une tendre affection lorsqu'elle n'est pas payée de retour. Dès qu'il fut seul avec Vitus, Valérien lui dit avec douleur :

— Pourquoi le Seigneur n'a-t-il pas fait tomber sa foudre vengeresse sur Arius, au moment où il a commencé à propager ses erreurs ?

— Ne soyons pas saisis de crainte comme des hommes de peu de foi, lui répondit Vitus. Dieu veille sur son Eglise. S'il permet le mal que ses ennemis lui font souffrir, c'est pour en faire sortir un plus grand bien. L'hérésie d'Arius, si déplorable en elle-même, donne à l'Eglise, qui vient à peine de conquérir sa liberté, l'occasion de tenir pour la première fois ses grandes assemblées, d'établir solidement sa discipline, de définir et de proclamer sa foi. Le concile de Nicée sera une date célèbre dans l'histoire de l'Eglise.

— Obtenez de Dieu, par vos prières, mon cher ami, que Thalie, qui doit venir à Nicée, se soumette à l'autorité de l'Eglise et reconnaisse qu'Arius l'a trompée.

— Allons prier ensemble dans la grande église ; un jeune évêque de Chypre dont on vante l'éloquence, doit y expliquer aujourd'hui l'évangile aux fidèles.

La grande église, où les évêques devaient tenir les premières sessions du concile, avant de se réunir dans le palais impérial, n'était bâtie que depuis une

dizaine d'années. Des marbres de couleurs variées
en tapissaient l'intérieur. Une balustrade en bronze
séparait l'abside de la nef. Devant le sanctuaire était
suspendu un riche rideau de soie brodé d'or. Les
piliers qui soutenaient l'édifice avaient été empruntés
à des temples païens abandonnés.

Lorsque Vitus et Valérien entrèrent dans la grande
église, l'évêque Triphylle était à l'ambon et prononçait une homélie. Il expliquait le passage de l'évangile où est contenu l'ordre donné par le Sauveur à
un paralytique de prendre son grabat et de marcher.
Les fidèles écoutaient avec recueillement la parole
élégante et pieuse de l'orateur. Triphylle, habitué à
une grande distinction de langage, n'osa pas employer
le mot populaire *Krabatton* qu'on lit dans l'évangile,
il le remplaça par le mot *Skimpoda*. Il fit dire au
Sauveur parlant au paralytique : Lève-toi, *prends
ta couche*, et marche. » Tout-à-coup, un vieillard assis
au-dessous de l'ambon se leva au milieu du silence
de l'assemblée, et dit à l'orateur :

— Crois-tu avoir le droit de corriger l'évangéliste ?
As-tu honte d'employer les mêmes expressions que
l'écrivain sacré ?

Le jeune évêque rougit, fit un geste d'excuse, et,
reprenant sa phrase, il employa l'expression qui se
trouve dans le texte : *Prends ton grabat*, et marche.

Lorsque Valérien fut sorti de l'église, il demanda
à Vitus : — Quel est ce vieillard qui a osé interrompre la prédication ? — C'est le vénérable Spiridion,
évêque de Trimithunte, ville située sur la côte orientale de l'île de Chypre, près de Salamine. Il a voulu sans
doute donner une leçon d'humilité à son cher disci-

ple Triphylle et lui apprendre le respect que nous devons avoir pour le texte de l'évangile. Ce Spiridion,
était d'abord un simple berger, vivant humblement
dans une campagne solitaire, des produits de son
troupeau avec sa femme et sa fille Irène. Mais telle
était sa vertu qu'on l'a jugé digne de devenir pasteur
des âmes. Elevé à l'épiscopat, il a eu assez de modestie pour se souvenir qu'il avait été berger; afin de
ne pas l'oublier, il a gardé ses brebis, et il les mène
paître de temps en temps dans les prés qui environ-
nent Trimithunte. Une nuit, des voleurs s'introdui-
sirent dans sa bergerie, mais ils ne purent sortir par
l'ouverture qu'ils avaient pratiquée pour entrer. Le
lendemain, Spiridion les trouva confus d'être pris en
flagrant délit. Ils lui avouèrent leur faute et le sup-
plièrent de ne pas les livrer à la justice. « — Vous avez
pris beaucoup de peine, leur répondit-il, pour vous
introduire ici, je ne veux pas que ce soit inutilement. »
Il leur donna un mouton et ajouta : « Au lieu de venir
me le voler pendant la nuit, vous auriez mieux fait
de venir me le demander pendant le jour. »

Valérien et Vitus sortirent dans la ville et se promenèrent à pas lents dans la campagne, en s'entretenant
des saints personnages rassemblés de toutes les provinces à Nicée par la Providence, et dont ils avaient le
bonheur d'admirer de près les simples et sublimes
vertus. Ils rentrèrent par la porte la plus voisine du
palais impérial. Ils remarquèrent sur la place un grand
attroupement.

— Il me semble reconnaître au milieu de la foule
l'évêque Spiridion, dit Valérien.

— C'est bien lui, répondit Vitus, approchons-nous.

L'attention de tous les esprits cultivés était tournée vers le vénérable sénat d'évêques rassemblés à Nicée. Plusieurs philosophes païens s'étaient rendus dans cette ville, soit pour argumenter contre des vieillards, qu'ils espéraient réduire au silence à force de syllogismes subtils, soit pour se moquer de la simplicité de leur foi et de l'austérité de leurs mœurs. Arius comptait sur eux pour grossir son parti. Un de ces rhéteurs parcourait la ville, se vantant d'obliger tous ceux qui soutiendraient une discussion avec lui à s'avouer vaincus. Il avait rencontré sur la place du palais l'évêque de Trimithunte qui accepta son défi. Dieu suscitait ce vieillard, plus habitué à la prière qu'à la dialectique, pour confondre ce sophiste. Spiridion le laissa épuiser toutes ses subtilités. Au lieu de répondre à son argumentation, il lui dit avec l'accent de l'inspiration, en présence de la foule rassemblée autour d'eux :

« Au nom de Jésus-Christ, apprends quelle est la vérité. Il n'y a qu'un Dieu qui a créé le ciel et la terre et qui a donné une âme à l'homme formé du limon de la terre. Il a créé toutes les choses visibles et invisibles par son Verbe et les a affermies par la vertu de son Esprit. Ce Verbe, cette sagesse, que nous appelons le Fils, ayant pitié de l'égarement des hommes, s'est fait homme en s'incarnant dans le sein d'une vierge. Le Fils de Dieu, en souffrant la mort, et en ressuscitant, nous a donnés la vie éternelle. Nous croyons qu'il viendra un jour pour être le juge de toutes nos actions. Crois-tu qu'il en soit ainsi ?

En entendant ces paroles prononcées avec l'autorité d'un prophète, le philosophe demeura muet comme

s'il n'avait jamais appris à disputer. Eclairé inté-
rieurement par une illumination soudaine, il s'écria
tout-à-coup :

— Oui ! je crois.

— Si tu crois, reprit le vieillard, lève-toi, viens
avec moi à l'église, et reçois la marque et le sceau de
la foi.

Le philosophe se tourna vers la foule :

— Ecoutez, vous tous qui faites profession de
science. Tant que je n'ai entendu que des paroles,
j'ai répondu par des paroles, et j'ai réfuté par des raisonnements les raisonnements qu'on a tenus contre
moi. Mais quand une force plus qu'humaine a pris
la place des paroles, la sagesse humaine n'a pu soutenir cette force, et l'homme n'a pu résister à Dieu.
C'est pourquoi, si quelqu'un de vous a pu sentir ce
que je viens de sentir dans cette dispute, qu'il croie
à Jésus-Christ, et qu'il suive ce vieillard par qui
Dieu a parlé !

La foule était dans l'admiration en entendant ce
philosophe, naguère si orgueilleux, se déclarer chrétien et se réjouir d'avoir été vaincu.

— Voilà, dit Vitus, comment le Seigneur, selon
sa promesse, confond la sagesse des sages.

— Ah ! s'il daignait dissiper ainsi, s'écria Valérien,
les ténèbres qui obscurcissent la foi de Thalie !

— Hélas ! qui sait si Dieu ne lui a pas fait sentir
son égarement et si elle n'a pas fermé volontairement
les yeux à la lumière qui éclairait sa conscience.

— Ah ! de grâce ! laissez-moi mon espérance !

— Pourquoi la perdriez-vous ? Il est toujours possible de revenir à la vraie foi.

Au moment où les deux amis allaient rentrer dans leur demeure, ils aperçurent un jeune homme vêtu du manteau des philosophes, qui marchait modestement et n'accordait aucune attention à la foule amassée autour du palais impérial.

— Je reconnais un excellent ami que je serais heureux de vous présenter, dit Vitus à Valérien. Il est de Césarée, mais nous avons étudié ensemble, à Rome, les lettres grecques et latines. Allons l'aborder, car il est si absorbé dans ses pensées qu'il passerait près de nous sans nous voir.

— Hermogène a-t-il oublié ses amis? demanda Vitus au jeune homme, en posant familièrement la main sur son épaule.

— C'est toi, mon cher Vitus! je suis vraiment très-heureux de te rencontrer.

— Viens-tu de t'informer au palais du jour où l'empereur doit quitter Nicomédie pour se rendre à Nicée?

— Non, je viens d'annoncer à Osius que notre bienheureux évêque Léontius est arrivé.

— Léontius est vénéré comme un martyr par toute la Cappadoce, dit Vitus en se tournant vers Valérien. Il a confessé la divinité de Jésus-Christ dans les supplices avant de venir la proclamer à Nicée. J'espérais, poursuivit-il en s'adressant à Hermogène, que tu arriverais ici en même temps que moi, mais tu ne peux pas te séparer de ton évêque, et Léontius, sans doute, n'a pas pu se mettre en route plus tôt.

— Nous nous sommes arrêtés quelques jours à Nazianze. Léontius voulait amener à la foi chrétienne un vieillard qui s'était laissé gagner par des sectaires peu connus hors de la Cappadoce. Ils pratiquent une

religion à part où le déisme juif s'allie à des cérémonies païennes. Ce vieillard, nommé Grégoire, était es-
timé de tous à cause de la pureté de ses mœurs et de
sa probité. Il avait rempli des fonctions publiques
sans en profiter pour accroître sa fortune. Sa femme,
Nonna, héritière d'une longue race de chrétiens, a
aidé par ses prières Léontius, dont les efforts ont été
couronnés de succès. Convaincu de la vérité du christianisme, Grégoire a demandé le baptême. Les sectaires qu'il abandonnait se sont fait ses persécuteurs.
Mais notre bienheureux père lui a promis que Dieu le
récompenserait en donnant enfin à sa vieillesse un
fils lontemps attendu. Il a prédit que ce fils illustre-
rait le nom de son père et celui de la petite ville de
Nazianze, qu'il édifierait l'Eglise par ses vertus et la
réjouirait par l'éloquence de ses écrits.

Lorsqu'Hermogène eut achevé ces paroles, il s'inclina pour saluer un vieillard qui passait de l'autre
côté de la rue et marchait péniblement en appuyant
sur un bâton son bras tremblant.

— Quel est ce vieillard qui porte sur son noble
visage une si touchante expression de bonté? demanda
Valérien.

— C'est le bienheureux Nicolas, évêque de Myrrhe.
Il est né à Patarre, en Syrie. Au moment où il passait
de l'adolescence à la jeunesse, il perdit ses parents qui
lui laissaient une fortune considérable. Il se défit de
tous ses biens et les distribua aux pauvres. Ayant
appris qu'un père de famille, qui avait trois filles et ne
pouvait les marier parce qu'elles étaient sans dot,
était fortement tenté de leur procurer des richesses
par des moyens déshonorants, il alla, pendant la nuit,

jeter dans la maison de ce malheureux, par une fenê-
tre, l'argent nécessaire pour doter convenablement
une des jeunes filles. Sans se demander d'où pouvait
venir cette richesse inattendue, le père se hâta de
marier sa fille aînée. Nicolas lui fit parvenir de la
même manière la même somme d'argent. Le père en
profita pour marier sa seconde fille, et ne tarda pas à
recevoir de son bienfaiteur inconnu la dot de la
troisième. Lorsqu'il eut donné tout ce qu'il avait,
Nicolas fit le pèlerinage de Jérusalem. En revenant
par mer de la Palestine, il prédit une violente tempête
au pilote qui conduisait le navire. Bientôt en effet les
flots furent soulevés par un vent violent. Les passagers poussaient des cris de détresse et se croyaient
au moment d'être engloutis par les flots. Mais Nicolas
se mit en prière et la tempête fut apaisée. De retour
en Syrie, il traversa Myrrhe au moment où l'évêque
de cette ville venait de mourir et où les évêques de la
province délibéraient sur le choix d'un successeur.
Dans une vision, ils reçurent l'ordre d'élever à l'épiscopat le premier chrétien du nom de Nicolas qui entre-
rait dans l'église, le lendemain. C'est ainsi que
Nicolas est devenu évêque de Myrrhe. Dieu l'a favorisé
du don des miracles. Trois tribuns militaires, victimes
d'une calomnie et condamnés, par le gouverneur
Ablavius, à être décapités, se rappelèrent, dans leur
prison, combien Nicolas était puissant auprès de Dieu
et se recommandèrent à ses prières. Il apparut au
gouverneur, le visage menaçant, lui fit connaître
l'innocence des condamnés et lui ordonna de les mettre
en liberté. Ablavius cassa aussitôt l'arrêt de condamnation et rendit sa faveur aux tribuns injustement

accusés. Pendant la persécution de Licinius, Nicolas fut pris et jeté en prison, mais le triomphe de Constantin l'a rendu à son troupeau.

Ces touchants récits, en révélant à Valérien la sainteté des évêques qui allaient se réunir en concile, affermissaient sa foi et donnaient plus d'ardeur à sa piété.

— Toute ma vie, disait-il à ses amis, je remercierai Dieu de m'avoir accordé la grâce de voir et d'entendre tant de saints personnages qui sont la gloire de l'Eglise, les continuateurs de l'œuvre des apôtres, les guides et les consolateurs de leurs peuples. Je n'oublierai jamais les douces émotions qui remplissent mon cœur en ce moment. J'aurai toujours devant mes yeux ces augustes vieillards, accourus des extrémités du monde pour préserver de toute altération la doctrine révélée dont ils ont reçu le dépôt.

— Je ne crois pas, dit Vitus, qu'on puisse rêver un bonheur plus grand que celui d'assister à un concile général.

— Au dessus de ce bonheur, ajouta Hermogène, il n'y a que le ravissement dont nous serons saisis lorsque nous prendrons part, dans le ciel, à l'assemblée des saints.

Vitus fit connaître à Valérien Eustathe d'Antioche, qui avait souffert pour la foi, pendant la persécution de Dioclétien; Marcel d'Ancyre, un des évêques qui combattirent les Ariens avec le plus d'énergie; Potamon, évêque d'Héraclée, sur les bords du Nil, et Paphnuce, évêque de la haute Thébaïde, qui avaient eu l'un et l'autre l'œil droit broyé par les bourreaux pendant la persécution; Cécilien, évêque de Carthage et Nicasius, évêque de Die, qui représentait seul l'Église des Gaules à Nicée.

Rien n'aurait manqué au bonheur de Valérien sans la crainte qu'Arius ne persistât dans ses erreurs, après les décisions du concile, et que Thalie n'imitât son obstination. Un ami qu'il n'espérait plus revoir se jeta tout-à-coup dans ses bras, en poussant un cri de joie : c'était le poète Optatien.

— Quoi ! vous ici ? s'écria Valérien aussi heureux que surpris. Vous avez donc quitté en secret le lieu de votre exil ?

— Je suis pleinement réconcilié avec l'empereur.

— Après son baptême, il ne pouvait manquer de vous pardonner.

— J'aurais attendu longtemps mon pardon si je n'avais eu la pensée de composer de charmants petits poëmes qui ont pour titre : *Panégyrique dédié à Constantin Auguste,* et où je n'ai pas ménagé les louanges. Ma muse a renouvelé les prodiges d'Orphée : elle a subjugué le maître du monde.

— Il était plus facile de toucher le cœur de Constantin que d'apprivoiser les bêtes féroces.

— L'empereur a été si charmé de mes vers qu'il a révoqué l'arrêt qui m'exilait à Nisibe et m'a écrit cette lettre flatteuse.

Optatien tendit à son ami un sachet de soie où il avait enfermé la lettre de Constantin comme un bijoux précieux. Valérien lut à haute voix :

« J'ai vu avec joie les efforts de ton génie pour ajouter l'harmonie d'une lyre nouvelle à l'harmonie de la lyre ancienne. Je ne sais s'il est jamais arrivé à d'autres de se jouer ainsi parmi tant d'obstacles; d'entre

lacer au milieu de vers réguliers des lettres peintes qui
font partie intégrante du poëme principal et découpent
cependant en des figures diverses d'autres vers offrant
de nouvelles pensées et un sens nouveau. Le présent
de ta muse m'a été fort agréable. »

— J'espère, dit Valérien, que nous pourrons, après
l'empereur, admirer les ingénieux produits de votre
muse.

— Quand vous voudrez. Tenez, voilà un de mes poëmes. Il vous donnera une idée des tours de force
que je me suis imposés. Lisez ces trente-huit vers.
Vous ne vous douterez pas tout d'abord de la peine
qu'ils m'ont coûtée. Mais quand vous aurez achevé
votre lecture, vous appliquerez sur la feuille où j'ai
copié mon poème cette feuille où j'ai découpé l'image
d'un navire. Quelques lettres seulement du poème
apparaîtront dans les vides de la découpure. Or ces
lettres forment un petit poème à part où les lois de
la métrique sont exactement observées.

Valérien ne put cacher son étonnement lorsque,
après avoir lu le poème, il le couvrit avec la feuille
découpée. Les lettres qui restaient visibles dans la
découpure dessinaient la forme d'un navire, mais au
lieu de n'avoir entre elles aucun rapport, elles formaient des mots qui composaient des vers héxamètres.

— Vraiment, s'écria-t-il, je n'ai jamais vu de
pareils jeux littéraires.

Optatien lui montra un autre poème disposé de
telle sorte qu'en lisant de haut en bas la première lettre
de tous les vers, on lisait un vers hexamètre. Il en
était de même quand on lisait de bas en haut la
dernière lettre de tous les vers, et quand on lisait

la suite des lettres qui formaient les deux diagonales de ce carré poétique.

— Que de patience et d'application il vous a fallu, mon cher Optatien, pour faire avec un tel succès de pareils tours de force.

— Je n'avais rien de mieux à faire pour occuper mes loisirs pendant mon exil.

— Avez-vous beaucoup souffert dans cette ville de Nisibe que nous pouvons bien appeler le bout du monde, et qui semble faire partie du royaume des Perses plutôt que de l'empire romain.

— Je ne dois pas me plaindre. L'évêque de cette ville a été si bon pour moi que je ne me croyais pas sur une terre étrangère.

— Viendra-t-il assister au concile ?

— Il est ici, n'ayant d'autre suite que le diacre Ephrem et moi.

— A-t-il quelque célébrité ?

— Jacques, évêque de Nisibe, est une des gloires de l'Église syriaque. Dans sa jeunesse, il avait embrassé la vie solitaire des anachorètes. Il passait l'hiver dans une caverne et le reste de l'année dans les bois, sur le sommet des montagnes. Il se nourrissait de racines et de fruits sauvages et n'avait pour vêtements qu'une tunique et un manteau de poils de chèvre. Moins il prenait soin de son corps, plus il enrichissait son âme de lumières surnaturelles. Élevé au sacerdoce, malgré les résistances de sa modestie, il parcourut la Perse pour évangiliser les campagnes. Il rencontra dans un village des jeunes filles trop fières de leur beauté, qui chaque jour allaient se mirer avec complaisance dans l'onde trans-

parente d'une fontaine. Par un double miracle, il
dessécha la fontaine qui entretenait la vanité de ces
jeunes filles et fit blanchir subitement leurs cheveux.
A la mort de l'évêque de Nisibe, le peuple, d'une commune voix, à demandé Jacques pour pasteur, malgré
son austérité. Il s'acquitte scrupuleusement de toutes
les fonctions de l'épiscopat. Il prend soin des pauvres,
des veuves, des orphelins, des opprimés. Il instruit
son peuple soit par ses écrits soit par ses prédications.

— Je suppose que vous pouviez difficilement apprécier son éloquence, car la langue syriaque ne ressemble en rien à la langue de Démosthène ni à celle
de Cicéron.

— Je ne me suis pas seulement occupé pendant mon
exil à faire des chefs-d'œuvre de patience poétiques;
j'ai aussi utilisé mon temps en apprenant le syriaque.

— Décidément, vous aimez les tours de force.

— Je ne parle pas couramment cette langue un peu
rude, mais je suis parvenu à la comprendre aisément,
ce qui m'a procuré de délicieuses jouissances littéraires. Les Syriens ont en ce moment un poète qui s'é-
lève au-dessus de Pindare et d'Horace, comme le cyprès s'élève au-dessus des souples lianes. On ne peut
le comparer qu'aux prophètes et aux psalmiste d'Is-
raël. Il ne travaille pas laborieusement ses vers,
comme moi, dans le silence du cabinet. Il attend l'inspiration ; quand elle vient, il laisse couler de ses lèvres, à flots impétueux, des strophes sublimes. Il ne
songe ni à flatter l'oreille, ni à charmer l'imagination,
mais à soulever l'esprit au-dessus des pensées vulgaires et à le transporter dans les régions les plus
voisines du ciel. Sa poésie est une prédication.

— Comment nommez-vous ce poëte dont vous êtes si enthousiasmé?

— Il s'appelle Ephrem où Ephraïm.

— Le verrons-nous ici?

— Assurément. L'évêque de Nisibe à voulu l'emmener avec lui. Il refusait de venir, disant qu'il n'était pas digne d'assister à une si auguste assemblée, mais l'évêque à triomphé de sa modestie.

Métrodore et sa fille arrivèrent des derniers à Nicée, et seulement lorsqu'Arius et Eusèbe quittèrent Nicomédie. La parole insinuante et artificieuse d'Eusèbe exerça sur l'esprit de Thalie une influence plus funeste encore que celle d'Arius. Pouvait-elle ne pas rester fidèle à une doctrine enseignée par l'évêque de la seconde ville de l'empire? Eusèbe exagérait les progrès de l'arianisme et son autorité sur les évêques de l'Orient. Il promit de nouveau à Métrodore un siège épiscopal. Le rhéteur n'ajoutait pas une foi entière aux promesses d'Eusèbe, mais il ne faisait part à personne de ses doutes pour ne pas attrister sa fille, enivrée des louanges qu'elle recevait de la bouche d'un évêque. Thalie aurait voulu que Valérien pût entendre Eusèbe. Elle croyait qu'il se laisserait convaincre par sa lumineuse exposition du système d'Arius.

Théognis, évêque de Nicée, partisan déclaré de la nouvelle hérésie, reçut chez lui Arius et Eusèbe, ainsi que Métrodore et sa fille. Le rhéteur s'empressa de faire savoir son arrivée à Valérien, en le priant de venir le voir. Il espérait toujours que son amour sincère pour Thalie renverserait l'obstacle qu'une différence de croyances religieuses avait tout-à-coup fait surgir. Lorsque Valérien apprit que Thalie et son père

étaient logés chez l'évêque de Nicée, ainsi qu'Arius
et Eusèbe de Nicomédie, et qu'il pouvait se rencontrer face à face avec l'hérésiarque, il en éprouva une
telle peine qu'il ne voulut pas aller seul rendre visite
à Métrodore, et pria Vitus de l'accompagner.

Ils trouvèrent réunis chez Théognis une quinzaine
d'évêques qui étaient venus se joindre à Eusèbe de
Nicomédie pour défendre, dans le concile, les erreurs
d'Arius. C'étaient Maris de Chalcédoine, Paulin de
Cys, Patrophile de Sythopolis, Narcisse de Néroniade,
Ménophante d'Ephèse, Eusèbe de Césarée. Après
avoir échangé avec le rhéteur et sa fille les saluts d'u-
sage, Valérien jeta un regard méprisant sur Arius,
qui était assis à une place d'honneur près de Thalie.
Arius répondit à ce regard par un sourire d'une douceur affectée.

— Je suis heureux, dit-il, de connaître le jeune
héros dont mes amis m'ont parlé tant de fois. Je fais
des vœux pour que son union avec la plus docte fille
d'Alexandrie s'accomplisse bientôt.

— Alors, faites des vœux pour que les erreurs qui
égarent les âmes disparaissent par la soumission des
hérétiques à l'autorité de l'Eglise.

— L'Eglise nous est chère, sans doute, mais la
vérité nous est plus chère encore.

— Il n'y a point de vérité religieuse en dehors de
l'enseignement de l'Eglise, s'écria Vitus.

— Nous sommes venus à Nicée pour nous unir et
non pour nous diviser, dit un évêque d'une voix
mielleuse.

Valérien se tourna vers celui qui venait de parler.
C'était un homme de taille moyenne, dont la tête hau-

taine constrastait avec la douceur de sa voix. Ses
yeux remuants exprimaient tour à tour la bienveillance, la haine, l'admiration, le dédain. Il était âgé
d'une cinquantaine d'années, mais vêtu avec une recherche excessive. Il portait une robe de soie richement
brodée, et des ornements en or décoraient ses chaus-
sures. Valérien supposa que c'était Eusèbe de Nicomédie. Il ne se trompait pas.

— Il ne peut y avoir une véritable union des esprits,
dit-il, que par l'acceptation franche et complète de la
même doctrine révélée.

— Comment accepter ce qui ne paraît pas clair à
la raison? demanda Thalie. Espérons que tant d'évêques réunis en concile sauront s'entendre pour composer un dogme simple et raisonnable, et proportionner
le christianisme à l'état actuel des esprits.

— Les conciles ne composent pas des dogmes, répondit Vitus, ils expliquent, ils définissent la doctrine enseignée par Jésus-Christ et transmise par les apôtres.
Ils peuvent modifier les règles de la discipline et les
proportionner aux diverses conditions de la vie matérielle et morale des fidèles, mais ils ne peuvent absolument pas modifier la doctrine. Elle est contenue
dans la sainte Écriture et la tradition comme dans un
dépôt immuable et sacré. Les conciles ne peuvent que
puiser dans ce dépôt la doctrine révélée et lui donner
une expression humaine plus claire, plus précise,
plus directement opposée aux affirmations ou aux
négations de l'hérésie. Ils ne créent jamais un dogme
nouveau; ils se bornent toujours à constater et à exposer un dogme ancien.

— Mais lorsqu'un concile s'est trompé, dit Arius,

il faut bien qu'un autre concile corrige son erreur.

— Un concile général ne peut jamais se tromper sur les questions qui intéressent la foi. Jésus-Christ n'a fondé son Eglise que pour nous transmettre sa doctrine; il doit donc aider son Eglise à nous la transmettre fidèlement. Il a bien voulu s'engager à remplir ce devoir; il a promis à son Eglise qu'il serait avec elle jusqu'à la consommation des siècles. Or, comme un concile général est essentiellement l'Eglise enseignante, Jésus-Christ assiste nécessairement le concile général pour l'empêcher de se tromper dans les définitions qu'il donne de la doctrine révélée. Si le concile général traitait des questions de physique ou des questions d'histoire n'ayant aucun rapport avec le dogme, il pourrait se tromper et ses décisions ne seraient pas l'objet de notre foi, parce que Jésus-Christ n'a pas fondé son Eglise et n'a pas promis de l'assister pour enseigner une science humaine. Mais toutes les fois que le concile, interrogeant la sainte Ecriture et la tradition, définit la doctrine révélée, il ne peut pas se tromper: Jésus-Christ, fidèle à sa promesse, l'assiste et le préserve de toute erreur. Il l'empêche d'enseigner comme révélée une doctrine qu'il n'a pas enseignée lui-même; il l'empêche en outre, d'interpréter faussement la doctrine qu'il a révélée. Il l'aide, par conséquent, à définir si telle ou telle opinion religieuse est conforme ou opposée à sa doctrine. Enfin, il l'aide à choisir, parmi les divers mots d'une langue humaine, les termes qui peuvent exprimer sa doctrine avec plus de précision ou de développement, les termes qui peuvent le mieux marquer une erreur et la condamner.

— L'autorité infaillible du concile général suppose la divinité de Jésus-Christ que nous n'admettons pas, dit à voix basse Arius.

Ces paroles auraient provoqué une nouvelle discussion si Vitus les eût entendues. Eusèbe de Nicomédie, qui ne tenait pas à argumenter, détourna la conversation. On parla du nombre des évêques arrivés à Nicée, des monuments de cette ville, des fêtes que l'empereur se proposait de donner à Nicomédie, pour célébrer l'anniversaire de sa victoire sur Licinius.

— Croyez-vous que ces évêques se soumettront aux décisions du concile ? demanda Valérien à Vitus, lorsqu'ils eurent dit adieu à Théognis et à ses hôtes.

— Quelques-uns les accepteront sincèrement, d'autres feront semblant de les accepter, plusieurs les combattront ouvertement.

— Comment croire à l'infaillibilité de l'Eglise quand on ne croit pas à la divinité de Jésus-Christ ?

— Je regrette de voir, dans cette petite minorité d'évêques ariens, Eusèbe de Césarée. C'est assurément l'homme le plus érudit de ce siècle. Défenseur de la doctrine catholique et trompé par les sophismes d'Arius, il mériterait de graves reproches, s'il n'avait pas rendu de grands services à la religion par ses deux savants livres de la *Préparation* et de la *Démonstration évangélique*. Doué d'une mémoire prodigieuse et d'un goût prononcé pour l'histoire, il ne possède pas au même degré l'esprit théologique. Il est sensible à la flatterie et très-désireux d'être bien accueilli par l'empereur. Je crois qu'au fond il est fermement attaché à l'Eglise, mais, dominé par Eusèbe de Nicomédie, il ne saura ni distinguer assez promptement ni avouer

assez franchement combien l'arianisme est faux et
contraire à la doctrine révélée.

— Je crains bien que Thalie ne soit de plus en plus
engouée d'Arius et de son système.

— Ses yeux pourraient s'ouvrir si elle avait recours
à la prière, si elle disait à Dieu, du fond du cœur,
comme l'aveugle de l'évangile : « Seigneur, faites que
je voie ! »

— Peut-être que si je faisais taire mes scrupules,
si je l'épousais malgré son attachement à l'hérésie,
je l'arracherais aux influences funestes qui pèsent
sur elle et je la ramènerais peu à peu à la vraie foi.

— Croyez-moi, mon cher Valérien, ne pactisez pas
avec l'impiété. Si Thalie persiste dans ses erreurs après
les décisions du concile, elle n'est pas digne de vous.

XI

TROIS POÈTES CHRÉTIENS

Valérien vit un jour entrer chez lui Optatien tout
joyeux.

— Que de bonheurs à la fois nous sont réservés à
Nicée ! Nous voyons accourir ici de grands saints,
de grands orateurs, de grands poètes.

— Quand me ferez-vous connaître cet Ephrem
dont vous m'avez parlé avec tant d'enthousiasme ?

— Aujourd'hui même, si vous le voulez. Mais j'ai
découvert ici deux autres poètes chrétiens, dont l'un
parle la langue de Virgile et l'autre la langue d'Homère.

— Je ne savais pas que la poésie, à l'exemple de

16

l'éloquence, demandait enfin à Jésus-Christ de purifier ses inspirations.

— Le poète latin est un jeune espagnol nommé Juvencus. Il a un talent remarquable et il est d'une modestie charmante. Moins soucieux de sa gloire que de l'utilité des fidèles, il a entrepris une œuvre difficile mais très-importante. Il se propose de raconter dans un poème, divisé en quatre livres, toute l'histoire évangélique. Il s'applique à ne faire qu'un tout concordant et harmonique des récits des quatre évangélistes, et il altère le moins qu'il peut dans ses vers la narration simple du texte inspiré. Il s'est beaucoup servi, pour le plan de son poème, de l'harmonie des évangiles composés par Ammonius d'Alexandrie.

— Il est naturel que le premier essai d'épopée modulée par une lyre chrétienne ait pour objet le grand fait de la rédemption. La colère d'Achille et la fondation de Rome sont des événements d'une bien médiocre importance à côté de la régénération de l'humanité par la mort sur la croix de l'Homme-Dieu.

— Le poète grec que j'ai découvert à Nicée est un prêtre nommé Apollinaire. Il est professeur de grammaire à Laodicée. Quoiqu'il ait moins de talent que Juvencus, il comprend aussi bien que lui combien il importe de mettre entre les mains des fidèles des poésies chrétiennes. Il voudrait remplacer, dans les écoles, les métamorphoses d'Ovide par un poème sur les principaux faits de l'Ancien Testament.

— Rien ne manquera au siècle de Constantin ; il aura vu le premier essor de la poésie chrétienne. Pendant les trois premiers siècles de persécutions sanglantes qui ont précédé le triomphe de l'Église, l'art et la poésie ne pouvaient pas être cultivés. Les fidèles, toujours menacés de mort, se passaient de ces ornements du culte. Il leur suffisait d'exprimer dans leurs cérémonies religieuses les symboles de la foi. Les catacombes étaient témoins de leurs agapes, de leurs sacrifices mystérieux qu'il ne fallait pas révéler aux profanes, de leurs assemblées que le péril ne rendait pas moins fréquentes. Ils creusaient, au dessous de la Rome païenne, leurs temples en même temps que leurs tombeaux. Ils y communiquaient avec Dieu, ils y ensevelissaient les restes précieux des martyrs. Ils avaient plus besoin d'apologies que de poèmes. Mais maintenant que Constantin, vainqueur par la croix, a cédé au mouvement qui entraînait la société païenne aux pieds de cette croix victorieuse, l'Église fait éclater ses transports. Elle a des poètes en même temps que des docteurs. Pendant qu'une éloquence nouvelle excite les peuples à l'amour de Dieu et du prochain, une poésie nouvelle exprime harmonieusement les sentiments de piété, de reconnaissance, d'adoration qui remplissent tous les cœurs.

—Ne croyez pas cependant qu'avant le triomphe de l'Eglise, la poésie ait été complètement absente de la société chrétienne. La poésie est une des formes les plus achevées de la parole de l'homme et une des manifestations nécessaires de sa pensée. Une société aussi religieuse que celle des premiers chrétiens devait faire monter vers le ciel, en les chantant, ses actes de foi, d'espérance et d'amour. Le lyrisme, dans sa plus haute conception, peut se définir comme la prière. C'est une élévation de l'âme vers Dieu.

—Vous dites vrai. La prière initie l'âme aux joies ineffables du commerce avec Dieu, au travail fécond de la méditation. Elle l'habitue à se replier sur elle-même, à se connaître, à se résigner aux voiles mystérieux qui, sur cette terre, entourent toute créature. Les insondables profondeurs du dogme chrétien donnent à l'âme une tendance à la rêverie, à la contemplation, à l'extase. Or, n'est-ce point là ce qui fait la vie de la poésie lyrique. Il en est des âmes vraiment poétiques comme des âmes religieuses : elles souffrent un malaise insupportable quand elles sont forcées de se mêler au monde positif. Elles s'efforcent d'en sortir et de se réfugier dans un monde idéal. Mais le véritable monde idéal, c'est le royaume de Dieu, soit celui vers lequel doivent tendre nos espérances et que nous appelons le ciel, soit celui que l'âme porte en elle-même, suivant le mot du divin Maître : « Le royaume de Dieu est au dedans de vous. »

—Dans l'épître de S. Paul aux Ephésiens, nous trouvons la recommandation suivante, qui semble attester l'existence d'une poésie et d'une musique chrétiennes au berceau même de l'Eglise. « Entretenez-vous les uns les autres avec des psaumes et des hymnes et des cantiques spirituels, en chantant et en psalmodiant au Seigneur de tout votre cœur : *Loquentes vobismetipsis in psalmis et hymnis et canticis spiritualibus.* »

—Je croyais que par ces paroles saint Paul recommandait simplement aux Ephésiens le chant des psaumes. La poésie que renferment les psaumes est à la fois la plus populaire et la plus sublime. Il y a là des prières, des cris de l'âme, des exclamations que les plus simples fidèles redisent avec la ferveur enthousiaste du psalmiste inspiré. Les siècles n'ont pas refroidi l'ardeur de ces aspirations vers Dieu. Au pied des autels ou dans un recueillement solitaire, l'âme que resserre la tristesse ou que la joie épanouit ne trouve pas d'expression plus juste et plus vive de ses sentiments qu'un verset de psaume longtemps médité. Ces phrases, d'un sens profond et aussi varié, ce semble, que les situations morales de ceux qui les prononcent, contentent la piété en lui donnant une formule pour rendre ce qu'elle éprouve. Elle répète naturellement et comme s'ils jaillissaient pour la première fois d'un cœur trop plein, ces accents sacrés dont tant de bouches chrétiennes ont déjà savouré la douceur. Beaucoup de phrases, de versets, de fragments de psaumes se présentent comme d'eux-mêmes à notre mémoire dans les diverses circonstances que nous fait traverser le mouvement de la vie. Nous avons chanté ces hymnes sacrés dès notre enfance, mêlés à l'assemblée des fidèles, et nous ne pouvons les oublier entièrement. Le souvenir les retrouve sans effort quand notre émotion a besoin d'une parole pour s'exprimer. Ces prières, ces élans, ces soupirs qui sont en harmonie avec tous les siècles et avec toutes les âmes, devaient revenir bien souvent sur les lèvres des premiers chrétiens et entretenir leur piété.

— Remarquez pourtant que saint Paul ne parle pas seulement des psaumes. Il veut aussi que les chrétiens chantent aussi des hymnes et des cantiques spirituels. Des poésies populaires ont dû être composées de très-bonne heure pour exprimer la foi des chrétiens en la divinité du Sauveur. Dans sa lettre à l'empereur

Trajan, Pline raconte que les chrétiens avaient coutume de se réunir avant le jour et de chanter en chœur
des vers où ils proclamaient que le Christ est Dieu :
Carmenque Christo quasi Deo dicere secum invicem.
Nous lisons dans les Actes des martyrs qu'Ignace
d'Antioche, qui fut mis à mort sous le règne de Trajan,
institua dans l'Église dont il était le pasteur le chant
alternatif des psaumes et des hymnes en l'honneur du
Dieu sauveur. Chacun sait que lorsqu'Artémon eut
enseigné que Jésus-Christ n'était qu'un homme, il
fut combattu par un écrivain catholique qui, pour le
réfuter, lui allégua la foi de l'Église, contenue dans
certains hymnes composés par les fidèles à une époque voisine du berceau du christianisme.

— Il est bien à regretter que ces cantiques spirituels des chrétiens du premier siècle ne soient pas
arrivés jusqu'à nous.

— OEuvres de piété plutôt qu'œuvres d'art, ces
poésies devaient être confiées à la mémoire des plus
humbles fidèles, de ceux même qui ne connaissaient
pas l'écriture. Elles ont été transmises par un enseignement oral, et on les oubliera dès que des hymnes
d'une forme littéraire plus parfaite auront été composées. Il nous reste du moins un cantique de la fin
du second siècle. Il a pour auteur Clément d'Alexandrie. Ce cantique est le plus ancien monument de
poésie chrétienne que je connaisse ; c'est une des
premières fleurs poétiques dont le parfum se soit
exhalé sur l'autel de Jésus-Christ, et ce parfum est
frais et suave.

— Je connais cet hymne vif et rapide, produit par
un élan de l'âme, en prière qui sait tout ce qu'elle

doit à Jésus-Christ, et voudrait chanter dignement
ses dons et ses bienfaits. La poésie de Clément d'A-
lexandrie a le ton du cantique populaire. Elle est
écrite sans art et sans prétention, pour être chantée
devant l'autel, après le sacrifice eucharistique, lorsque
l'âme a besoin de laisser déborder sa reconnaissance
par des soupirs entrecoupés. L'auteur cache son talent et ne révèle que sa foi. Il ne songe pas aux esprits délicats et ne veut pas être applaudi. Il ne dit
pas comme le poète païen, enorgueilli par son génie:
« Je hais le profane vulgaire et je l'éloigne de moi. »
Sachant que le Fils de Dieu a daigné mourir pour les
hommes et pour les esclaves, il ne dédaignera pas
d'écrire pour eux. Loin de repousser le vulgaire, si
profane qu'il soit, si mauvais juge qu'il soit de la belle
poésie, il l'appelle plutôt et redit le mot du divin
maître : « Laissez venir à moi les simples, les petits,
les enfants, afin que j'intruise leurs bouches innocentes à chanter de saints cantiques.»

— La poésie de Juvencus et d'Appollinaire est tra-
vaillée avec plus de soin, et on y chercherait en vain
le lyrisme simple et spontané d'une société naissante.
Ces deux auteurs se conforment à toutes les traditions classiques. Ephrem, au contraire, procède par
exclamations, par élans impétueux, comme Clément
d'Alexandrie. Il ne se doute pas des règles posées
par nos grammairiens.

— Vos trois poètes chrétiens devraient bien nous
faire entendre quelques-uns de leurs plus beaux vers.

— Ils ne demandent pas mieux. Si vous voulez
me suivre, vous les trouverez réunis chez moi. Nous

demanderons à chacun d'eux une lecture, et vous
pourrez juger de leur talent.

— Mais comment pourrai-je comprendre Ephrem ?
Je ne sais pas un mot de syriaque.

— Je vous traduirai de mon mieux un de ses cantiques.

Valérien se rendit chez son ami. Avant d'écouter
les trois poètes, il interrogea leurs physionomies.
Apollinaire lui rappela Métrodore. Il portait, comme
lui, le costume des rhéteurs. Son front chauve, son
front ridé, sa barbe grise lui donnaient un aspect
vénérable. Ephrem et Juvencus paraissaient à peu près
du même âge. Le premier, vêtu comme les solitaires,
était amaigri par ses austérités. Ses yeux semblaient
jeter des flammes, et révélaient le feu de l'inspiration
qui échauffait son cœur. Le second, timide et gracieux, avait le regard voilé. Il inclinait sur l'épaule
droite sa tête pensive.

— Cher Juvencus, lui dit Optatien, j'ai promis à
mon ami Valérien que vous ne refuseriez pas de lui
lire un fragment de votre histoire évangélique.

— Ce poème est encore très-imparfait. Je n'ai
achevé que le prologue, et je doute qu'il vaille la peine
d'être entendu.

— C'est trop de modestie. Lisez-nous votre prologue.

Juvencus se leva, et, d'une voix émue, qui devint de
plus en plus sonore, il déclama cette invocation.

« Ce monde, en sa vaste étendue, ne renferme rien
d'immortel, ni les empires des hommes, ni Rome la
magnifique, ni la mer, ni la terre, ni les globes de
feu qui resplendissent au ciel. Le Créateur de toutes

choses a fixé le moment irrévocable qui verra des torrents de flammes embraser une dernière fois le monde entier. Cependant les hauts faits et le nom qui s'attache à la vertu font répéter d'âge en âge les noms de beaucoup d'hommes illustres. Les poëtes leur prodiguent des louanges et grandissent leur renommée. Les uns sont rendus célèbres par les chants du poëte de Smyrne, les autres doivent leur gloire aux vers si doux de Virgile, dont Mantoue est fière. Les poëtes eux-mêmes jouissent d'une renommée aussi durable; elle demeure et semble éternelle, pendan que les siècles se précipitent, pendant qu'autour de la terre et des mers roulent avec ordre, roulent sans cesse les cieux étoilés. Que s'ils ont mérité de vivre dans une longue postérité, ces vers tissus de mensonges, à la louange des anciens héros, la foi, toujours certaine et vraie, la foi couronnera mes chants dans les siècles des siècles et donnera du mérite à mes efforts. Je chanterai les actions vivifiantes du Christ, don divin accordé aux peuples, qui n'ont reçu de lui que la vérité. Je ne crains pas que les flammes qui dévoreront le monde au dernier jour, consument ce livre. Il me soustraira peut-être lui-même au feu, lorsque, rayonnant de gloire, Jésus-Christ, juste juge, splendeur du Père, souverain Seigneur, descendra sur la nue enflammée. Oui, chantons ! que l'Esprit sanctificateur m'assiste et me dicte des chants. Inspiration sacrée dont les rives du Jourdain furent témoins, pendant que je chanterai, maîtrise mon âme, afin que je parle dignement de Jésus-Christ.

— Ces vers sont très-beaux, s'écria Valérien, lorsque Juvencus s'assit, en essuyant la sueur qui mouillait son front.

— J'avoue, dit Optatien que ce début me parait plus solennel que celui de Virgile. Je chante les armes et le héros qui, le premier, des rivages de Troie.. et le reste.

— N'allez pas me comparer au cygne de Mantoue, murmura Juvencus, que ces éloges faisaient rougir.

— Votre style est moins élégant, mais vos pensées sont plus élevées. Il n'est plus question dans vos vers de Junon qui boude à Jupiter ou de Neptune contrarié par Éole. Nous sommes en présence du Tout-Puissant, du souverain Juge des vivants et des morts. Nous n'invoquons plus la déesse qui a chanté la colère d'Achille, fils de Pélée; mais l'esprit divin qui inspirait les prophètes et leur montrait dans le lointain des âges le Christ rédempteur.

— Ce n'est que pour faire connaître Jésus-Christ et pour le faire aimer que j'ai entrepris ce poème. Je ne me suis permis aucune fiction dans mon *Histoire évangélique*. Je n'ai pas voulu, dans un sujet si grave, mêler aux réalités divines des inventions humaines.

— Heureux le poète qui aime le Christ! s'écria Valérien. Quels que soient les dons de l'esprit qui l'élèvent au-dessus du vulgaire, il aura toujours des hymnes d'adoration et de reconnaissance. Il consacrera des chants au Sauveur des hommes, s'il a reçu du ciel un beau génie; il les lui consacrera encore s'il n'a reçu qu'un gracieux talent. Il se souviendra que le mélodieux gazouillement de l'oiseau loue aussi bien le Créateur que le grondement sublime du ton-

nerre, et que l'humble lyre est aussi favorablement
écoutée que l'heptacorde, lorsqu'elle glorifie le nom
du Seigneur.

— Nous avons entendu les premiers accents chrétiens de la poésie latine, dit Optatien ; écoutons
maintenant la poésie grecque. C'est elle surtout, dit
Horace, qui parle la bouche arrondie. Son harmonie
charmera nos oreilles, pendant que sa piété touchera
nos cœurs.

— J'ai besoin de compter sur votre indulgence,
dit Apollinaire, pour vous lire les derniers vers que
j'ai composés. C'est le récit d'un trait bien connu de
la vie du bienheureux Jean l'Evangéliste. J'ai adopté
un rhythme semblable à ceux d'Anacréon, mais je
n'ai ni l'élégance ni la souplesse du vieillard de Téos.

— Disciple d'un Dieu couronné d'épines, le poëte
chrétien ne se couronne pas de roses. Il a horreur
de la mollesse du langage autant que de la mollesse
de l'âme. Nous vous permettons de parler du voyant
de Pathmos avec une rude simplicité.

Apollinaire débita les strophes suivantes, non pas
avec la pompe habituelle des rhéteurs, mais avec un
goût parfait qui en dissimula les défauts.

> Près d'Ephèse, dont la Grèce
> Connaît le temple immortel,
> Où Diane chasseresse
> Voit l'or couvrir son autel,
>
> Dans un vallon frais, que dore
> Le dernier rayon du soir,
> Au pied d'un vert sycomore
> Un vieillard vient de s'asseoir.
>
> Il a des regards étranges
> Souvent tourné vers les cieux,
> Et l'on dirait que les anges
> Sont visibles pour ses yeux.
>
> De larges rides sillonnent
> Son front courbé par le temps,

Des cheveux blancs le couronnent :
Ce doux vieillard a cent ans.

C'est le dernier des apôtres ;
Il redit ces mots touchants :
« Aimez-vous les uns les autres,
Mes enfants, mes chers enfants. »

C'est Jean, l'élu du Calvaire,
Que le Seigneur a nommé
Du nom que le cœur préfère,
Du beau nom de bien-aimé.

Évangéliste et prophète,
Il décrit l'heureux séjour
Où, d'une éternelle fête,
L'âme ira jouir un jour.

Les yeux de larmes humides,
En écoutant ses récits,
Des adolescents timides
Autour de lui sont assis.

Près d'eux, foule que captive
L'attrait des saints entretiens,
Debout, l'oreille attentive,
Sont groupés tous les chrétiens.

L'apôtre exhorte au martyre
Ces néophytes fervents,
Puis s'interrompt, pour leur dire :
« Aimez-vous bien, mes enfants. »

Une colombe sans tache,
Vole vers lui sans frayeur,
Et, familière, se cache
Dans sa robe et sur son cœur.

Aussitôt, quittant la branche
Où la cherchait son regard,
Une autre colombe blanche
Se pose sur le vieillard.

Une autre encore s'envole
Et vient becqueter sa main.
C'est donc l'heure ; sa parole
Se taira jusqu'à demain.

Les colombes innocentes
Le réclament à leur tour ;
De ses lèvres caressantes
Il les baise avec amour.

Toutes agitent leurs ailes,
Toutes hérissent leurs cous,
Toutes voltigent, fidèles,
De ses bras à ses genoux.

Il sourit, elles roucoulent
Et folâtrent à leur gré ;

Tout-à-coup ses larmes coulent
Sur leur plumage nacré.

Il pense au jour mémorable
Où, sur les bords du Jourdain,
Une colombe adorable
Sur Jésus plana soudain.

Mais à la foule ravie
A qui Jean a révélé
Le Verbe, lumière et vie,
Un païen s'était mêlé.

— « Je m'étonne qu'un apôtre
Fasse voler si longtemps
Ces oiseaux d'un doigt à l'autre,
Dit-il, c'est un jeu d'enfants.

— « Quand la chasse est terminée,
Répond Jean avec douceur,
A la fin de la journée,
Que fait l'habile chasseur ?

Auprès du carquois sonore,
Il détend l'arc avec soin,
Pour que cet arc puisse encore
Lancer les flèches au loin.

L'esprit, créé pour comprendre,
Pour réfléchir et prier,
A besoin de se détendre
Après qu'on l'a fait plier..

Heureux celui qui repose
Son esprit en l'amusant
Avec un lys, une rose,
Une colombe, un enfant. »

Il se tait ; la nuit est sombre.
Il est temps de disperser
Les chrétiens à travers l'ombre ;
L'agape va commencer.

Aux colombes veloutées
Il donne un baiser d'adieu,
Et leurs ailes argentées
Se perdent dans le ciel bleu.

Lorsqu'Apollinaire se tut, on l'écoutait encore, tant on était doucement ému par ses vers simples et coulants.

— Vous venez de me révéler, lui dit Juvencus, une source de poésie chrétienne à laquelle je n'avais pas encore songé : la vie des saints. Nous devons les chanter avec plus d'amour que les poètes païens n'ont chanté les conquérants et les héros. Ils ont été sur la terre nos modèles ; ils sont dans le ciel nos protecteurs.

— Les héros que la lyre païenne a célébrés sont bien petits comparés à la grandeur morale de nos apôtres, de nos pontifes, de nos martyrs. Au lieu d'être les destructeurs des peuples, comme les conquérants, les saints en sont les bienfaiteurs. Ils ne font verser ni flots de sang, ni torrents de larmes ; ils désarment la colère, adoucissent la souffrance et consolent le malheur.

— Maintenant que la poésie occidentale s'est fait entendre, dit Apollinaire, j'espère qu'Optatien voudra bien mettre à notre portée la poésie orientale et nous traduire un cantique d'Ephrem.

— Les effusions lyriques du poète syriaque, dit Optatien, n'ont pas la mesure, l'ordre, la régularité qu'affectionne le génie de l'Occident. Ses poésies sont de deux sortes. Les unes se composent de vers égaux de sept syllabes, semblables aux vers héroïques des Grecs. C'est ce que les Syriens appellent *mimro*, c'est-à-dire discours, homélie, sermon. Les autres sont disposées en un certain nombre de strophes, comme les odes latines. Les Syriens appellent ce genre d'hymnes *madruscio*, c'est-à-dire cantique, ode, méditation. Aucune traduction ne peut rendre l'éclat et la rapidité de ces vers qui donnent des ailes de feu aux improvisations d'Ephrem. Mais, grâce à l'ardeur de son inspiration et au brillant soleil de sa patrie, sa poésie est si chaudement colorée qu'elle ne perd pas entièrement sa teinte primitive, en passant à travers un autre idiôme.

Plusieurs hymnes d'Ephrem vous paraîtraient sans
doute étranges, tant ils sont pleins d'images hardies, d'énumérations, d'exclamations, d'antithèses,
de répétitions. Il ne sait pas modérer le feu de ses
paroles et ralentir leur impétuosité. Je choisirai parmi ceux de ses cantiques où l'inspiration s'est lais-
sée régler par l'art et le goût. Transformés parfois
en récits et plus souvent encore en dialogues, ils
prennent un tour dramatique rarement employé dans
la poésie lyrique des Grecs et des Latins. L'ode occidentale pourrait emprunter à Ephrem d'heureuses
formes de composition qui la rendraient moins monotone. Ecoutez ce cantique sur l'adoration des Mages.
Aucune ode de Pindare n'est aussi habilement composée. Il est vrai que le sujet est plus inspirateur
qu'une victoire remportée aux jeux isthmiques.

« Après la naissance du Fils, une lumière a brillé
sur le monde, et les ténèbres en ont été chassées, et
elle a illuminé l'univers. Que l'univers rende donc
gloire au Fils qui l'a illuminé !

« Il est sorti du sein d'une Vierge, et à sa vue les
ombres se sont évanouies ; il a dissipé les ténèbres
de l'erreur, et le monde s'est vu éclairé tout entier.
Que le monde lui rende donc gloire !

« Un grand bruit s'est fait parmi les peuples, et une
lumière s'est levée dans les ténèbres, et les nations
ont tressailli de joie pour rendre gloire à Celui dont
la naissance les a illuminées.

« Il a envoyé sa lumière en Orient, et la Perse a été
éclairée par les rayons d'un astre. C'est lui qui l'a fait
lever ; et il a annoncé à la Perse que tous sont accourus déjà vers une victime réjouissante.

«Un flambeau précurseur a lui au sein des ténèbres, et il a invité les peuples à venir jouir de cette lumière éclatante, qui est descendue sur la terre.

« Le ciel a envoyé une de ses étoiles en message, pour avertir les Perses de se préparer à venir au devant du Roi et à l'adorer.

«Il a appelé les Mages, émus déjà des pressentiments de la vaste Assyrie, et il leur a dit : « Prenez des « présents, et courez honorer le grand Roi qui vient « de naître en Judée. »

« Ces princes de la Perse, tous joyeux, ont donc pris des présents dans leurs pays et ont apporté au Fils de la Vierge l'or, la myrrhe et l'encens.

« Lorsqu'en arrivant, ils eurent trouvé l'enfant, encore sans parole, couché dans la maison d'une pauvre femme, ils se prosternèrent, pleins de joie, en l'adorant, et, d'eux-mêmes, ils lui offrirent leurs trésors.

Marie leur dit : « Pour qui cela et pourquoi ? Quelle cause vous a fait sortir de votre pays pour venir avec vos trésors vers l'enfant ? »

« Ils lui répondirent : « Votre Fils est roi, et il réunit sur sa tête tous les diadèmes, parce qu'il est le roi, de tous, et son royaume est plus haut que le monde et à son empire tout obéit. »

LA VIERGE. — « Quand cela est-il jamais arrivé qu'une pauvre femme enfantât un roi ? Je suis indigente et dénuée de tout ; comment se fait-il que j'aie enfanté un roi ? »

LES MAGES. — « Cela n'est arrivé qu'à vous seule d'enfanter un grand roi, et par vous la vérité sera glorifiée, et les diadèmes s'humilieront devant votre Fils. »

LA VIERGE. — « Je n'ai pas, moi, les trésors des rois, et les richesses ne me sont jamais échues. Voyez ma maison : elle est toute pauvre et ma demeure est vide. Pourquoi donc saluez-vous mon Fils du nom de roi ! »

LES MAGES. — « Votre Fils est un grand trésor et une richesse capable d'enrichir le monde ; car les trésors des rois s'épuisent ; mais lui, rien ne l'épuisera, nul ne pourra le mesurer. »

LA VIERGE. — « Peut-être que c'est un autre, le roi qui vous est né. Cherchez-le bien : car ici il n'y a que le Fils d'une pauvre femme à qui il n'est pas même donné de voir un roi. »

LES MAGES. — « Est-ce que la lumière peut s'égarer dans sa route, quand elle est envoyée ? Si ce ne sont pas les ténèbres qui nous ont appelés et amenés, mais si nous avons marché à la lumière, encore une fois, votre Fils est roi. »

LA VIERGE. — « Mais vous le voyez : c'est un petit enfant qui ne parle pas, et la maison de sa mère est vide et nue ; pas une marque de royauté nulle part. Comment donc l'habitant d'une telle maison serait-il roi ? »

LES MAGES. — « Oui, sans doute, nous voyons un enfant sans parole et tranquille ; mais il est roi, bien que pauvre comme vous l'avez dit. Nous le voyons aussi faisant marcher à son commandement les astres du ciel pour annoncer sa venue. »

LA VIERGE. — « L'enfant est tout petit, et, vous le voyez bien, il n'a ni diadème ni trône. Que voyez-vous donc en lui, pour que vous l'honoriez du don de vos trésors comme un roi ? »

LES MAGES. — « Il est petit parce qu'il l'a voulu, parce qu'il se plaît à la mansuétude et à l'humilité, en attendant qu'il se révèle; mais un temps viendra que les diadèmes se courberont devant lui et l'adoreront. »

LA VIERGE. — « Il n'a point d'armées, mon Fils, ni de légions, ni de cohortes ; il est couché là, dans la pauvreté de sa mère, et vous l'appelez un roi ! »

LES MAGES. — « Les armées de votre Fils sont là-haut; ses cavaliers parcourent le ciel, comme des étoiles de feu ; et c'est l'un d'eux qui est venu nous appeler, et tout notre pays en a été dans l'effroi. »

LA VIERGE. — « Mon Fils n'est qu'un enfant et comment se peut-il faire qu'il soit roi, quand il est même ignoré du monde ? Comment un enfant gouvernera-t-il les illustres et les puissants ? »

LES MAGES. — « Votre enfant, ô femme, est un vieillard, l'Ancien des jours, le premier de tous; et Adam lui-même est plus jeune que lui, et par lui tout l'univers sera renouvelé. »

LA VIERGE. — « Il faut alors que vous m'expliquiez tout le mystère, découvrez-moi qui vous a révélé dans votre pays que mon Fils est Roi. »

LES MAGES. — « Une grande étoile nous est apparue, beaucoup plus éclatante que toutes les autres étoiles ; de sa lumière tout notre pays a été illuminé, et elle nous a annoncé la naissance d'un roi. »

LA VIERGE. — « Ah ! je vous en prie, ne parlez pas de cela chez nous, de peur que les rois de la terre, venant à l'apprendre, ne machinent, dans leur envie, quelque chose contre l'enfant. »

LES MAGES. — « Ne craignez rien, femme, parce

que votre Fils brisera tous les diadèmes et les anéantira, et que toute leur envie n'aura pas la puissance de lui nuire. »

LA VIERGE. — « Je crains Hérode, ce loup impur ; je crains qu'il ne me persécute et qu'il ne tire son glaive pour couper la douce grappe avant sa maturité. »

LES MAGES. — « Ne craignez pas Hérode, car votre Fils renversera son trône, et à peine ce prince régnera-t-il qu'il sera détruit et que son diadème tombera. »

LA VIERGE. — « Un ange, je vous l'avoue, m'est apparu quand j'ai conçu l'enfant ; il m'a révélé, comme à vous, que mon Fils est roi, que son diadème vient d'en haut, et qu'il ne sera pas brisé. »

LES MAGES. — « Eh bien ! cet ange que vous dites, c'est lui-même qui est venu, sous la forme d'une étoile, qui nous a apparu et nous a annoncé que l'Enfant est plus grand et plus brillant que les étoiles. »

LA VIERGE. — « Il m'a révélé, dans une annonciation, cet ange qui m'est apparu, que son règne n'aura point de fin. Et c'est un secret qu'il faut garder de peur qu'il ne se divulgue. »

LES MAGES. — « Et nous aussi, l'étoile nous a révélé que votre Fils est le Seigneur des rois. Il est évident que c'était l'ange qui prenait cette forme, pour ne pas se faire connaître à nous.

LA VIERGE. — « L'ange qui m'est apparu, à moi, l'a appelé son Seigneur avant qu'il fût conçu, et il me l'a annoncé comme Fils du Très-Haut ; où est son Père ? on l'ignore. »

LES MAGES. — « Chez nous, il a annoncé, sous la

forme de l'étoile, que le Seigneur du ciel est né ; et il faut bien que votre Fils commande aux luminaires du ciel : ils ne se lèvent pas sans sa volonté. »

LA VIERGE. — « Écoutez. Je vais vous dévoiler un autre secret, pour que vous soyez confirmés dans votre foi : c'est que j'ai enfanté, en demeurant vierge, ce Fils qui est le Fils de Dieu. Allez et prêchez-le. »

LES MAGES. — « Déjà l'étoile nous avait fait entendre que sa naissance est en dehors de l'ordre de la nature, et que votre Fils est au-dessus de tout, et qu'il est le Fils de Dieu. »

LA VIERGE. — « Les hauteurs des cieux l'attestent, et aussi la profondeur des abîmes, et tous les anges, et toutes les étoiles, qu'il est le Fils de Dieu et le Seigneur. Rapportez-en la nouvelle dans votre pays. »

LES MAGES. — « Les hauteurs des cieux, parlant par la voix d'une seule étoile, ont remué la terre ; et elle a reçu l'assurance que votre Fils est le Fils de Dieu, et que toutes les nations lui seront soumises. »

LA VIERGE. — « Rapportez la paix dans votre pays : que la paix se répande dans vos campagnes. Messagers véridiques de la Vérité, soyez tenus pour tels dans tout votre voyage. »

LES MAGES. — « Que la paix de votre Fils nous ramène sains et saufs dans notre pays comme elle nous en a amenés ! et quand son empire se manifestera au monde, qu'il visite notre contrée et qu'il la bénisse. »

LA VIERGE. — « Que la Perse se réjouisse de votre nouvelle ! que l'Assyrie tressaille de joie à votre retour ! et quand le règne de mon Fils se manifestera, il plantera son étendard dans votre pays. »

LES MAGES. — « Vous, que l'Eglise vous glorifie dans
ses triomphes ! parce qu'un Enfant vous est né, qu
est le Fils du Très-Haut ; et il a illuminé les hauteurs
des cieux et les profondeurs de l'abîme. Béni Celui
qui a réjoui le monde par sa Nativité ! »

Chacun fut frappé de l'originalité de ce cantique
tour à tour naïf et sublime, dialogué comme un églo-
gue de Virgile.

— Ce qui m'étonne le plus, dit Juvencus, ce n'est pas
l'élévation des pensées, l'art de la composition, la variété du style ; c'est la hardiesse avec laquelle Ephrem
raconte un fait de la vie du Sauveur, non pas comme
il s'est passé en réalité, mais comme il aurait pu se
passer.

— Dans votre poème, mon cher Juvencus, répondit
Optatien, vous vous contentez de traduire en vers
l'Evangile. Ephrem le commente avec son génie et
avec son cœur.

— J'avoue que je voudrais soustraire le récit sacré
de la vie de Jésus à ce pouvoir de tout oser qu'Horace
accorde aux peintres et aux poëtes.

— Quand on est pieux comme Ephrem, on n'ose
beaucoup que pour édifier beaucoup.

Lorsque Optatien reconduisit Valérien dans sa
demeure, il lui demanda :

— Lequel de mes trois poëtes préférez-vous ?

— Je crois qu'Ephrem est le plus richement doué.

— Ce génie solitaire, qui vit loin de la civilisation
gréco-romaine, épris du silence et de la majesté du
désert, est semblable au rocher qui s'ouvrit sous la
verge de Moïse pour désaltérer tout un peuple. Son
âme est une source vive d'où jaillissent des flots in-

tarissables d'éloquence et de poésie. Mêlant la vie active à la vie contemplative, il interrompt ses médita-
tions pour prêcher et pour chanter. Il parle avec une
force irrésistible tantôt le langage de la raison, tantôt
le langage de l'amour, souvent l'un et l'autre à la fois.
Il improvise çà et là, selon qu'une occasion le solli-
cite, des sermons émouvants ou de sublimes cantiques. Chez lui rien d'étudié. Ses paroles ne sont que
les effusions impétueuses d'une âme qui a besoin de
s'épancher.

— N'a-t-il fréquenté aucune école littéraire?

— Il n'a eu d'autre maître que la Bible. Il est né
à Nisibe sous le règne de Dioclétien. Ses parents
étaient de simples laboureurs, mais ils avaient acquis
un grand mérite devant Dieu, en confessant généreusement le nom de Jésus-Christ pendant la persécution. Ils offrirent au Seigneur l'enfant qu'ils en
avaient reçu. Peu de temps après sa naissance ils
eurent une vision. Une vigne chargée de raisin sortait de la bouche du petit enfant. Ses rameaux s'étendaient au loin ; les oiseaux venaient en foule manger
ses fruits, mais leur abondance ne diminuait pas. Les
parents pieux comprirent que le Seigneur réservait
à leur enfant des grâces de prédilection. Ils l'appelè-
rent Ephrem ou Ephraïm, nom qui signifie abondant
en fruits. Ephrem n'a reçu le baptême qu'à l'âge de
dix-huit ans. Dès ce moment il a commencé une vie
nouvelle. Dans son humilité, il regarde comme des
crimes affreux quelques fautes légères commises durant sa première jeunesse. Quoique le baptême les
ait effacées, il supplie sans cesse le Seigneur de les lui
pardonner. Il s'accuse d'avoir assisté aux jeux pu-

blics et aux spectacles de l'amphithéâtre, d'avoir
eu quelques doutes sur la Providence, et surtout d'a-
voir causé la mort à la vache d'un pauvre homme en
la poursuivant à coups de pierres dans un bois, lorsqu'elle était pleine et près de mettre bas. Il pleu-
rera ces fautes toute sa vie et ne cessera de se regarder à cause d'elles comme le dernier des pécheurs.
Désireux de ne vivre que pour Dieu, il s'était retiré
dans une solitude sous la conduite du bienheureux
Julien ; mais sa piété devint bientôt célèbre. On a
voulu l'arracher à son désert pour lui confier le ministère épiscopal. Il a contrefait l'insensé afin qu'on
le crût incapable de remplir une telle charge. Cependant son humilité ne l'empêche pas d'instruire les
peuples de la campagne des choses nécessaire au salut
de leur âme. Les villes d'Edesse et de Nisibe ont été
renouvelées par ses prédications. Vous ne pouvez
vous faire une idée de son éloquence émouvante.
Tantôt pathétique, tantôt terrible, il a le don des
larmes et souvent ses auditeurs l'interrompent par
leurs sanglots. Ils frémissent à sa voix comme si la
foudre grondait sur leurs têtes, comme s'ils entendaient la trompette du jugement dernier.

— Que la poésie serait belle, dit Valérien, si la
lyre, trop souvent profanée par des mains impures,
n'était touchée que par les saints.

Il ajouta, quand il fut seul : Si Thalie avait entendu
les vers de Juvenius, d'Apollinaire et d'Ephrem, elle
aurait peut-être compris combien leur poésie, inspirée par la foi, est plus touchante et plus élevée que
les rapsodies grossières d'Arius !

XII

LE SYMBOLE DE NICÉE.

Lorsque les évêques qui devaient se rendre à Nicée furent tous arrivés, ils se réunirent dans l'Église et tinrent plusieurs assemblées particulières, en attendant le jour de la session solennelle dans le palais de l'empereur qui devait y assister. Constantin se trouvait à Nicomédie, lorsque les évêques assemblés en concile commencèrent leurs délibérations. Il se réjouit de leur nombre et de leur zèle pour la paix de l'Église, leur fit savoir qu'il se disposait à se rendre au milieu d'eux et fixa le jour où ils prononceraient solennellement leurs décisions en sa présence. Les évêques étaient désireux de voir de leurs yeux ce prodige inespéré que Tertullien croyait impossible et qui prouvait à lui seul la force surhumaine du christianisme : le maître du monde s'inclinant devant la croix, le successeur de Dioclétien protégeant l'Église.

Le patriarche d'Alexandrie refusa de présider une réunion qui avait pour objet l'examen d'une hérésie propagée d'abord dans son diocèse ; cet honneur revenait donc à Eustathe, patriarche d'Antioche. Il avait à ses côtés les légats du Souverain-Pontife. Les évêques qui appartenaient à la faction arienne prirent place les uns à côté des autres, afin de concerter plus facilement leurs réponses.

Les trois cents évêques catholiques ne se livrèrent pas à des spéculations théologiques étrangères au but de leur réunion. En présence d'une hérésie contraire à la doctrine révélée par Jésus-Christ, touchan la trinité des personnes divines et l'incarnation du Verbe, ils s'appliquèrent à rédiger une formule du dogme chrétien qui contînt en peu de mots la condamnation formelle de l'arianisme et le résumé clair et précis de l'enseignement des pères de l'Église pendant les trois premiers siècles. Comme les Ariens prétendaient que le Fils n'avait pas toujours existé, mais qu'il avait été tiré du néant avant les autres créatures, le patriarche d'Alexandrie proposa de déclarer simplement que le Fils est Dieu. De bruyants applaudissements accueillirent ses paroles.

— C'est la foi de Pierre.

—C'est la doctrine que l'Église a reçue des apôtres.

— Anathème à qui ne croit pas ce que l'Église a toujours enseigné.

—Mon frère de Nicomédie, dit Eustathe, en s'adressant à Eusèbe, approuvez-vous que le concile, assisté par le Saint-Esprit, déclare que le Fils est Dieu?

— Avant de me prononcer, je voudrais, avec la permission de votre fraternité, consulter ceux dont j'aime à suivre ordinairement les sages conseils.

— Toute liberté vous est accordée.

Les Ariens formèrent un cercle à l'extrémité de l'Église, et se concertèrent à voix basse sur l'acceptation de la formule proposée par le patriarche d'Alexandrie.

— Rien ne nous empêche d'affirmer que le Fils est Dieu, dit Arius. Nous lisons dans l'Écriture : Vous êtes dieux et fils du Très-Haut. Puisque des hommes sont appelés dieux dans nos livres saints, nous pouvons donner le même titre à la plus parfaite des créatures.

Lorsque les Ariens eurent repris leurs siéges, Eusèbe de Nicomédie prit la parole :

— Nous sommes heureux de pouvoir déclarer avec nos vénérables frères que le Fils est Dieu.

Il y eut une longue exclamation de joie. La plupart des évêques pensaient qu'on allait enfin arriver à un arrangement. Athanase, qui connaissait la vraie pensée d'Arius, se leva et alla dire quelques mots aux légats du Souverain-Pontife.

— Mes frères, me permettez-vous d'adresser une question à ceux qui viennent de se consulter avant d'adhérer à notre profession de foi ? demanda Osius.

— Assurément, dit le patriarche d'Antioche.

— Arius, affirmez-vous, comme nous, que le Fils et le Père ont la même nature et la même divinité ?

— Je suis prêt à jurer que le Fils est Dieu, parce qu'il est écrit : J'ai dit : Vous êtes des dieux.

En entendant cette explication, les évêques ne purent contenir leur indignation,

— Ce n'est pas sérieux, c'est un jeu de mots !

— En ce sens, Arius pourrait appeler Dieu tout homme vertueux ?

— Hors d'ici l'Egyptien !...

— Imposons silence à l'hérétique !...

Léonce de Césarée se leva.

— Pour faire cesser toute équivoque, il importe de déclarer que le Verbe est véritablement la puissance de Dieu, qu'il est parfaitement semblable au Père en toute chose, immuable, éternel, infini, qu'il est inséparable du Père, et qu'il a cependant une existence qui lui est propre.

Il semblait que des expressions aussi positives ne

pouvaient être prises que dans un sens orthodoxe,
mais les Ariens trouvèrent encore le moyen de les
interpréter à leur manière. Ils déployèrent cette sub-
tilité pointilleuse, ces artifices perfides, cet esprit d'ar-
gutie et de dispute qui caractérisaient les sophistes
grecs et qu'ils ont transmis à tous les hérétiques. Lorsqu'ils se furent concertés de nouveau, Eusèbe s'exprima ainsi en leur nom :

— Nous affirmons du Fils de Dieu tout ce que
vient d'exposer notre vénérable frère de Césarée.
Saint Paul ne dit-il pas que l'homme est l'image et
la gloire de Dieu? Nous admettons donc que le Fils,
qui est plus parfait que l'homme, est plus que lui
semblable à Dieu. Saint Paul dit aussi que nous vivons
éternellement, par conséquent nous devons reconnaître que le Fils est éternel. Nous avouons aussi que
le Fils est en Dieu, puisque nous-mêmes nous vivons
en Dieu, nous nous mouvons en lui, nous sommes
en lui. Nous consentons en outre à dire que le Fils
est immuable, puisque, selon l'Écriture, rien ne nous
séparera de l'amour de Dieu.

Les Ariens acceptaient donc toutes les expressions
des catholiques, mais avec des restrictions mentales
qui en changeaient le sens pour leurs adeptes. Lorsque les évêques eurent remarqué cette hypocrisie des
Ariens, ils cherchèrent à expliquer avec un mot décisif
ce qu'ils entendaient par les expressions bibliques
dont ils s'étaient servi. Athanase n'avait encore rien
dit, le patriarche d'Alexandrie lui ordonna de parler.
L'élégance et la lucidité de son élocution charmèrent
l'assemblée. Il raconta brièvement l'origine de la
nouvelle hérésie. Il montra comment elle était direc-

tement opposée à l'enseignement de l'Eglise touchant
la rédemption du genre humain par l'incarnation
du Verbe. Il dit comment les Ariens se condamnaient
eux-mêmes par le soin qu'ils prenaient de dissimuler
leurs erreurs. Il exhorta l'assemblée à définir la
doctrine de l'Eglise par un mot assez précis pour
qu'il fût impossible aux Ariens de l'interpréter à leur
façon. Il proposa de déclarer que le Fils est consubstantiel au Père.

— Ce mot, dit-il, exprime l'affirmation la plus
opposée à la négation des Ariens. Il signifie non seulement que le Fils est semblable au Père, mais qu'il
a la même divinité que le Père. Vous ne pouvez pas
affirmer avec plus de force que le Fils est engendré
de toute éternité, que sa génération divine diffère
infiniment de celle qui convient à la nature humaine ;
que non seulement il ressemble au Père, mais que sa
substance ne peut pas être séparée de la substance
du Père ; que lui et le Père ne sont qu'un, ainsi que
Jésus-Christ l'a dit très-expressément : « Moi et le
Père nous ne sommes qu'un. »

Lorsqu'Athanase eut achevé son discours, on entendit de tout côté des cris d'admiration

— Le Saint-Esprit parle par la bouche d'Athanase !

— Athanase est un second Paul !

— Nous adorons le Fils parce qu'il est consubstantiel au Père.

Les Ariens essayèrent d'opposer à ces louanges
d'impuissantes récriminations

— Athanase est un nouveau Sabellius !

— Sa doctrine outrage la divinité !

— Athanase en exil !

Cette simple formule : « le Père et le Fils sont con-substantiels », c'est-à-dire la substance du Fils est la même que la substance du Père, condamnait l'arianisme avec tant de précision que les équivoques et les subterfuges devenaient impossibles. Arius déclara aux évêques de son parti qu'il mourrait plutôt que de souscrire cette formule.

Lorsque le calme fut rétabli, Eusèbe de Nicomédie se leva.

— Je proteste contre le mot consubstantiel, parce qu'il ne se trouve pas dans la sainte Ecriture.

— Cette objection ne peut pas nous arrêter, dit Léonce de Césarée. Qu'importe que les mots soient nouveaux, pourvu qu'ils expriment une doctrine ancienne? Ne parlons-nous pas tous les jours de la Trinité, de la sainte Eucharistie, des diocèses, des paroisses ? Ces mots cependant ne se trouvent pas dans la sainte Ecriture.

— En révélant sa doctrine, ajouta Marcel d'Ancyre, Jésus-Christ n'a pas enseigné à ses apôtres une langue théologique complète. Pour exposer aux fidèles les vérités que les apôtres nous ont transmises, nous sommes obligés de donner de nombreuses explications et d'employer dans un sens nouveau une foule de termes de la langue usuelle. Lorsque se sont élevées les premières hérésies, nos prédécesseurs ont été forcés de recourir à de nouvelles expressions pour tracer plus exactement les limites qui séparaient l'erreur de la vérité. Des mots nouveaux furent créés pour exprimer des idées nouvelles. N'est-ce pas Tertullien qui le premier s'est servi du mot Trinité, pour indiquer nettement le mystère des trois personnes distinctes dans l'unité de la nature divine? Les mots adoptés pour exprimer les mystères de la vie divine sont sans doute très-imparfaits. Jamais une langue humaine ne pourra parler de Dieu aussi clairement qu'elle parle des objets que notre intelligence peut embrasser. Mais comme nous ne pouvons transmettre une idée qu'à la condition de nous servir de mots, nous sommes obligés, pour exposer la doctrine révélée, d'emprunter à la langue usuelle les expressions qui nous semblent plus propres que d'autres à exprimer le dogme. Il est de foi que le Père et le Fils ne font qu'un seul Dieu. Pour enseigner cette vérité, quoi de plus naturel que d'adopter un mot clair et précis et de dire : Le Fils est consubstantiel au Père?

Les Ariens continuèrent à se plaindre de la nouveauté du terme proposé par Athanase. Ils étaient peu nombreux, mais ils parlaient tous à la fois et faisaient plus de bruit que la majorité. Eusèbe de Nicomédie demanda qu'au lieu du mot « consubstantiel, » on adoptât le mot « semblable en substance. »

— Accepteriez-vous cette expression, demanda Athanase?

— Très-volontiers, répondirent les Ariens.

— Cependant elle ne se trouve pas dans la sainte Ecriture. Par conséquent, si vous repoussez le mot consubstantiel, c'est moins parce qu'il est nouveau, que parce qu'il vous condamne.

Arius voulait encore épiloguer, mais l'assemblée était fatiguée.

— Est-ce la volonté du Concile que le mot consubstantiel soit inséré dans le symbole? demanda le patriarche d'Antioche.

— Oui! oui! répondirent presque tous les évêques.

— Non! non! s'écrièrent les Ariens.

— Recueillez les voix!

— La question a été suffisamment débattue, dit le patriarche, nous allons recueillir les voix. Que tous ceux qui ne sont pas évêques se retirent à l'extrémité de l'Eglise.

Au moment où on allait commencer à prendre l'avis des évêques, un cri se fit entendre :

— Secundus et Théonas ne doivent pas prendre part au vote; ils ont été excommuniés par le synode d'Alexandrie!

— Le concile de Nicée a été convoqué pour juger, réformer les décisions du synode d'Alexandrie! répondirent les Ariens.

Le patriarche d'Antioche consulta Osius. Ils décidèrent que, pour cette fois, on n'observerait pas les règles ordinaires, qu'on laisserait toute liberté aux Ariens, et qu'on éviterait tout ce qui pourrait leur fournir un prétexte pour se plaindre.

On recueillit les voix. Près de trois cents évêques demandèrent que le mot consubstantiel fût inséré dans le symbole ; une quinzaine seulement le repoussèrent. Eusèbe de Nicomédie fut atterré en voyant combien étaient peu nombreux les évêques qu'il avait décidés à se ranger à son avis. Une fois d'accord sur le mot consubstantiel, les pères du concile chargèrent Osius et quelques autres évêques de rédiger une profession de foi touchant la Trinité des personnes divines et l'incarnation du Verbe.

Cependant le jour approchait où les évêques devaient se réunir en assemblée solennelle, dans le palais impérial, et discuter, en présence de Constantin, les points de doctrine qui étaient dénaturés par les Ariens. Après avoir célébré à Nicomédie l'anniversaire de la victoire qu'il avait remportée deux ans auparavant sur Licinius, l'empereur se rendit à Nicée. Au jour fixé pour la séance solennelle, en présence de l'empereur, et pour la décision de toutes les questions examinées dans les réunions précédentes, les évêques se rendirent tous au palais. On avait préparé pour les recevoir la salle la plus vaste. Chaque évêque occupa la place qui lui fut désignée, puis ils attendirent assis, et dans un religieux silence, l'arrivée de l'empereur. Précédé seulement par ceux de ses ministres qui étaient chrétiens, Constantin se rendit à l'assemblée, sans escorte et sans hommes d'armes. Valérien fut assez heureux pour être du petit nombre d'officiers et de dignitaires de la cour qui formaient le cortége de l'empereur.

Lorsque le bruit retentissant des trompettes annonça l'arrivée de Constantin, les évêques se levèrent pour lui faire honneur. Il entra vêtu de pourpre, couvert d'or et de diamants. Adoucissant le plus qu'il pouvait sa majesté impériale, il passa au milieu des évêques les yeux baissés, la démarche grave et modeste. Arrivé à l'extrémité de la salle, il demeura debout, jusqu'à ce que les évêques l'eussent prié de s'asseoir. Il refusa le trône qu'on avait préparé pour lui et se contenta d'un petit siége d'or, comme pour marquer qu'il se considérait comme une brebis au milieu de ses pasteurs, comme le fils aîné de l'Eglise au milieu de l'assemblée générale de ses pères. Les évêques qui se souvenaient de Galérius et de Dioclé-

tien admiraient cet empereur, seul maître de l'Orient
et de l'Occident, qui croyait remplir un devoir et honorer son pouvoir suprême en s'inclinant non-seulement devant la majesté divine de Jésus-Christ, mais
encore devant la dignité de ses ministres.

Lorsque l'empereur se fut assis, et après lui tous
les évêques, Eustathe, patriarche d'Antioche, qui
était le premier du côté droit, ouvrit la séance et
prononça l'allocution suivante :

— Tout-puissant empereur, grâces immortelles
soient rendues au Dieu qui tient dans sa main les
sceptres et les couronnes. Nous le bénissons de vous
avoir choisi pour anéantir l'erreur idolâtrique et proclamer la liberté du culte chrétien. La noire vapeur
des sacrifices démoniaques est dissipée. Les superstitions du polythéisme sont évanouies ; les ténèbres
de l'impiété ont fait place aux clartés de la sagesse
divine, qui illumine le monde. Le Père est glorifié, le
Fils adoré, l'Esprit-Saint annoncé. La Trinité con-
substantielle, l'unité divine en trois personnes, est
partout adorée. C'est par elle, auguste empereur, que
votre règne est glorieux. Maintenez donc inviolable
la foi à la Trinité. Quiconque porte une main hérétique sur ce dogme fondamental, renverse toute l'é-
conomie de la religion chrétienne. Arius a rendu nécessaire, par sa propagande impie, une réunion si
nombreuse d'évêques. Il a rompu avec l'enseignement
des prophètes et des apôtres. Il ne rougit pas de dé-
pouiller le Verbe, Fils unique du Père, de sa nature
divine. Idolâtre d'une nouvelle espèce, il ravale le
Créateur au niveau de la créature. Il vous appartient,
auguste empereur, de le déterminer à changer de

sentiments et à respecter la doctrine apostolique. S'il avait le malheur de s'obstiner dans son égarement impie, vous sanctionneriez la sentence qui le séparera du Christ, et de la nôtre, et mettra un terme aux séductions qu'il a trop longtemps exercées sur les simples fidèles. »

L'allocution d'Eustathe indiquait assez clairement quel était le rôle du concile et quel était celui de l'empereur. Les évêques, juges de la foi, pouvaient seuls définir le dogme chrétien et déclarer que l'opinion d'Arius était contraire à la doctrine révélée. Sur ce point, l'empereur n'avait pas voix délibérative et ne pouvait intervenir. Il faisait partie de l'Eglise enseignée et non de l'Eglise enseignante. Mais les évêques, après avoir prononcé sur la question de doctrine, ne pouvaient exercer aucun pouvoir coërcitif contre celui qui divisait la société religieuse en propageant des hérésies. Le chef de l'Etat pouvait seul décider ce qu'il convenait de faire pour mettre fin aux troubles. C'était lui qui devait déclarer si l'auteur de ces troubles méritait un châtiment et de quelle manière il importait qu'il fût puni. C'était à l'empereur à sanctionner, s'il le jugeait convenable, par une peine extérieure la sentence d'excommunication portée par les évêques contre Arius et ses partisans.

Lorsqu'Eustache eut achevé son allocution, Constantin se leva pour adresser la parole à l'auguste assemblée. Il se fit un profond silence, et tous les évêques tournèrent vers lui leurs regards, émus par la solennité de ce grand jour, unique dans l'histoire de l'Eglise, où l'empereur, assistant pour la première fois à un concile, n'usait de son autorité que pour

assurer aux juges de la foi la liberté de leurs délibérations, n'empiétant sur aucun de leurs droits et se
soumettant à toutes leurs décisions doctrinales. Avec
une majesté douce et sereine, Constantin promena
ses regards sur ces vénérables pontifes, venus de si
loin et en si grand nombre pour correspondre à ses
désirs de pacification religieuse. Après quelques
instants de recueillement, il parla en chrétien, plus
encore qu'en souverain, avec l'accent de la piété plutôt qu'avec celui du commandement. Il s'exprimait
très-facilement en grec et cependant il parla en latin,
quoique les évêques orientaux, qui ne connaissaient que
le grec, fussent beaucoup plus nombreux que les
évêques d'Occident, à qui le latin était familier. Il pensait sans doute que le latin étant la langue des vainqueurs du monde, le successeur d'Auguste devait
parler d'abord en latin aux évêques accourus de toutes
les parties du monde. Peut-être voulait-il témoigner
ainsi qu'il reconnaissait la primauté de l'Église romaine et du Souverain-Pontife, représenté par ses
légats au concile de Nicée.

— « Bien-aimés pères, dit Constantin, le plus ardent de mes vœux était de pouvoir jouir du bienfait
de votre présence. Je rends grâces au Roi des rois,
après les innombrables faveurs dont il m'a comblé,
de vous voir tous réunis dans une même pensée de
concorde et de paix. Qu'à l'avenir, nul ennemi ne
vienne plus troubler le cours de nos prospérités.
Avec l'aide du Christ sauveur, il m'a été donné d'a-
néantir les tyrans qui avaient déclaré la guerre à
Dieu. Le démon continuera-t-il, sous une autre forme,
à poursuivre de ses outrages notre religion sainte ?

Une division intestine au sein de l'Eglise me paraîtrait plus dangereuse qu'une lutte à main armée. Oui, je le déclare, les révoltes des nations étrangères ne m'affligent pas autant que ces divisions funestes. A la première nouvelle du schisme qui s'est produit, j'en ai compris toute l'importance. Pour y mettre un terme, je vous ai convoqué tous. Ce m'est donc une grande consolation que le spectacle de votre assemblée. Ma joie sera parfaite lorsque je verrai tous les cœurs et toutes les intelligences se confondre dans la pensée et le sentiment d'une même foi. C'est à vous, pontifes consacrés à Dieu, de proclamer la vraie doctrine et de la faire accepter au moyen de la persuasion. Faites donc tous vos efforts, ministres chéris de Dieu, serviteurs dévoués de notre commun Sauveur et maître. Travaillez ensemble à rétablir la paix, à resserrer les nœuds de la concorde, à faire disparaître tous les sujets de division. Ainsi, vous aurez bien mérité de Dieu, notre Père, et de moi, qui me fais gloire de le servir. »

Ces nobles paroles étaient sincères. Constantin voulait réellement la paix des esprits par l'unité des croyances religieuses. Mais il sentait qu'il ne lui appartenait pas d'imposer d'autorité l'acceptation d'un dogme. Il espérait que lorsque trois cents évêques se seraient prononcés contre les opinions d'Arius, leur décision serait universellement acceptée, et que les opposants, dont le nombre était si restreint, consentiraient tous à se réunir à la majorité. Il connaissait mal l'opiniâtreté des hérésies et l'orgueil obstiné des sectaires, incapables d'avouer qu'ils se sont trompés.

Les points controversés furent de nouveau débattus en présence de l'empereur. Arius eut toute liberté d'exposer ses opinions et il en profita largement. Les évêques se bouchaient les oreilles en entendant ses blasphèmes proférés avec une audace inouïe. Constantin ne fut pas moins choqué que les évêques. Athanase, Osius, Marcel d'Ancyre, Léonce de Césarée, n'eurent pas de peine à montrer que le système d'Arius était le produit de son imagination et qu'il était directement opposé aux paroles de l'Évangile, à la doctrine des apôtres, à l'enseignement des Pères des trois premiers siècles. Pour atténuer l'effet de l'exposition trop hardie d'Arius, ses partisans présentèrent au concile une profession de foi où leurs erreurs sur le Fils de Dieu étaient déguisées par des expressions artificieuses. Mais ils ne parvinrent pas à tromper les Pères du concile. Dès que cette profession de foi eut été lue, elle fut déchirée avec indignation. Les évêques déclarèrent qu'elle dénaturait la doctrine que l'Église catholique avait toujours crue, et que son divin fondateur lui avait révélée. Ils accusèrent les auteurs de cette profession de foi équivoque de trahir frauduleusement la vérité.

Il fut impossible aux Ariens de s'entendre pour rédiger une autre exposition doctrinale plus rapprochée de l'orthodoxie. Il leur arriva ce que depuis est arrivé à tous les hérétiques : ils se divisèrent et formèrent plusieurs sectes. L'erreur ne peut pas se maintenir dans l'unité, toujours identique à elle-même, sans varier jamais : elle gravite autour de la vérité comme une planète obscure autour d'un astre radieux. Elle change continuellement d'aspect et de position, sans pouvoir rencontrer, dans le vide où elle s'égare, une borne qui l'arrête et qui l'empêche d'errer plus long-temps. Dès que l'homme refuse de se laisser ensei-gner par Dieu lui-même sur des mystères que Dieu seul connaît, dès qu'il veut devenir son propre maître, il essaie vainement de s'attacher à une doc-trine immuable et passe, malgré lui, d'un système à l'autre. Il renonce à une théorie qui lui paraissait lumineuse dès qu'il espère rencontrer dans une autre une plus vive clarté.

Lorsque les divers points controversés eurent été suffisamment discutés, en présence de l'empereur, Hermogène lut d'une voix lente et grave la profes-sion de foi suivante, rédigée par Osius :

— « Nous croyons en un seul Dieu, Père tout-puissant, Créateur du ciel et de la terre, de toutes les choses visibles et invisibles, et en un seul Sei-gneur Jésus-Christ, Fils unique de Dieu, engendré par le Père avant tous les siècles, Dieu de Dieu, lu-mière de lumière, vrai Dieu de vrai Dieu, engendré, non créé, consubstantiel au Père, par qui toutes choses ont été faites, qui est descendu des cieux pour nous, hommes, et pour notre salut, et s'est incarné par l'opération du Saint-Esprit en la Vierge Marie, et s'est fait homme; qui a souffert, est ressuscité le troisième jour, est monté aux cieux, d'où il viendra juger les vivants et les morts. Nous croyons aussi au Saint-Esprit. Quant à ceux qui disent : Il y a un temps où le Fils de Dieu n'existait pas, il a été tiré du néant, ou qui prétendent que le Fils de Dieu est d'une autre nature que le Père, qu'il est muable et sujet au changement comme un être créé , la sainte

Église catholique et apostolique leur dit anathème. »

Aucune parole humaine n'a eu plus de retentissement que ce symbole de Nicée. Acclamé par les évêques du premier concile œcuménique et par le premier empereur chrétien, il est devenu la plus auguste profession de foi de l'Église catholique en Orient et en Occident. Il fait partie de la prière liturgique, il est répété d'un bout du monde à l'autre par chaque prêtre qui offre le sacrifice eucharistique. Il est chanté par tous les peuples de la terre, chaque fois qu'ils sont réunis pour sanctifier le jour du Seigneur par la célébration solennelle des saints mystères. Il retentit sous les voûtes sonores des cathédrales, aux flèches élancées vers le ciel : il exprime la foi et l'espérance des pauvres dans le temple au toit de chaume du plus humble hameau. Les sauvages à peine convertis, aussi bien que les plus vieilles nations civilisées par le christianisme, les pêcheurs de nos côtes et les pâtres de nos montagnes, aussi bien que le brillant auditoire que l'éloquence sacrée attire au pied de ses chaires les plus illustres, tous ceux qui pensent à Dieu, tous ceux qui l'adorent, tous les enfants de l'Église catholique, répètent avec l'émotion de la reconnaissance et le recueillement de la prière, en inclinant le front et en courbant le genou, les paroles adoptées par le Concile de Nicée pour résumer l'enseignement des trois premiers siècles, touchant la rédemption du genre humain. « Je crois en Jésus-Christ, Fils unique de Dieu, consubstantiel au Père, par qui tout a été fait, qui, pour nous hommes et pour notre salut, est descendu des cieux, s'est incarné par l'opération du Saint-Esprit en la Vierge Marie, et s'est fait homme. »

Tous les évêques catholiques réunis à Nicée déclarèrent que la profession de foi rédigée par Osius exprimait la vraie doctrine de l'Église. D'un consentement unanime, ils déclarèrent solennellement l'obligation de souscrire à cette formule qu'ils acceptaient tous et qui dès lors reçut le nom de symbole de Nicée. Arius refusa de souscrire cette profession de foi. Dix-sept évêques imitèrent d'abord son opiniâtreté. Ils voulaient recommencer la discussion. Mais la résistance qu'une si faible minorité opposait au consentement unanime de trois cents évêques, irrita l'empereur. Il déclara que non-seulement il était disposé à recevoir avec respect la décision du concile, mais qu'il était fermement résolu à exiler tous ceux qui seraient assez téméraires pour la repousser. Les menaces de Constantin firent plus d'impression sur les partisans d'Arius que les arguments d'Athanase et de Marcel d'Ancyre. Eusèbe de Césarée, qui tenait à ne pas encourir la disgrâce de l'empereur, se hâta de souscrire le symbole de Nicée. Eusèbe de Nicomédie et la plupart des opposants imitèrent cet exemple, pour ne pas être ignominieusement condamnés à l'exil devant tous les évêques assemblés. Mais leur souscription ne fut pas sincère. Ils étaient bien résolus à renouveler la discussion dès qu'ils pourraient le faire sans danger. Théonas et Secundus, qui étaient de Lybie, comme Arius, protestèrent de leur attachement à la personne et aux doctrines de l'hérésiarque. Aucune menace ne put les faire céder et ils furent exilés en Illyrie. Arius, cause première de tous les troubles qui agitèrent l'Église d'Orient, ne pouvait pas être traité moins sévèrement que ses complices. Il fut anathématisé par le Concile, et Constantin joignit la peine de l'exil à celle de l'excommunication. Tous ses écrits, entre autres sa *Thalie*, furent voués aux flammes. L'empereur rendit contre Arius le décret suivant :

— « Constantin, très-grand, auguste, aux évêques et aux peuples. Arius, ayant imité la criminelle audace des sacriléges et des impies, a mérité de partager leur châtiment et leur infamie... En conséquence, nous ordonnons qu'à l'avenir tous ses ouvrages soient livrés aux flammes. Ainsi, non-seulement sa doctrine impie aura été extirpée, mais il n'en restera pas même un monument qui puisse la faire connaître à la postérité. Quiconque sera convaincu d'avoir récélé un exemplaire de ses ouvrages et de ne s'être point conformé à notre présent édit, sera puni de mort. »

En un temps où il suffisait de désobéir à un édit impérial pour être exposé à un arrêt de mort, la peine capitale, prononcée contre ceux qui, au mépris de l'arrêt de Constantin, garderaient chez eux une copie de l'ouvrage d'Arius, était conforme à la jurisprudence de l'époque. Cette peine, du reste, ne fut jamais appliquée. Les détenteurs des écrits condamnés s'empressèrent de les livrer aux flammes. Les rares exemplaires que les partisans de l'hérésiarque osèrent conserver furent soustraits à tous les regards. C'est ce qui explique pourquoi aucun manuscrit de la *Thalie* n'est arrivé jusqu'à nous. Ce n'est pas une grande perte littéraire, mais cet ou-

vrage bizarre aiderait à retracer exactement le tableau
de l'arianisme à ses débuts.

Constantin a-t-il abusé de son pouvoir en faisant
brûler les écrits d'Arius? Il est évident que le premier empereur chrétien, dont le gouvernement n'était
contrôlé ni par un parlement, ni par des assemblées
législatives, ni par des journaux, ni par le suffrage
universel, ne pouvait pas avoir sur la liberté de la
presse la même opinion que les souverains constitu-
tionnels du dix-neuvième siècle. Persuadé que les
écrits d'Arius étaient des causes de troubles et de
divisions funestes, il ne pouvait les tolérer sans trahir
ses devoirs de souverain absolu. En bannissant l'hérésiarque et ses partisans obstinés, il n'agissait pas
avec une rigueur contraire aux principes exposés dans
son édit de liberté religieuse. Deux cultes seulement
étaient alors reconnus par l'Etat : le paganisme et le
christianisme. De même que l'empereur aurait exilé
ceux qui auraient fait naître des troubles parmi les
païens, ainsi exila-t-il ceux qui divisaient la société
chrétienne. Aujourd'hui même, sous le régime de la
liberté des cultes, si des prêtres et des évêques,
comme autrefois Arius et Eusèbe de Nicomédie, pro-
pageaient des doctrines hérétiques, s'ils voulaient
rester dans l'Eglise malgré l'Eglise et jouir de tous
les avantages temporels accordés par l'Etat aux ministres d'une religion reconnue, le souverain les con-
sidérerait, malgré leurs prétentions, comme n'appar-
tenant plus au culte catholique. Ils ne seraient pas
exilés hors de la frontière, mais ils seraient mis hors
du budget. Constantin ne pouvait pas agir avec moins
de sévérité. Il n'y avait pas alors de budget des cultes.

Il ne pouvait pas menacer les partisans d'Arius de la suppression de leur traitement. L'exil était le châtiment le plus doux qu'il pût leur infliger. L'empereur n'empiétait pas sur le droit des évêques. Il les avait laissés juger seuls la question de doctrine, mais les évêques ayant déclaré que les Ariens détruisaient le christianisme, tout en voulant rester dans la société chrétienne, il usait de son pouvoir souverain pour punir ceux qui troublaient la paix.

Lorsque le concile eut terminé ses travaux, il fit connaître ses décisions à toutes les Eglises de l'Orient et de l'Occident par une lettre-circulaire. L'empereur adressa de son côté à tous les évêques du monde un rescrit dont il fit donner lecture aux Pères du concile, avant de l'envoyer. C'est un admirable monument de sa piété sincère autant que de son désir de la paix et de l'unité.

— « Constantin Auguste, aux Églises catholiques de l'univers. Les prospérités dont jouit la république sous mon sceptre sont la preuve la plus éclatante de la protection que le Dieu tout-puissant daigne étendre sur moi. C'était de ma part un devoir de reconnaissance de travailler à rétablir au sein de l'Eglise catholique l'unité de foi, la sincérité de la concorde mutuelle dans le culte et l'amour de Jésus-Christ notre Seigneur. Pour atteindre ce but, il était indispensable de réunir sinon tous les évêques de la catholicité, du moins le plus grand nombre d'entre eux, et de leur soumettre l'examen des points dogmatiques controversés : Je l'ai fait, j'ai rassemblé autour de ma personne cet auguste sénat de Jésus-Christ. En ma présence, car je ne fais pas mystère de la foi que

je professe en commun avec vous, elle est mon plus
beau titre de gloire, en ma présence a eu lieu la discussion la plus approfondie. Après un mûr examen,
d'une commune voix, la sentence fut prononcée,
sous l'inspiration de l'Esprit-Saint, et le symbole de
la foi unique et véritable fut formulé. Désormais il
n'y a plus de révision possible, ni de controverse à
élever sur ce point. »

Constantin s'estimait si heureux d'avoir procuré la
paix à l'Eglise, qu'il voulut célébrer par une grande
fête la clôture du concile. Cette fête fut d'autant plus
solennelle qu'elle coïncidait avec le vingtième anniversaire de l'avènement de l'empereur au trône. Tous
les évêques prirent part, dans l'intérieur du palais,
à un festin de réjouissance dont la splendeur était
digne à la fois et de la magnificence et de la piété de
Constantin. Eusèbe de Césarée décrit cette fête avec un
enthousiasme que la plupart des évêques devaient
partager. C'était un spectacle aussi touchant qu'inouï.
Les gardes du corps faisaient la haie dans le vestibule,
l'épée nue à la main. Les armes avec lesquelles ils
rendaient le salut militaire aux ministres de Jésus-
Christ, s'étaient baignées naguère dans le sang des
chrétiens. Aujourd'hui, les hommes de Dieu passaient sans crainte devant ces glaives inclinés. Ils
vinrent prendre place dans la grande salle. Des accu-
bitoires étaient rangés en cercle autour des tables.
A l'extrémité, un lit d'honneur avait été disposé pour
l'empereur et les présidents du concile. On croyait
assister à l'une des fêtes du royaume du Christ. La
réalité semblait un rêve à tant d'illustres confesseurs
échappés à l'exil, à la prison et à la mort.

Ce n'était pas seulement le palais impérial qui était en fête. La ville entière s'abandonnait aux transports d'une pieuse allégresse. Dans les maisons, dans les rues, sur les places publiques, on ne voyait que des signes de réjouissance. Les parents, les amis qui se rencontraient échangeaient de joyeuses exclamations.

— Le concile a glorifié le Verbe de Dieu !

— Bénis soient le patriarche d'Antioche et celui d'Alexandrie.

— Et le vénérable Osius.

— Et le jeune Athanase.

— Ils ont confondu l'impiété d'Arius.

— Anathème à ceux qui disent que le Fils de Dieu est une créature.

— Le Christ a protégé Constantin et Constantin a défendu le Christ.

— Longue vie à notre invincible empereur !

Cependant Valérien ne prenait qu'une faible part à la joie universelle. Il avait suivi avec la plus vive émotion tous les détails de l'assemblée solennelle, présidée par l'empereur et terminée par la condamnation d'Arius. Il avait été attendri jusqu'aux larmes en entendant, après la lecture du symbole, les exclamations des évêques; mais il avait frémi d'indignation en voyant Arius refuser obstinément de souscrire cette profession de foi. — Que va faire Thalie ? se demandait-il. Osera-t-elle soutenir l'hérésie d'Arius, même après sa condamnation? Comprendra-t-elle qu'elle ne doit pas préférer la négation isolée d'un sectaire à l'affirmation unanime des évêques?

Pour dissiper un doute qui le faisait cruellement

souffrir, Valérien, dès qu'il le put, se rendit chez
Metrodore; mais il ne put rien savoir. Thalie venait
d'être saisie par une fièvre soudaine. Sa tête était
brûlante, ses yeux ne reconnaissaient personne, le
délire troublait sa raison, et sa bouche ne prononçait que des paroles incohérentes. Théognis, Arius,
Eusèbe de Nicomédie entouraient le lit de la malade
et tâchaient de rassurer son père. Valerien était ter-
rifié en sortant de la maison de Métrodore. Il fit part
de sa douleur à Vitus.

— Priez Dieu, mon cher ami, de me donner la
force dont j'ai besoin. La maladie de Thalie est très-
grave; je puis d'un moment à l'autre apprendre sa
mort.

— Ah! demandons pour elle surtout la grâce de
ne pas mourir sans reconnaître ses erreurs.

— Dût mon cœur se briser, je me résignerais à
la perdre, si je pouvais à ce prix la gagner au Dieu
Sauveur.

— Elle est trop jeune pour ne pas réagir contre
la maladie. Dans quelques jours sans doute sa fièvre
se calmera. Mais j'espère que ce ne sera pas en vain
qu'elle aura vu s'approcher les premières ombres de
la mort. Revenue à elle-même, puisse-t-elle revenir
à Jésus-Christ et à vous!

XIII

DÉNOUEMENT.

Les partisans d'Arius tinrent chez Théognis une
séance passablement orageuse, lorsque les décisions

du concile et les édits de Constantin furent connus.
Théonas et Secundus, qui devaient prendre quelques
jours après le chemin de l'Illyrie, étaient très-irrités
de leur exil. Ils se plaignaient amèrement de la conduite d'Eusèbe de Nicomédie.

— Vous auriez dû, lui disaient-ils, rester, comme
nous, fidèles à vos convictions, au lieu d'obéir lâchement aux injonctions de l'empereur.

— Qu'y auriez-vous gagné?

— Si ceux qui ont refusé de souscrire avaient été
plus nombreux, on n'aurait pas osé les exiler.

— Détrompez-vous. En de pareils moments, on
ose tout. Il est inutile de résister à la force lorsqu'elle
est toute-puissante. Savoir plier à propos est un grand
art. Quand vous m'avez vu donner ma souscription,
il fallait suivre mon exemple.

— Jamais nous ne trahirons Arius. Toutes les
menaces nous trouveront inébranlables.

— Quand on veut réussir, on doit savoir tourner
les difficultés au lieu de les heurter de front.

— Je comprends qu'il est plus agréable de rester
tranquillement à Nicomédie que d'aller en exil, mais
alors on n'a pas la prétention de diriger un parti.

— C'est dans l'intérêt du parti, encore plus que dans
le mien, que je me suis empressé de souscrire, lorsque
j'ai compris que l'empereur était fermement décidé à
exiler les récalcitrants. Ici je laisserai passer l'orage,
puis je relèverai la tête et j'agirai.

— Pourquoi ne pas agir lorsqu'on a voulu forcer
Arius à proclamer vrai ce qu'il croit faux? s'écria
impétueusement Thalie.

— Que fallait-il faire ? demanda Eusèbe avec un sourire moqueur.

— Soulever le peuple, dit Thalie.

— Il était tout entier contre nous.

— Rappeler à Constantin qu'il a proclamé la liberté religieuse.

— Je l'aurais bien plus irrité.

— Braver sa colère.

— C'était tout perdre. Vous ne savez pas comment on gouverne les hommes. Gagnons du temps et Constantin finira par se mettre de notre côté. Maintenant qu'il est entouré de trois cents évêques qui condamnent nos opinions, il est impossible de le faire changer d'avis. Mais lorsque le concile sera dispersé et que l'empereur sera seul, je me charge d'agir sur son esprit. Je vous promets de faire rappeler de l'exil tous ceux qui viennent d'être bannis et de faire chasser Athanase d'Alexandrie.

— J'ai eu tant de preuves de l'habileté d'Eusèbe, dit Arius, que je m'y fie entièrement. Laissons-le faire ; lui seul peut nous sauver.

— Qu'il ne nous laisse pas morfondre trop longtemps en Illyrie.

Thalie semblait plus désolée de la condamnation d'Arius et de son exil qu'Arius lui-même. Elle était trop irritée pour ne pas reprocher à Eusèbe de Nicomédie la facilité avec laquelle il avait souscrit à un symbole où la divinité du Verbe était clairement formulée. Elle prétendait que la présence de Constantin avait ôté aux évêques toute leur liberté.

— Si l'empereur n'avait pas été là, disait-elle, le système d'Arius aurait frappé tous les esprits tant il est simple et lumineux. La plupart des évêques ont sans doute compris qu'il débarrassait la doctrine chrétienne de ses mystères les plus obscurs, mais ils n'ont pas osé dire leur avis parce que l'empereur était là. Pour lui plaire, ils ont dit comme Osius et Athanase. Ni Eusèbe, ni Théognis, ni Patrophile, ni tant d'autres n'auraient consenti à signer le nouveau symbole, s'ils n'avaient pas craint l'empereur.

Mais la colère de Thalie ne connut plus de bornes quand elle sut que le poème d'Arius avait été condamné aux flammes, que tous ceux qui en possédaient des exemplaires devaient les livrer sans retard et qu'on punirait de mort quiconque en garderait un malgré l'édit de l'empereur.

Le rhéteur et sa fille purent voir, sur la plus vaste des places publiques de Nicée, une foule joyeuse entourant un grand bûcher que la main d'un édile venait d'allumer. Au-dessus du bûcher étaient disposés en monceau des parchemins roulés, des feuilles de papyrus, des tablettes de bois de cèdre et de cyprès. Au fer d'une lance, plantée au milieu de ces objets destinés à être consumés dans les flammes, était suspendue une large planche sur laquelle était tracée cette inscription :

« La *Thalie* de l'impie Arius doit périr par le feu. Ceux qui garderont un exemplaire de ce honteux poème, au lieu de le livrer aux magistrats, périront par le fer. »

Le feu commençait à pétiller. La fumée tourbillonnait au-dessus du bûcher puis s'élevait en colonne et s'éloignait vers l'occident, poussée par une brise légère. Bientôt des langues de flamme jaillirent çà et

là, s'allongèrent sur les flancs du bûcher, se joignirent et formèrent un cercle de feu autour des volu-
mes et des feuilles de papyrus condamnés à être
brûlés. Lorsque la flamme atteignit l'exemplaire le
plus rapproché du bord, la foule poussa de bruyantes
acclamations.

— En voilà un qui brûle !

— En voilà un autre !

— Ils sont tous enveloppés de flammes !

— Aucun n'échappera !

— Ainsi périssent tous les livres impies !

— Et les blasphémateurs qui les écrivent pour in-
sulter le Christ.

— Le Christ seul a rendu invincible le divin Constantin ! Le Christ seul est notre Dieu !

Des cris de joie et des applaudissements suivaient
ces paroles. Déjà tout le bûcher était en feu et la chaleur obligeait la foule d'élargir le cercle qui l'entourait. La planche qui portait l'inscription et la lance
qui la soutenait tombèrent dans le brasier. On ne
distinguait plus rien ; on ne pouvait voir que les
flammes rougeâtres qui accomplissaient leur œuvre
de destruction. Par moments, une feuille de papyrus,
carbonisée, était enlevée par la fumée et allait flotter
au-dessus des spectateurs. Alors les cris redoublaient.

— C'est une chanson d'Arius !

— C'est un morceau de sa *Thalie* !

— Il s'est échappé de l'enfer !

— Qu'il ne tombe pas sur moi !

— Le vent l'emporte vers la Lybie.

— C'est le pays d'Arius.

— Maudit soit le Lybien, l'hérétique, l'ennemi du Christ.

Métrodore et sa fille assistèrent de loin à ce spectacle tumultueux. Ils entendirent les cris de la foule. Ils virent l'inscription qui rappelait l'édit de Constantin touchant les détenteurs du poème d'Arius. Le rhéteur était épouvanté. Thalie n'éprouvait d'autre sentiment que celui de la colère. Elle souffrait de sentir combien sa fureur était impuissante. Ah! si elle avait pu éteindre le bûcher, haranguer la foule, se proclamer disciple et amie d'Arius, accuser les évêques de lâcheté et Constantin de tyrannie! Mais que pouvait-elle seule contre tous? qui l'écouterait? qui la comprendrait? On la jetterait avec horreur au milieu des flammes allumées pour réduire en cendres le livre qui portait son nom.

— Ma fille, dit Métrodore, qu'agitaient de funestes pressentiments, nous ne pouvons pas désobéir plus longtemps aux ordres de l'empereur.

— Quel pouvoir a-t-il sur mon âme? Ses menaces ne me feront jamais avouer que le Fils est Dieu comme le Père.

— Mais songe à ce qui arriverait si on venait à savoir que nous gardons un exemplaire du poème d'Arius malgré l'édit de Constantin.

— Vous voulez que je le remette aux magistrats?

— Ce serait prudent.

— Quoi! un exemplaire qui m'a été donnée par Arius lui-même, écrit tout entier de sa main!... Un poème immortel qui porte mon nom, qui me fera connaître à la plus lointaine postérité!... m'en dessaisir, le livrer pour qu'on le brûle comme une œu-

vre coupable! ah! jamais, jamais!... je le placerai
sur mon cœur et on ne me l'arrachera qu'avec la
vie.

— Et si un esclave te trahit? si on t'accuse auprès
des magistrats d'avoir bravé l'édit impérial?

— Je serai plus courageuse qu'Eusèbe de Nicomédie, j'avouerai que j'ai le poème d'Arius ; je
m'en vanterai. Je prouverai qu'il ne contient que
la vraie doctrine et que l'empereur n'a pas le droit
de le vouer aux flammes.

— Malheureuse! tu serais condamnée à mort!

— Eh bien! je mourrais pour ma foi, sans frémir,
sans demander grâce. Je fuirais ce monde où la vérité
est méconnue, j'irais me plonger dans le sein de
Dieu qui me récompensera de n'avoir adoré que lui
seul.

— Ma fille! ma fille! aie pitié de ton père! tu es
sa joie, son orgueil, son bonheur. Tu dois vivre pour
lui et ne pas affronter la mort.

Thalie était vivement surexcitée. Il lui semblait
que le sang qui circulait en elle était aussi brûlant
que les flammes du bûcher. Sa raison s'égarait.
Tantôt la sueur inondait son front, tantôt elle frissonnait et ses mains étaient aussi froides que du
marbre. A la suite de ces symptômes avant-coureurs,
une fièvre ardente se déclara. Elle passa plusieurs
jours dans l'agitation et le délire, à peine interrompus
par quelques heures d'assoupissement. Dans son délire, elle prononçait souvent les noms de Valérien et
d'Arius, d'Eusèbe et de Constantin. Elle récitait un
fragment du poème de Thalie, ou fredonnait une
chanson. Théognis fit venir les médecins les plus

habiles, ils déclarèrent que la vie de la jeune fille
était en danger et qu'ils ne répondaient pas de la
guérir. En effet, les remèdes qu'ils indiquèrent furent
impuissants. Arius eut vainement recours aux mé-
dicaments employés en Egypte: la fièvre était toujours
aussi intense. Métrodore, éperdu, ne quittait pas le
lit de sa fille. Il approchait de ses lèvres les breu-
vages rafraîchissants ; il essuyait la sueur qui
baignait son visage ; il répondait aux paroles incohérentes qu'elle prononçait dans son délire. Il se tournait par moments vers Arius et Eusèbe de Nicomédie,
et leur disait avec désespoir :

— Sauvez ma fille!... sauvez ma fille!... C'est pour
vous qu'elle est malade, c'est vous qui avez exalté
son imagination. Elle s'est attachée à vos doctrines...
Pour vous défendre, elle a bravé la colère de vos ennemis... Sauvez la plus dévouée de vos disciples.

La douleur de Métrodore n'était égalée que par celle
de Valérien. Il venait chaque jour mêler ses larmes à
celles du rhéteur et se pencher avec lui sur le visage
de la malade pour y épier un symptôme de guérison.
Thalie ne le reconnaissait pas. Elle parlait quelquefois de lui en sa présence comme s'il eût été absent.

— Il m'aime toujours!... les ennemis d'Arius
veulent nous séparer...

....Valérien ne suis pas leurs conseils... n'écoute
que ton cœur... Il a retiré de mon doigt l'anneau des
fiançailles, mais il me le rendra... Qu'importe que je
croie au Christ, Valérien... pourvu que je croie à ton
amour!.. Quelle épaisse fumée ! quelle flamme! mon
père, fuyons ce bûcher... Ils veulent brûler *Thalie*,
mais elle renaîtra de ses cendres comme le phénix...

Thalie ne peut périr. Arius l'a rendue immortelle !...
Non, je ne veux pas vous remettre ce livre... Je me
ris de Constantin et de son édit... ce poème est sacré
pour moi ; il repose sur mon cœur et je l'emporterai
dans la tombe.

La malade serrait ses bras contre sa poitrine
comme pour protéger le poème d'Arius qu'elle avait
caché sous sa tunique. Ses paroles brisaient le cœur
de Valérien. Les phrases sans suite qu'elle prononçait
avec effort dans son délire, révélaient assez, malgré
leur obscurité, qu'elle ne s'était pas soumise à l'autorité du concile et qu'elle était toujours dominée par
Arius. Mais ce n'était pas de Thalie égarée par la
fièvre, c'était de Thalie jouissant de la plénitude de
sa raison que Valérien attendait une réponse qui
devait ou le rendre heureux ou l'accabler de douleur.

— Lorsqu'elle sera délivrée du délire qui lui fait
tenir un langage insensé, se disait-il, elle comprendra
la gravité de sa maladie, elle se sentira en face de la
mort, elle s'humiliera devant Dieu... Qu'elle fasse un
acte de foi au Christ sauveur, et sa santé, j'en suis
sûr, lui sera rendue, et nous retrouverons notre
douce affection d'autrefois. Mais si le délire continuait !... Si elle allait apparaître avec le blasphème
dans le cœur devant ce Christ tout-puissant qui doit
juger les vivants et les morts !...

Pendant que Valerien essayait de consoler Métrodore et de se rassurer lui-même, Arius entra, suivi
d'Eusèbe de Nicomédie. Il allait partir pour le lieu
de son exil et il venait faire ses adieux au rhéteur.
Valérien eut besoin de toute sa force d'âme pour

contenir l'indignation que lui fit éprouver la vue
d'Arius devant le lit de douleur de sa victime.

— Je suis désolé, mon cher ami, de m'éloigner
de toi dans une circonstance si pénible, mais les édits
de l'empereur ne peuvent pas être éludés par l'a-
mitié. On ne me permet pas de retarder davantage
mon départ pour l'exil. Je me souviendrai de cette
chère enfant et de son indomptable courage, pour
me résigner aux peines que je vais endurer snr la
terre étrangère.

— Il dépendait de toi de ne pas quitter tes amis,
répondit le rhéteur. Tu n'avais qu'à suivre l'exemple
d'Eusèbe et à souscrire au symbole de Nicée. Ton
poème n'aurait pas été brûlé sur la place publique
et ma fille ne serait pas malade.

—, Il vaut mieux souffrir persécution pour la
justice que de sacrifier la vérité à l'erreur, répondit
Arius, avec une douceur affectée qui fit frémir Valérien.

— Quand il s'agit de doctrine chrétienne, s'écria-t-
il, est-ce la voix d'un homme isolé, seul avec son système, qui exprime la vérité, ou la voix de trois cents
évêques parlant au nom de l'Église universelle?

— Les évêques réunis à Nicée n'ont pas pu exprimer librement leur opinion; la présence de l'empereur les gênait. J'en appelle à un concile ultérieur
qui ne subira l'influence d'aucun parti.

— Si vous seul possédez la vérité, si vous seul
comprenez le christianisme, si vous seul êtes appelé
à l'approprier aux besoins du temps présent, vous
devez être un ami de Dieu, un saint parmi les
saints, comblé de toutes les faveurs du ciel.

— Je l'espère ainsi.

— Eh bien! donnez-nous-en une preuve. Obtenez de Dieu, par vos prières, la guérison de cette jeune fille. Dieu ne refusera pas cette grâce à celui qui connaît seul ce qu'il faut croire, tandis que trois cents évêques réunis en concile se trompent.

Arius fut un moment déconcerté. Il ne croyait pas à l'efficacité de ses prières, mais il ne voulait pas l'avouer.

— Il faut que la sainte cause que je suis appelé à défendre ait ses martyrs, dit-il enfin, avec hésitation. Moi je souffrirai les tourments de l'exil, le sacrifice imposé à cette jeune fille sera peut-être plus complet.

— Ma fille ne mourra pas! s'écria Métrodore en sanglotant.

— Résignons nous à la volonté de Dieu.

— Non, elle ne mourra pas, dit Valérien. Ce qu'un impie ne peut pas faire, un saint le fera. J'irai trouver un de ceux qui ont proclamé au concile la divinité de Jésus-Christ; je l'amènerai auprès du lit de cette chère malade. Il se mettra en prières, et Thalie reviendra à la santé.

— Si son heure est venue, aucune supplication ne prolongera sa vie.

— Honte au blasphémateur, qui ne croit pas à la prière, dit Valérien, en reculant d'horreur.

— A celui qui veut arracher l'espérance au cœur d'un père! murmura Métrodore.

Valérien alla raconter à Vitus cette triste scène. Il lui dit qu'il avait pris l'engagement de conduire auprès de Thalie un serviteur du Christ, dont les

prières seraient assez puissantes auprès de Dieu pour
la délivrer soudainement de sa maladie.

— Quelle preuve irrécusable de la vraie foi, pour
Métrodore et pour sa fille, lui dit Vitus, si Athanase
pouvait obtenir une guérison qu'Arius n'a pas même
osé demander !

— C'est le Seigneur qui vous inspire ! Oui, Athanase peut rendre Thalie à mon amour. Allons le
supplier de venir avec nous près du lit de la malade.

Athanase refusa d'abord de se rendre aux désirs
de Valérien. Il ne se croyait pas assez saint pour
offrir au ciel des prières dignes d'être exaucées.

— Adressez-vous, dit-il, à un de ces bienheureux
évêques qui nous ont édifiés pendant le concile, à
Spiridion de Trimithunte, à Léonce de Césarée, à
Nicolas de Myrrhe, à Jacques de Nisibe. Ils n'ont
pas encore quitté Nicée; Dieu signalera par un miracle leur passage dans cette ville.

—Cher Athanase, dit Vitus, c'est vous qui êtes aux
yeux de Thalie l'antagoniste le plus direct d'Arius.
Si elle vous doit la guérison du corps, elle vous devra aussi la guérison de l'âme. Quand elle devra à
vos prières son retour à la santé, quand elle saura
qu'Arius n'a pas osé demander à Dieu cette grâce,
persuadé qu'il ne serait pas exaucé, elle comprendra de
quel côté est la charité et de quel côté est la vérité.

Athanase ne résista pas davantage. Il oublia qu'il
avait eu souvent à gémir de la conduite de Thalie en
Egypte. Il ne vit plus qu'une âme à sauver, et il suivit Valérien et Vitus chez Métrodore.

— Paix à cette maison ! dit Athanase en entrant.

— Et à tous ceux qui l'habitent, répondit Vitus.

Thalie était en ce moment dans un de ses plus violents accès de délire.

— Le Dieu d'Arius, murmurait-elle, est le vrai Dieu.... Je le suivrai dans son exil.... Nous attendrons ensemble le jour du triomphe... Nous retournerons ensemble en Égypte.... Athanase sera chassé d'Alexandrie... Constantin le rélèguera aux frontières des Gaules.

— Guérissez ma fille, et nous reconnaîtrons que la doctrine d'Arius est fausse, dit Métrodore d'une voix suffoquée par les larmes, et nous adorerons avec vous le Christ sauveur.

— Rien n'est impossible à Dieu, répondit Athanase. Prions ensemble.

Il éleva vers le ciel ses mains suppliantes. L'ardeur de sa foi illuminait son visage, ses yeux ouverts semblaient apercevoir les splendeurs éternelles. Tout-à-coup, il interrompit sa prière.

— Votre fille n'a-t-elle pas sur elle un sortilége, un objet maudit ? demanda-t-il à Métrodore.

— Il faut donc que je l'avoue ! dit le rhéteur en tremblant. Ne nous trahissez pas, ne nous livrez pas à la justice. Ma fille garde sur elle un exemplaire du poème qui porte son nom. Arius l'a écrit de sa main et le lui a donné....

— Brûlez-le.

Thalie venait de s'assoupir. Le rhéteur put prendre, sans la réveiller, les feuilles de papyrus qu'elle portait sur sa poitrine comme une relique sacrée. En un moment ce précieux exemplaire fut réduit en cendres. Athanase se remit en prières. Bientôt Métrodore poussa un cri de joie.

— Ma fille est sauvée !

Thalie venait d'ouvrir les yeux et de regarder autour d'elle avec calme comme après un sommeil reparateur. La fièvre l'avait quittée et le délire ne troublait plus sa raison.

— Que je suis bien, mon père! il me semble que j'ai dormi longtemps. Valérien!... que vous êtes bon de ne pas m'oublier. Vos amis vous ont accompagné. Je reconnais Vitus, mais l'autre... ciel! mes yeux ne me trompent-ils pas? n'est-ce pas Athanase?

— Oui, c'est lui, ma fille, c'est lui qui t'a retirée des ombres de la mort et t'a rendu à ton père. Si la maladie qui te consumait depuis dix jours a subitement disparu, c'est à ses prières que tu le dois.

— Où est Arius?

— Il est parti pour le lieu de son exil, justement puni d'avoir méconnu la divinité du Christ.

— Quoi! vous aussi, mon père, vous vous joignez aux ennemis d'Arius? Le Christ n'est pas Dieu...

— C'est le Christ qu'a invoqué Athanase, c'est le Christ qui a exaucé sa prière, c'est au Christ que tu dois la vie.

— Ce qui m'a sauvé, mon père, je vais vous le montrer.

Thalie chercha sous sa tunique le poème d'Arius. L'effroi et la colère se peignirent sur son visage.

— Ne cherche plus ce livre impie, ma fille. Nous avons obéi aux ordres de l'empereur, nous l'avons livré aux flammes. C'est lui qui te perdait, c'est Athanase qui t'a sauvée.

— Vous êtes le jouet d'une intrigue, mon père. On est venu me dérober pendant mon sommeil un livre

qui m'était plus cher que la vie. Mais je l'ai confié à
ma mémoire, je le transcrirai, il reposera de nouveau
sur mon cœur.

— Thalie, au nom de notre amour, croyez aux
paroles de votre père. Chaque jour je suis venu gémir
au pied du lit où vous souffriez. J'ai vu de mes yeux
tout ce qui s'est passé. Arius n'a rien pu pour vous ;
malgré mes supplications il n'a pas même voulu prier
pour vous. Il a prétendu que vous mourriez de cette
maladie. Athanase est venu, il a prié pour vous et
vous voilà guérie.

— Non, jamais je ne croirai que je dois mon salut
à celui qui ose dire qu'il y a deux dieux.

— Jamais je n'ai proféré ce blasphème, dit Athanase. J'ai toujours enseigné qu'il n'y a qu'un seul
Dieu, mais que ce Dieu existe en trois personnes distinctes que nous appelons Père, Fils et Saint-Esprit,
c'est la foi catholique. Quiconque veut être sauvé
doit avant tout croire au mystère de la très-sainte
Trinité. Celui qui confond les personnes divines comme
Sabellius, ou divise la substance divine comme Arius,
périra éternellement.

— Vaines menaces ! Je croirai toujours ce que croit
Arius et je serai sauvée.

— Malheureuse ! Dieu vous punira de votre orgueil et de votre obstination.

— Thalie, faut-il donc nous séparer à jamais ? demanda Valérien consterné.

— Laissez dire Athanase, répondit-elle. Aimez-moi
comme je vous aime. Je ne vous demande pas si votre
foi est vraie, ne me demandez pas si je suis dans
l'erreur. Nous n'avons pas besoin pour être heureux

d'avoir en tout les mêmes goûts et les mêmes opinions.

— Si j'étais païen je pourrais ne pas m'inquiéter de votre foi religieuse, mais je suis chrétien et je n'épouserai jamais une femme qui n'adore pas Jésus-Christ.

— Dieu récompensera votre foi et consolera votre cœur, dit Athanase avec émotion, en tendant la main à Valérien.

Un pénible silence suivit ces paroles. Métrodore essaya de ramener sa fille à de meilleurs sentiments, mais que pouvait-il sur cette âme obstinée qu'une guérison miraculeuse n'avait pas touchée?

— Mon père, dit-elle, faut-il que vous receviez de moi une leçon de courage et de fermeté ?

— Dites plutôt une leçon d'entêtement et de vanité, murmura Vitus.

Valérien s'éloigna de la demeure de Métrodore pour n'y plus revenir. Il ne gardait plus maintenant aucune illusion. Le rêve qui avait si longtemps charmé sa jeunesse était complétement évanoui. Celle qu'il aimait avait élevé entre elle et lui une barrière infranchissable ; il ne lui restait plus qu'à offrir à Dieu son affliction. Son cœur était déchiré, mais Thalie lui semblait encore plus à plaindre. Il n'avait perdu que l'amour d'une créature ; elle avait renoncé à l'amour de son Dieu.

Métrodore était anéanti. Sa fille lui était rendue, mais ses plus chères espérances lui étaient enlevées. Les sophismes d'Arius ne le trompaient plus. Il avait vu les fruits miraculeux de la prière d'Athanase, et il croyait fermement que sa doctrine était la vraie doctrine, mais sa fille ne voulait pas briser les chaînes qui l'attachaient à l'hérésie. Ni les supplications de son père, ni l'amour de Valérien, ni le bienfait reçu du ciel par l'intercession d'Athanase n'avaient pu vaincre son inflexible orgueil. Le temps qui modifie les plus fermes résolutions viendra-t-il à son secours ? Hélas ! les malheurs présents semblent lui présager des malheurs plus grands encore dans l'avenir.

Malgré la discrétion de Valérien et de ses amis, le bruit se répandit dans Nicée que Thalie avait été guérie miraculeusement par Athanase, et qu'après sa guérison, au lieu de remercier le divin Sauveur, elle avait méconnu sa puissance, elle avait insulté Constantin et le concile, en protestant qu'elle voulait être jusqu'à sa mort fidèle disciple d'Arius. Quelques jours après, Métrodore reçut un rescrit impérial qui le révoquait de ses fonctions à la cour et lui ordonnait de retourner au plus tôt en Egypte. Le porteur de ce rescrit lui apprit que l'empereur, très-irrité de ce qu'on racontait de Thalie, voulait la condamner à un exil rigoureux, mais qu'il s'était laissé fléchir par les supplications de Constantia et s'était contenté de la renvoyer dans sa patrie.

Métrodore s'attendait à sa disgrâce. Il était déjà tellement accablé de douleur que ce nouveau coup le trouva presque insensible. L'exil sur une terre lointaine n'aurait pas aggravé sa souffrance. Il ne demandait qu'à fuir les hommes et à cacher son infortune à tous les regards. Alexandrie était bien la ville où il avait résolu d'abriter ses dernières années, mais il craignait que sa fille ne lui suscitât de nouvelles épreuves. A quel excès, pensait-il, se portera son fana-

tisme ? Lorsque le rhéteur fit connaître à Thalie le
rescrit impérial qui les obligeait à s'éloigner prompt-
tement de Nicée et à retourner en Égypte, elle ne
parut pas irritée.

— Quelque chose aurait manqué à ma gloire, dit-
elle, si je n'avais pas été persécutée comme Arius.
Je suis heureuse de souffrir avec lui pour la vérité. Je
me plains de l'indulgence de l'empereur plutôt que
de sa rigueur. Il se borne à me renvoyer dans ma
patrie. Il m'épargne, parce que je suis une femme.

— Il nous aurait puni plus sévèrement, si Valérien
n'avait pas intercédé pour nous.

— Ne me parlez plus de Valérien, il est mort pour
moi. Je le croyais capable d'aimer, je me suis trompée. Partons sans retard, pour ne plus le voir. Fuyons
cette ville où trois cents évêques courtisans, pour
faire plaisir à Constantin, ont condamné Arius.

Le rhéteur et sa fille remercièrent Théognis de son
hospitalité et s'éloignèrent de Nicée comme des fugi-
tifs, sans autre escorte que celle de leurs deux esclaves. Ils se dirigèrent vers Cyzique, dont le port était
fréquenté par de nombreux vaisseaux. Le lendemain
de leur arrivée, ils montèrent sur un navire qui devait se rendre à Alexandrie. Les passagers étaient
peu nombreux. Aucun souffle ne ridait la mer et
tout faisait présager une traversée heureuse. Mais
lorsque le navire eut à sa gauche le rivage où s'é-
levait la célèbre ville d'Ephèse, de légères vagues ba-
lancèrent le navire. Peu à peu les vagues s'enflèrent.
Le vent du midi se leva et tacheta le ciel d'épais
nuages dont le pilote observait la marche d'un œil
inquiet. Lorsqu'on fut en vue de Pathmos, la tempête

se déclara. Le vent siffla dans les cordages, les vagues écumèrent sur les flancs du navire, le grondement du tonnerre répondit au mugissement des flots, l'éclair sillonna les nues, la pluie tomba par torrents. Les passagers, épouvantés, interrogèrent le pilote.

— Nous allons essayer de toucher terre, dit-il, mais la mer en fureur peut engloutir notre navire avant que nous abordions. Dieu seul peut nous sauver.

— Invoquons Diane d'Ephèse, dirent quelques païens.

— Prions Jésus-Christ, s'écrièrent les chrétiens, qui étaient plus nombreux.

— Prions le Père tout-puissant ! le Christ n'est pas Dieu ! s'écria Thalie sur le pont du navire, livrant sa chevelure au souffle de la tempête et s'enivrant de la vue des flots soulevés, moins indomptables que l'orage qui grondait dans son cœur.

— Que personne ne blasphème le Christ, ou nous allons tous périr, dit un passager.

D'une voix qui bravait le mugissement des flots, Thalie chanta la chanson d'Arius pour les mariniers.

Si le Christ laissait le nocher
Aller heurter contre un rocher,
Je me plaindrais à Dieu le père,
C'est le seul Dieu que je revère
Plus que le bœuf Apis
Et le dieu Sérapis.

— C'est une ariennne ! c'est une arienne ! crièrent tous les passagers avec horreur.

— A la mer, l'impie !

— C'est elle qui attire sur nous la colère du ciel.

— C'est ma fille ! disait Métrodore, les mains jointes pour implorer la pitié des passagers. Pardonnez-lui !... sa raison est égarée.

Sur les rochers de Pathmos semblait planer l'ombre de l'Apôtre bien-aimé qui écrivit dans cette île son apocalypse. On croyait entendre sa voix dominant le bruit de l'orage : « Au commencement était le Verbe et le Verbe était en Dieu et le Verbe était Dieu. »

Thalie aussi exaltée que si un nouveau délire se fût emparé d'elle, recommença son couplet :

« Si le Christ......

Elle n'acheva pas. Une vague immense s'abattit sur le pont du navire, enveloppa Thalie d'un linceul d'écume et la jeta comme un jouet aux flots en fureur.

— Ma fille! sauvez ma fille! cria Métrodore avec désespoir, en voyant Thalie, loin du navire, tantôt soulevée au-dessus des vagues, tantôt disparaissant dans l'abîme.

— Dieu a puni celle qui blasphémait le Christ! disaient les passagers.

— Maintenant que l'impie a été engloutie dans la mer, comme Pharaon, la tempête va s'apaiser.

— Dix mille sesterces à qui sauvera ma fille ! répétait Métrodore éperdu.

Il se penchait sur le bord du navire et ses yeux en pleurs cherchaient à découvrir au milieu des flots écumants la noire chevelure ou la blanche tunique de sa fille. Une vague semblable à celle qui avait emporté Thalie balaya le pont du navire et entraîna le rhéteur. Son corps flotta quelques instants au-dessus de l'abîme, puis disparut comme celui de sa fille dans les profondeurs de la mer, qui ne rend pas sa double proie.

Dès que Thalie et Métrodore eurent été ensevelis dans les flots, la tempête se calma, le vent ne souffla plus avec autant de violence, le navire ne fut plus inondé par les vagues, la pluie cessa, un rayon de soleil, perçant les nuages, annonça le retour du beau temps. Les passagers firent monter vers le ciel de ferventes actions de grâces; ils venaient de voir passer devant eux la justice de Dieu.

La nouvelle de ce sinistre événement se répandit de tout côté. Valérien fut consterné en apprenant quelle terrible mort avait frappé Thalie pendant qu'elle répétait avec délire la chanson d'Arius. Une autre triste nouvelle acheva d'abattre son énergie. Un messager venu de Marseille lui dit que son père était gravement malade et qu'il désirait le revoir avant de mourir. Valérien demanda son congé à l'empereur et l'obtint. Dans la tristesse qui l'accablait il n'aspirait qu'à fuir le monde, à consoler les derniers jours de son père et à passer dans la retraite le reste de sa vie.

Au moment où Valérien s'éloignait de Nicée, les évêques qui avaient pris part au concile se séparaient pour reprendre le chemin de leurs églises. Constantin les réunit une dernière fois pour leur adresser ses adieux, pour les engager à maintenir énergiquement la concorde et la paix et pour se recommander à leurs prières. Il s'approcha de Potamon et de Paphnuce, pour baiser avec respect les cicatrices des plaies qui avaient déchiré leur visage pendant la persécution. Les temps étaient bien changés depuis Néron! Il offrit généreusement à tous les évêques, comme souvenir des jours qu'ils avaient passés ensemble, de riches présents qui recevaient un nouveau prix de la main qui les offrait. Il écrivit aux gouverneurs des provinces pour leur ordonner de distribuer chaque année, dans toutes les villes de son empire, une certaine quantité de blé aux vierges, aux veuves et aux clercs.

La distance qui séparait Nicée de Marseille était longue ; elle parut plus longue encore à Valérien. Tout entier à sa douleur, il n'accordait aucun regard aux champs où fut Troie, aux rivages de la Grèce et de l'Italie, côtoyés par le navire qui le portait. Il était pressé d'arriver. La nature, pour lui, n'avait plus d'enchantements. Un vent glacial avait passé sur son âme, pareil à ces souffles d'hiver qui dépouillent les forêts de leur verdure. Il n'espérait plus de joie ici-bas. Il a connu la douceur d'un pur amour, mais de quelle amertume elle a été suivie! Cette belle jeune fille qui avait ébloui sa jeunesse a disparu dans les flots en blasphèmant le Christ, pendant l'horreur d'une tempête. Lorsqu'il arrêtait son regard sur l'immensité de la mer, il croyait voir flotter au-dessus des flots azurés, le cadavre de Thalie. Cependant sa traversée fut heureuse. Poussé par un vent favorable, le navire glissait rapidement sur une onde toujours tranquille. Le soleil que ne voilait aucun nuage, les étoiles qui scintillaient dans la nuit sereine, semblaient dire à Valérien : « Les orages de l'âme, comme ceux de la vie, ne durent qu'un instant. Relève ta tête inclinée par la douleur et regarde le ciel qui te sourit. Après les jours sombres, luiront encore pour toi des jours radieux. » Mais Valérien n'écoutait que la voix gémissante de son cœur brisé. Deux images le poursuivaient sans cesse : Thalie morte et son père malade.

Dès que le navire fut entré dans le port de Marseille, Valérien, d'un pas rendu plus rapide par l'anxiété, courut à la maison de son père. Il frappa à la porte d'une main fébrile. Elle fut ouverte par une jeune fille qui lui fit pousser un cri de surprise et de joie. Un moment il crut revoir Thalie souriante et simplement vêtue. Mais il se rappela aussitôt la fille du lapidaire qui ornait d'inscriptions et de bas-reliefs les tombeaux chrétiens des Aliscamps, et il s'écria :

— Quoi ! vous ici, Rhodania !

Oui, c'était bien Rhodania, mais celle qui n'était qu'une gracieuse enfant, lorsque Valérien avait quitté Arles, était devenue une ravissante jeune fille. Son sourire avait toujours la même douceur, mais son regard était plus timide et son front se colorait plus promptement d'une vive rougeur.

En accompagnant Valérien dans la chambre où l'attendait son père, Rhodania lui raconta comment il se faisait qu'elle était à Marseille et dans la maison du vieux centurion.

— Depuis que la paix et la liberté ont été données aux chrétiens par l'édit de Constantin, des églises s'élèvent de tout côté. Marseille en construit deux, l'une près du port, l'autre près des tombeaux où ont été déposés les restes sacrés de saint Victor et des compagnons de son martyre. Comme les ouvriers habiles dans l'art de tailler la pierre sont très-rares ici, on nous a fait venir, mon père et moi, pour sculpter les autels qui doivent être érigés dans l'église du bienheureux Victor et dans celle de la bienheureuse Vierge Marie.

Quelques jours après notre arrivée, je rencontrai sur le Forum un vieillard que je ne connaissais pas et qui arrêta sur moi ses regards avec tant de fixité que je marchai d'un pas plus rapide. Il vint à moi et me dit :

— Vous n'êtes pas de Marseille, sans doute, mon enfant.

— Non, lui répondis-je, je suis venue d'Arles, avec mon père, il y a peu de jours.

— D'Arles ! s'écria-t-il. N'êtes-vous pas la sœur d'une jeune fille qui est venue, il y a quelques mois, s'embarquer à Marseille pour Alexandrie ?

— Vous voulez parler, je crois, de la belle Thalie, fille du rhéteur Métrodore, répondis-je en riant. Je ne suis ni sa sœur ni sa parente, mais on dit que je lui ressemble. Valérien, qui commandait la cohorte en garnison à Arles, était frappé de cette ressemblance.

— Quoi ! vous connaissez Valérien ? c'est mon fils.

Depuis ce jour, votre père est venu souvent me voir travailler aux autels que je suis chargée de sculpter, comme vous veniez autrefois me voir travailler aux tombeaux des Aliscamps. Votre père et le mien se sont bientôt liés de cette étroite amitié qui est la plus douce consolation des vieillards. Nous avons souvent parlé de vous et de Thalie, ajouta Rhodania en rougissant, et nous avons fait des vœux pour votre bonheur. L'année dernière votre père est tombé malade. Nous sommes venus habiter dans sa demeure pour adoucir ses souffrances. J'espère que nos soins n'ont pas été inutiles, car aujourd'hui votre père a recouvré sa santé. Il se plaint seulement de ses pieds qui ne peuvent le porter aussi longtemps qu'autrefois.

— Cependant ils peuvent encore me porter au devant de mon fils, dit le vieux centurion qui avait entendu ces dernières paroles, et qui marcha, en tremblant de joie, vers Valérien, le pressa sur son cœur et le couvrit de caresses.

Valérien se laissa gagner par le bonheur que son retour apportait dans la maison de son père. Pour ne pas troubler ce bonheur, il aurait voulu ne plus songer à la fille de Métrodore. Mais il fut obligé de raconter les premiers déchirements de son cœur en voyant à Rome l'attachement de Thalie aux doctrines d'Arius, sa maladie à Nicée, sa guérison, sa mort lamentable. Rhodania ne put entendre ce récit sans verser des larmes. Les deux vieillards déplorèrent ce malheur comme devaient le faire deux chrétiens dont la foi égalait la charité. Mais le lendemain et les jours suivants on ne parla plus de Thalie ; chacun craignait d'évoquer un souvenir si douloureux.

La santé du vieux centurion s'affermissait de jour en jour. Le sculpteur et sa fille avaient repris leurs travaux. Valérien voyait refleurir les jours heureux de sa jeunesse. Il se rendait, comme autrefois, sous la tente qui servait d'atelier à Liberius. Il suivait sur le marbre le progrès des lettres que gravait le ciseau de Rhodania ou des guirlandes de fleurs dont elle les entourait. Elle travaillait à un autel construit en forme de table, sculpté sur ses quatre côtés, creusé dans son plan supérieur horizontal et disposé pour être porté sur des colonnes. Sur la face antérieure, elle avait gravé une inscription grecque, au-dessous du monogramme du Sauveur.

L'admiration de Valérien se porta peu à peu des sculptures qui ornaient l'autel à celle qui ciselait la pierre avec tant d'habileté. Il n'avait d'abord vu dans Rhodania qu'une artiste dont le beau visage lui rappelait un doux rêve depuis longtemps évanoui, mais il ne tarda pas à s'apercevoir que l'aimable enfant

dont il avait remarqué, aux Aliscamps, la ressemblance avec Thalie, était devenue une jeune fille
accomplie, pieuse, douce, affectueuse, dont l'at-
trayante beauté n'était que le reflet d'une âme pure,
que rien ne lui manquait pour rendre heureux celui
dont elle voudrait bien agréer l'affection. Un nouvel
amour, plus grave et plus suave que celui qui avait
troublé sa vie, germa dans son cœur. Quand il en
ressentit la flamme, il se demanda s'il était aimé de
Rhodania. Pouvait-il en douter? Lui parlerait-elle
d'une voix si émue, avec tant de rougeur au front,
les yeux si pudiquement abaissés vers la terre, si
elle ne l'aimait pas? Qui méritait mieux qu'elle
l'anneau nuptial que Thalie n'avait pas voulu recevoir au nom de Jésus-Christ?

Valérien fit connaître à son père le rayon d'espérance qui venait d'illuminer son cœur, et d'y raviver
des sentiments qu'il croyait à jamais éteints.

— Mon fils, lui dit le vieillard, si j'ai le bonheur
de te voir l'époux de Rhodania, je dirai au Seigneur:
Maintenant, laissez mourir en paix votre serviteur.
Elle sera une parfaite épouse celle qui a soigné ton
père malade avec un si filial dévouement.

La joie du vieux centurion ne fut égalée que par
celle du vieux sculpteur. Rhodania consultée, répondit par un sourire et une larme de joie. Quelques
jours après, l'évêque de Marseille bénit le mariage du
fils du soldat et de la fille de l'artiste.

— Je courais après le bonheur, disait Valérien à
Rhodania, et il m'attendait dans la maison de mon
père.

FIN.

NOTE

Nous n'avons pas cru devoir ajouter à notre récit des notes et des citations qui auraient inutilement grossi ce volume ; nous nous bornerons à donner ici quelques indications.

CHAP. I et II. — Nous avons voulu, dans ces deux chapitres, donner une idée de ce qu'étaient les rhéteurs au IVe siècle. Les *vies des sophistes*, écrites par Eunape, nous ont fourni les principaux traits de notre tableau. On peut consulter le *theatrum veterum rhetorum* du Père Crésolles.

CHAP. III. — Le centurion raconte ce que nous lisons dans les grands actes du martyre de saint Victor. La prison où fut enfermé le martyr n'a pas entièrement disparu ; elle sert maintenant de cave.

CHAP. IV. — Tous les tombeaux dont il est parlé dans ce chapitre se trouvent au musée d'Arles, très-riche en monuments de ce genre.

CHAP. V. — Ce n'était pas seulement à Alexandrie que les hommes du peuple et les marchandes d'herbes discutaient sur les points controversés entre les catholiques et les Ariens. « La théologie est partout excepté où elle devrait être, écrivait saint Grégoire de Nysse. Entrez chez un changeur pour y demander de la monnaie, on vous saluera d'une dissertation sur l'engendré et l'inengendré. Achetez à la boulangerie un morceau de pain, on ne vous servira pas sans vous dire que le Père est plus grand, plus ancien, plus puissant que le Fils. Vous êtes dans une salle des thermes ; vous demandez à un serviteur le degré de chaleur de votre bain ; il vous répond que le Fils n'est pas précisément une créature, ni un être in-

20

créé, mais qu'il est sorti du non-être. Quel nom donner à ce contagieux bavardage? Est-ce manie? Est-ce fureur? En tout cas, c'est une démence épidémique qui fait tourner toutes les cervelles. » *(Tract. de Spiritu Sancto)*. — Il ne nous reste de la *Thalie* d'Arius que de courts fragments cités par saint Athanase. Nous avons traduit en vers, le début en imitant le style d'Arius.

CHAP. VI. — Saint Athanase se plaignait de ce que les païens se moquaient sur leurs théâtres des discussions religieuses qu'avait fait naître l'arianisme; nous avons essayé d'esquisser une de leurs bouffonneries. « On nous joue sur es théâtres, écrivait saint Grégoire de Nazianze, quelques années après. Il n'est point de pièces plus applaudies que celles où les chrétiens sont en butte aux railleries et aux outrages. » (Apologét. on discours sur le sacerdoce, n° 84).

CHAP. IX. — Les historiens sont divisés sur l'époque et les circonstances du baptême de Constantin. Selon les uns, le baptême eut lieu, comme nous l'avons raconté, au palais de Latran, après la mort tragique de Crispus et de Fausta. Selon les autres, Constantin fut baptisé peu de temps avant sa mort, par Eusèbe de Nicomédie. La première opinion nous paraît beaucoup plus probable. Elle a contre elle, il est vrai, un texte d'Eusèbe de Césarée; mais ceux qui s'en tiennent à ce texte, ont contre eux l'accord des traditions de l'Eglise orientale et de l'église de Rome.

CHAP. XI. — Nous avons voulu représenter dans ce chapitre l'explosion d'éloquence et de poésie qui suivit la liberté donnée à l'Eglise par Constantin. Les vers que nous mettons dans la bouche d'Apollinaire sont de pure invention; il ne nous reste de ce poète qu'une paraphrase des psaumes.

CHAP. XII. — Tout ce que nous racontons sur le concile de Nicée est rigoureusement historique.

TABLE DES MATIÈRES

Rennes. — Imp. T. HAUVESPRE.

LE RÉVÉREND PÈRE
JEAN EUDES

Apôtre des SS. Cœurs de Jésus et Marie

INSTITUTEUR DE LA CONGRÉGATION DE JÉSUS ET MARIE, DE L'ORDRE DE
NOTRE-DAME DE CHARITÉ DU REFUGE
ET DE LA SOCIÉTÉ DU CŒUR ADMIRABLE DE LA MÈRE DE DIEU

SES VERTUS

Par le R.-P. HÉRAMBOURG

de la Congrégation de Jésus et Marie

Nouvelle édition, entièrement revue par le R.-P. LE DORÉ, de la
même Congrégation. — Un beau volume in-8°. 5 fr.

VIE DE SAINT ALPHONSE DE LIGUORI

SUIVIE D'EXERCICES DE PIÉTÉ
TIRÉS DE SES ŒUVRES ASCÉTIQUES, AVEC L'APPROBATION
ÉPISCOPALE

Par M. l'abbé BERNARD

Licencié ès lettres, professeur à l'institution de la Trinité, à la
Marche (Vosges).

Beau volume in—12 (VIII-452 pages).....   2. 50

MADAME DE BUSSIÈRES

OU

LA VIE CHRÉTIENNE & CHARITABLE

AU MILIEU DU MONDE

Par M. l'abbé Henri CONGNET, doyen du Chapitre, à Soissons

Ouvrage dédié aux Dames du Monde et à toutes les Mères de familles.

Édition in-8° n. 4.00. — 2ᵉ édition, revue et considérablement
augmentée, beau vol. in-12..... 2.50

Cette édition a été honorée d'un bref du Saint-Père et des approbations
de NN. SS. les Cardinaux, les Archevêques et Évêques de Bourges,
Besançon, Soissons, Rodez, Mende, Aix, Genève, Le Mans, Bordeaux,
Poitiers, La Rochelle, Meaux, Beauvais, etc., etc. et nombre de journaux
ont fait l'éloge de ce livre utile.

ROME

DANS SA VIE INTELLECTUELLE, DANS SA VIE CHARITABLE, DANS SES INSTITUTIONS POPULAIRES

Pap M. l'abbé POSTEL, vicaire général d'Alger

Docteur en théologie, membre des Académies de la *Religion catholique* et des *Arcades* de Rome, missionnaire apostolique.

2º édition. — 1 beau vol. in-12...... 1.50

LECTURES RÉCRÉATIVES ET INSTRUCTIVES

1º ÉDITIONS ILLUSTRÉES

FABIOLA

OU

L'ÉGLISE DES CATACOMBES

Par S. E. le cardinal WISEMAN.

Traduction **nouvelle, intégrale** et **remarquable**, tant pour la fidélité que pour l'élégance, avec **Préface** et **Notes** de l'auteur, **Inscriptions tumulaires**, etc.

EDITION SPLENDIDEMENT ILLUSTRÉE

Par L. FRŒLICH

21 GRANDES EAUX-FORTES HORS TEXTE

NOMBREUX BOIS DANS LE TEXTE

Magnifique volume grand in-8º jésus, broché..........	10 00
Relié toile anglaise, riche, dessin spécial en or, haut relief, tranche jaspée.....................	13 00
Idem, tranche dorée.....................	14 00
1/2 chagrin, plats en toile, tranche jaspée..........	13 50
Idem, tranche dorée.....................	15 00

ALBUM FABIOLA

Les **21 planches** ci-dessus énoncées, **tirées sur chine**, à un TRÈS-PETIT NOMBRE D'EXEMPLAIRES, montées sur bristol, et formant un album grand in-4º, reliure toile rouge élégante, tranche dorée. — Prix : **20 fr.**

.... Je ne sache pas qu'on ait publié quelque part une édition de **FABIOLA** comparable à celle de M. LETHIELLEUX. Ce qui distingue celles-ci de toutes les autres, c'est la magnificence de ses illustrations. *(Le Magasin du Foyer.)*

.... Très-beau papier, typographie irréprochable, reliure élégante et riche, modicité relative du prix, surtout ces admirables illustrations, rien ne manque à ce beau volume pour en faire un des meilleurs et des plus charmants cadeaux d'étrennes qui se puisse imaginer
            (E. DE MARGERIE. — *L'Univers*, 22 janvier 1868.)

Le pince au lutte de grâce avec la plume et contribue à faire un brillant volume qu'il faudrait placer au premier rang de toutes les bibliothèques destinées à la jeunesse.
            A. RAVELET. — *Le Monde*, 20 décembre 1867.)

Il ne fallait pas moins que ces illustrations d'un nouveau genre et si séduisant pour ce magnifique in-8°, imprimé avec un luxe typographique qui double le plaisir de la lecture; car les chefs-d'œuvre eux-mêmes gagnent à cet encadrement qui flattent si doucement les yeux.
            (Bathilde BOUNIOL. — *L'Union*, 10 janvier 1868.)

.... Nous tenons à signaler la magnifique édition que vient d'en publier (de **FABIOLA**) M. LETHIELLEUX, et les belles **eaux-fortes** qui l'accompagnent. Les compositions de Frœlich SONT DIGNES DE L'OUVRAGE QUI LES A INSPIRÉES; nous ne saurions mieux les louer. *Une publication pareille n'a besoin que d'être connue pour être* appréciée.
            (*Bibliographie catholique*, juin 1867.)

.... Que l'on ajoute à ces remarquable gravures, *la richesse et le fini de la reliure, la beauté de l'impression*, et l'on verra que l'éditeur et l'artiste ont fait de **FABIOLA** une *ŒUVRE D'ART*, un *SPLENDIDE CADEAU DE FÊTE* ou de *JOUR DE L'AN* qui sera offert à toutes les jeunes filles chrétiennes, *qui sera, dans leur bibliothèque, le chef-d'œuvre et le type des ouvrages d'imagination, comme l'Imitation de J.-C. est celui des ouvrages de morale.*
            (Etienne MARCEL. — *Gazette de Liége*)

L'interprète s'est élevé à la hauteur de sa tâche; il a fait revivre sous nos yeux avec un art gracieux et charmant, avec un sentiment toujours juste et quelquefois exquis de l'idéal chrétien, les principaux types et les plus belles scènes de l'ouvrage **FABIOLA**, cette perle du roman religieux, **est maintenant enchâssée dans un écrin ravissant**, *qui en fait valoir et, pour ainsi dire, en double toutes les beautés,* et peut être considéré comme le *LIVRE D'ÉTRENNES PAR EXCELLENCE DE LA LIBRAIRIE CATHOLIQUE.*
            (Victor FOURNEL. — *Semaine religieuse de Paris*, 2 janvier 1869.)

Un grand nombre d'autres journaux ont recommandé dans les mêmes termes cette édition SANS RIVALE.

L'ÉVANGILE POUR LA JEUNESSE

Par l'abbé LENOIR. 1 magnifique vol. gr. in-8° jésus de 700 pages, illustré par G. STAAL de 24 compositions, et enrichi de cartes spéciales de la Terre-sainte et de Jérusalem. (Les gravures ont été faites exprès pour ledit ouvrage, ainsi que les cartes.) — Prix br. 15 fr. demi-rel. chag., plats toile, tr. dorée, 20.

Cet ouvrage peut faire pendant à l'édition illustrée de **FABIOLA** annoncée plus haut.

www.ingramcontent.com/pod-product-compliance
Lightning Source LLC
Chambersburg PA
CBHW070315030726
47505CB00004B/996